P9-DUV-231

Choice

編輯的口味
讀者的品味
文學的況味

死神的聖物 下

哈利波特

J.K.羅琳 J.K.ROWLING◎著
皇冠編譯組◎譯

Harry Potter™ and the Deathly Hallows

by

J.K.ROWLING

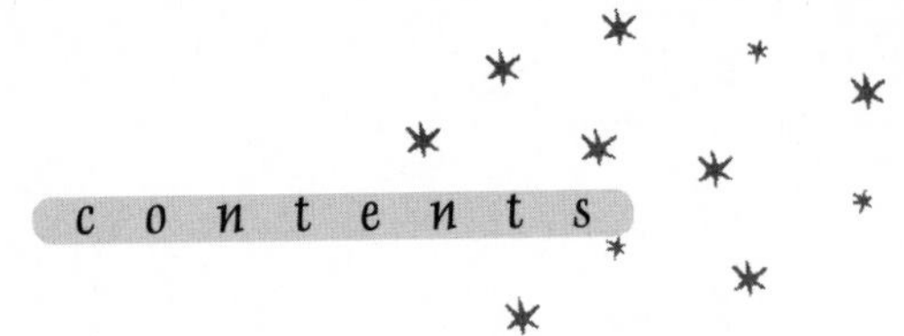

contents

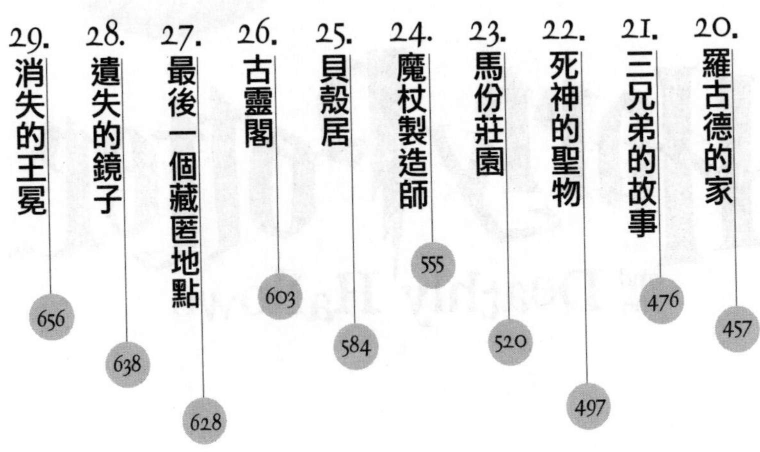

20. 羅古德的家

哈利壓根兒不指望妙麗的怒火會在一夜之間消失，所以第二天早晨，見她擺出一張臭臉，沉默不語的樣子，他一點也不意外。

榮恩回應的辦法，則是在她面前裝出根本違反本性的陰鬱懺悔模樣。事實上，他們三個在一起的時候，哈利真覺得好像誤闖了一場冷冷清清的追悼會。但榮恩只要有機會跟哈利單獨相處（例如提水或到樹叢下採集蘑菇），他又會變回厚臉皮的快活樣。

『有人幫助我們耶。』他說了一遍又一遍。『有人刻意派母鹿來耶，有人在暗中幫助我們。我們幹掉一個分靈體了，夥伴！』

終於銷毀小金匣分靈體，使他們士氣大振，開始討論其他分靈體可能在什麼地

方。雖然這件事他們已經談過很多遍，但哈利充滿樂觀，確信接下來會有更多突破。妙麗的壞情緒妨礙不了他的好心情，他們的運氣忽然好轉、出現神秘母鹿、找回葛來分多的寶劍。更重要的是，榮恩回來了，哈利快樂得沒辦法板起臉孔。

那天傍晚，他跟榮恩再度躲開一肚子怨氣的妙麗，藉口去光禿禿的灌木叢裡找尋根本不存在的黑莓，繼續交換各方面的新聞。

哈利終於把他跟妙麗到各地流浪的經歷，包括高錐客洞發生的一切，全盤講給榮恩聽。

榮恩也把幾個星期來，他在廣大魔法世界裡發現的每一件事，都向哈利報告。

『……你們怎麼會知道禁忌咒的呢？』榮恩敘述完各地有麻瓜血統的人如何千方百計逃避魔法部後，便這麼問哈利。

『什麼？』

『你跟妙麗已經不提那個人的名字了！』

『哦，對啊。嗯，這是我們最近養成的壞習慣。』哈利道，『但我還是可以叫他佛——』

『不可以！』榮恩大吼，嚇得哈利跳進樹叢，坐在帳篷口埋頭讀書的妙麗，也怒目瞪了他們一眼。『對不起。』榮恩把哈利從荊棘叢裡拉出來說，『這個名字被下了惡咒，哈利，這就是他們追蹤的方法！說出這個名字，就會打破保護的魔法，產生某種魔法擾動——這就是爲什麼他們會在圖騰漢廳路找到我們。』

『因爲我們說了他的名字？』

『正是如此！你得承認他們有腦筋，這點子滿有道理的。只有眞的願意挺身而出、跟他作對的人，像鄧不利多，才敢直呼他的名字。現在他們把這個名字下了禁忌咒，任何說出這個名字的人都會被追蹤——很快、很容易就能找到鳳凰會的人！他們差點逮著金利——』

『你在開玩笑？』

『開玩笑才怪。比爾說有一群食死人圍攻他，但他在惡鬥中逃脫。現在他跟我們一樣，也在東躲西藏。』榮恩若有所思，用魔杖尖端搔搔下巴。『你想那頭母鹿不會是金利派來的吧？』

『他的護法是一隻山貓，我們在婚禮上看過，記得嗎？』

『喔，對呀……』

他們沿著灌木叢向前走，遠離帳篷和妙麗。

『哈利……你覺不覺得那可能是鄧不利多？』

『鄧不利多什麼？』

榮恩顯得有點尷尬，但他壓低聲音說：『鄧不利多……那頭母鹿呀？我是說，』榮恩用眼角瞟著哈利。『那把劍最後是在他手上，不是嗎？』

哈利沒有嘲笑榮恩，因爲他太了解這個問題背後的渴望。鄧不利多設法回到他們身旁，他一直在看顧他們，這念頭帶來的安慰遠超過言語所能表達。但哈利搖搖頭。

『鄧不利多已經死了。』他說，『我看見它發生。我看見屍體。他確實不在了。況且他的護法是鳳凰，不是母鹿。』

『護法可以改變，不是嗎？』榮恩說，『東施就改過，不是嗎？』

『是啊，但要是鄧不利多還活著，他爲什麼不現身？他爲什麼不直接把劍交給我們？』

『這我就不知道了。』榮恩說，『就跟他在世的時候，沒把劍交給你一樣的道理吧？就跟他留給你一個舊的金探子，又送妙麗一本兒童故事書一樣的道理吧？』

『你說是什麼道理呢？』哈利問，轉頭看著榮恩一心想找到答案的專注表情。

『我不知道。』榮恩說，『我無聊的時候胡思亂想，只覺得他在開玩笑，或——或者故意要增加事情的難度。但我想應該不是這樣，現在我已經不那麼想了。他送熄燈器給我，有非常清楚的用意，不是嗎？他——嗯，』榮恩的耳朵脹得通紅，全神貫注用腳趾頭撥弄腳邊的一撮青草。『他知道我一定會棄你們而去。』

『不對。』哈利糾正他，『他知道你一定會回來。』

榮恩顯得如釋重負，但還是有點尷尬，哈利試著改變話題。『說到鄧不利多，你聽說史譏怎麼寫他的嗎？』

『哦，有啊。』榮恩立刻答道，『大家都在談這件事。當然，要是情勢不同，鄧不利多竟然是葛林戴華德的朋友，一定會成爲大新聞，但現在對不喜歡鄧不利多的人而言，這不過是則笑話，而所有認爲他是好人的人，卻如同迎面挨了一巴掌。但我認爲這件事沒什麼大不了。他那時很年輕——』

『跟我們一樣大。』哈利就如同駁斥妙麗一般說道，他臉上的表情也使榮恩決定不再往下說。

荊棘叢裡有隻大蜘蛛坐在結了冰的蜘蛛網中央。哈利舉起榮恩前一天晚上給他的魔杖瞄準牠。妙麗對這根魔杖不屑一顧，認定它是用黑刺李做的。

『暴暴呑！』

蜘蛛抖了一下，在網上輕輕一躍。哈利再試一次，這回蜘蛛稍微變大了一點。

『別這樣。』榮恩不悅的說，『我很抱歉我說鄧不利多也年輕過，好嗎？』

哈利已經忘了榮恩怕蜘蛛這回事。

『對不起——啾啾縮！』

蜘蛛沒有縮小。哈利低頭看看那根黑刺李做的魔杖。那天他用這根魔杖施展的每個咒語，威力似乎都遠遜於他原來那根鳳凰魔杖。新魔杖有種格格不入的陌生感，就像把別人的手縫在自己的手臂上一樣。

『你只需要多練習。』妙麗說。她悄無聲息的從後面走過來，哈利嘗試放大和縮小蜘蛛時，她擔憂的在旁觀察。『純粹是信心問題，哈利。』

他知道她為什麼希望魔杖好用，對於哈利的魔杖被折斷一事，她仍覺得滿心愧疚。他咬牙吞下衝到嘴邊的反駁：如果她真的相信沒有差別，何不把黑刺李魔杖拿去，讓哈利用她的魔杖？但因為哈利渴望大家能恢復往日的友誼，所以只好勉強答應。不過榮恩試著對妙麗微笑時，她卻昂首闊步走開，再次躲到書本後面。

天黑的時候，他們三人回到帳篷，哈利輪到第一班守夜。他坐在帳篷口，試著用黑刺李魔杖舉起腳邊的小石頭，但他的魔法技巧好像比上次更笨拙無效。妙麗躺在床上看書，榮恩緊張的看了她許多眼，終於從背包裡取出一個小小的木製無線電收音機，開始找頻道。

『有一個電台，』他壓低聲音對哈利說，『會報導真實的新聞。其他電台都靠攏「那個人」，照魔法部的新聞稿播報，但這家電台……你等下聽聽看，棒透了。只不過他們沒法子每天晚上播放，他們被迫不斷變換地址，以免遭到突擊，必須有通關密語才能收聽……問題是，我錯過了上一次……』

他用魔杖輕敲收音機上端，用很小的聲音嘟囔著隨意拼湊的字詞。他偷看了妙麗好幾眼，唯恐她大發雷霆，但她好像根本當作沒有他這個人。榮恩花了大約十分鐘，不停的敲打、叨唸，妙麗翻著手中的書，哈利則繼續用黑刺李魔杖練習。

最後妙麗爬下床。榮恩立刻停止敲打。

『如果妳覺得煩，我就停止！』他緊張的對妙麗說。

妙麗無意回答，逕自走向哈利。

『我們得談談。』她道。

他看一眼她仍握在手中的書，是《鄧不利多的人生與謊言》。

『什麼事？』他擔心的問。他突然覺得書中想必有一個與他有關的篇章，他沒興趣知道麗塔‧史譏怎麼描述他跟鄧不利多的關係。但妙麗的答案卻完全出乎他意料。

『我要去見贊諾‧羅古德。』

哈利瞪著她。

『我沒聽懂。』

『贊諾‧羅古德。露娜的父親。我要去找他談談！』

『呃——為什麼？』

她深深吸口氣，好像需要鼓起勇氣，然後說：『是有關這個記號，吟遊詩人皮陀的記號。你看！』

她把《鄧不利多的人生與謊言》湊到哈利不情願的眼睛下面，他看到鄧不利多寫給葛林戴華德那張信件的原稿照片，上面是鄧不利多那熟悉的纖細、歪斜字跡。他一點也不想知道那些字句眞的是鄧不利多親手寫出，而非麗塔信口揑造的證據。

『簽名。』妙麗道，『看看那個簽名，哈利。』

哈利依言看了一下。起先他不懂她要他看什麼，但藉著魔杖的光仔細看了一會兒，他就發現鄧不利多用《吟遊詩人皮陀故事集》裡一模一樣，但稍微小一點兒的三角形符號，取代了他名字『阿不思』（Albus）的大寫字母『A』。

『呃——你們在看什麼——』榮恩試探的說，但妙麗瞪他一眼，讓他閉上嘴巴，隨即轉向哈利。

『這個符號一再出現，不是嗎？』她說，『我知道維克多說過，這是葛林戴華德的標誌，但刻在高錐客洞那座古墓上的絕對就是它，而那座墓碑早在葛林戴華德出現之前就存在！現在又出現這個！也罷，我們沒法子問鄧不利多或葛林戴華德它有什麼意義——我甚至不知道葛林戴華德是否還活著——但我們可以去問羅古德先生。他在婚禮中佩戴著這個符號。我相信這件事很重要，哈利！』

哈利沒有馬上回答。他注視著她緊張、熱切的表情，然後望著周遭的黑暗，沉思著。經過很長一段沉默後，他說：『妙麗，我們最好不要再遇到高錐客洞那種事。我們自以爲是的跑到那兒去，然而——』

『可是它一再出現啊，哈利！鄧不利多留給我《吟遊詩人皮陀故事集》，你怎麼知道，他不是要我們從這個記號中發掘什麼呢？』

『又來了！』哈利有點生氣。『我們一直在自我催眠，以爲鄧不利多給我們留了秘密記號和線索——』

『結果證明熄燈器滿有用的。』榮恩在旁助陣。『我認爲妙麗說得對，我相信我們該去找羅古德。』

哈利不滿的瞪了榮恩一眼。他確信榮恩支持妙麗的動機，並不是因爲要了解神秘文字中三角形符號的意義。

『這跟高錐客洞不一樣。』榮恩補充說。『羅古德站在你這邊，哈利。《謬論家》一直支持你，它一再告訴每個人，他們應該幫助你！』

『我相信這件事很重要！』妙麗熱心的說。

『但你們不認爲，如果這件事眞的很重要，鄧不利多死前應該跟我提到嗎？』

『有可能……但也許你應該靠自己的力量追查。』妙麗一副不到黃河心不死的模樣。

『對啊，』榮恩諂媚的說，『這麼說很有道理。』

『不對，沒什麼道理。』妙麗搶話。『但我還是認爲，我們該找羅古德先生談談。一個符號居然把鄧不利多、葛林戴華德、高錐客洞全牽扯在一起？哈利，我確定我們該多了解這件事！』

『我看我們不如來投票。』榮恩道，『贊成去見羅古德的人——』

他的手搶在妙麗之前就舉到半空中。她舉起手，嘴唇狐疑的掀動了幾下，欲言又止。

『少數服從多數，哈利，抱歉了。』榮恩拍拍他的背，說道。『好吧。』哈利覺得既有趣又有點著惱。『只不過，一見過羅古德，就要開始找其他分靈體，好嗎？再說，羅古德家在哪裡，你們有誰知道嗎？』

『知道啊，離我家不遠。』榮恩道，『我不知道確切的地址，但我媽和老爸每次提到他們，都指著那片山。應該不難找。』

妙麗回到床上之後，哈利壓低聲音。

『你會贊成，只是爲了贏回她的好感。』

『正所謂情場如戰場，不擇手段啊！』榮恩輕鬆的說。『更何況我這次可是身在情場又在戰場啊！開心點，現在是聖誕節假期，露娜會在家的！』

第二天早晨，他們用消影術來到可以眺望凱奇波區奧特瑞街的一個小山坡。坡上涼風習習，在穿過雲縫、斜斜投向大地的一道道巨大朝陽光柱裡，整座小村活像一套玩具屋。他們站在那兒，用手遮住陽光，朝洞穴屋的方向看了一會兒，卻只看見替那棟歪七扭八小房子遮擋麻瓜視線的高大圍籬和樹木。

『這麼近，卻不能去探望，感覺眞奇怪。』榮恩說。

『咦，你不是才見過他們？你才回家過完聖誕節。』妙麗冷冷的說。

『又不是在洞穴屋！』榮恩乾笑，『你以爲我會回那兒去，告訴他們我棄你們而去？是哦，弗雷和喬治會肯定我做得對。還有金妮，保證會很諒解我。』

『那麼你到哪兒去了呢？』妙麗驚訝的說。

『比爾和花兒的新家貝殼居。比爾一直對我很好。他——他聽到我的所作所爲，不是很贊成，但沒說什麼。他知道我眞的很後悔。家裡其他人都不知道我去那兒。比爾告訴媽，他跟花兒不回家過節，因爲他們想獨處。你知道，這是他們婚後第一次過節。我想花兒一定很樂意。妳知道她多麼討厭瑟莉堤娜．華蓓。』

榮恩轉身背對洞穴屋。

『我們試試這兒。』他一馬當先走向山頂。

他們走了幾個小時，哈利在妙麗堅持之下，用隱形斗篷藏住身形。這一片低矮的山丘看來無人居住，只除了一間似乎已被人遺棄的小木屋。

『你們想，這兒會不會就是他們的房子，但他們到外地去過聖誕節了？』妙麗說，隔著窗戶窺探那間窗台上擺著天竺葵的整潔小廚房。榮恩哼了一聲。

『我說，我有種感覺，如果是羅古德家的窗戶，應該一眼就可以看出來。我們試試下一座山。』

於是他們又用消影術，來到幾哩外的北方。

風吹拂著他們的頭髮和衣服，榮恩喊了聲：『啊哈！』他指著他們現影的山坡頂，那兒當空矗立一座形狀奇怪得不得了的房子，宛如一根黑色的大圓柱，背後有輪鬼魅似的月亮，掛在午後的天空裡。『這一定是露娜的家，還有誰會住這種地方？看起來好像巨大的車！』

妙麗對那座高塔皺起眉頭說：『我怎麼看都不像一輛車子。』

『我說的是西洋棋的「車棋」，』榮恩道，『就是長得像城堡的「車」。』

榮恩的腿最長，第一個跑到山頂。哈利和妙麗氣喘吁吁、肚子幾乎要炸開了，趕上他的時候，只見他正咧開大嘴得意的傻笑。

『是他們家。』榮恩道，『看。』

一扇破門上掛了三塊手繪的招牌。

第一塊寫著：『《謬論家》。編輯：X．羅古德』，第二塊：『請自行挑選槲寄生』，第三塊：『馭心梅，請勿靠近』。

園籬門嘎吱一聲被他們推開。通往前門那條曲曲折折的小徑上，長了許多稀奇古怪的植物，包括一株結滿橘紅色果實的灌木，果實形狀像小紅蘿蔔，露娜有時會拿來當耳環。哈利覺得有一棵很像食肉藤，趕緊離它枯乾的樹樁遠一點。

前門兩旁立著兩棵哨兵似的老山楂樹，雖然樹幹被風吹彎，樹葉也已掉光，卻仍長滿莓子大小的紅果實，樹冠上還有一大叢結著白色小果的槲寄生。一隻頭型像壓扁的老鷹的貓頭鷹，從樹枝上低頭窺視他們。

『你最好脫掉隱形斗篷，哈利。』妙麗道，『羅古德先生要幫助的是你，不是我們。』

他聽從她的建議，脫下斗篷，交給她收在那個珠珠包裡。然後妙麗在厚重的黑色大門上敲了三下。門上鑲著鐵釘，還有一個老鷹形狀的敲門環。

等了不到十秒鐘，門就豁然大開，贊諾・羅古德光著腳，穿著看起來髒兮兮的睡衣站在門口，一頭棉花糖似的白色長髮又髒又亂。相形之下，他參加比爾與花兒的婚禮時，打扮得整潔多了。

『什麼？怎麼回事？你們是什麼人？要做什麼？』他氣勢洶洶，吊高嗓門喊道。接著從妙麗看到榮恩，最後才看到哈利，然後他就張大嘴，做出一個完美而可笑的圓圈。

『哈囉，羅古德先生。』哈利伸出手說。『我是哈利，哈利波特。』

贊諾沒有跟哈利握手，但那隻沒有內斜的眼睛，卻直愣愣盯著哈利額頭的疤痕。

『我們可以進去嗎？』哈利問。『有些事想請教你。』

『我……我不確定這麼做好不好。』贊諾小聲說。他吞了口口水，很快掃視了花園一眼。『眞是太意外了……我說……我……我恐怕不認爲我眞的應該──』

『不會佔用你多少時間的。』哈利說，對這麼不熱烈的歡迎，不禁有點失望。

『我──呃，好吧。請進，快點。動作快點！』

他們剛踏進門，贊諾就把門砰的一聲關上。這是哈利見過最奇怪的廚房，房間呈正圓形，感覺好像置身一個巨大的胡椒罐內部。所有的家具都配合牆面做成弧形。爐子、水槽、碗櫃，每件家具上都用鮮豔的原色畫了花朵、昆蟲、小鳥。哈利覺得露娜的風格躍然欲出，但在這麼狹小的空間裡，整體效果卻讓人覺得有點難以消受。

地板中間有座螺旋形的鑄鐵樓梯通往樓上。頭頂上傳來一片劈哩啪啦、乒乒乓乓的聲音，哈利很好奇露娜在做什麼。

『你們最好到樓上來。』贊諾說，他帶頭上樓，仍顯得非常不安。

樓上的房間似乎充當客廳兼工作室，比廚房更加擁擠。雖然這個房間小很多，而且又是正圓形，卻令人聯想到某次萬應室用幾百年來堆藏在裡頭的物品，變化成一個龐大迷宮的難忘經驗。

每個平面上都擺著一堆堆的書和紙張。天花板上吊掛著許多做工精緻，哈利卻不認識的怪獸模型，有的拍打著翅膀，有的露出一口利齒，伺機咬人。

露娜不在這裡，發出響亮噪音的是一座木頭機器，裝了一大堆用魔法轉動的齒輪和輪子，乍看像是一張工作檯和幾排舊架子生出來的畸形兒，哈利好一會兒才看懂，原來這是一座老式印刷機，它正在吐出一份一份的《謬論家》。

『借過。』贊諾大步走到印刷機前，從厚厚一堆書本與紙張底下，抽出一塊髒兮兮的桌布，把所有的書都推到地上，他用桌布蓋住印刷機，多少使乒乒乓乓的噪音降低一點，然後面對哈利。

『你來這裡做什麼？』

哈利還沒來得及說話，妙麗就發出一聲低低的驚呼。

『羅古德先生——那是什麼？』

她手指著一個巨大的灰色螺旋形號角，看起來很像獨角獸的角，這個角掛在牆上，凸出好幾呎長。

『那是犄角獸的角。』贊諾回答。

『不對，它不是！』妙麗說。

『妙麗。』哈利抱怨，『現在這種時候，妳還——』

『但是哈利，那是爆角怪的角！那是二級管制商品，放在家裡是非常危險的。』

『妳怎麼知道那是爆角怪的角？』榮恩問，並且在擁擠的房間裡，儘可能以最快的速度遠離那隻角。

『《怪獸與牠們的產地》裡有說明！羅古德先生，你必須立刻處理掉那個東西，你難道不知道只要輕輕碰一下，它就會爆炸？』

贊諾滿臉固執的表情，一個字一個字清楚的說：『犄角獸是很害羞的高等奇獸，牠的角——』

『羅古德先生，我認得環繞這東西基部的凹槽紋路，這是爆角怪的角，危險性極高——我不知道你從哪兒弄來——』

『我買的。』贊諾斬釘截鐵說，『兩星期前，一個討人喜歡的年輕巫師拿來賣給我，他知道我對高尙的犄角獸感興趣。這是我送露娜的聖誕驚喜禮物。好了。』他轉向哈利道，『你來這裡到底有何目的，波特先生？』

『我們需要幫助。』哈利搶在妙麗開口前說道。

『哦，』贊諾道，『幫助……嗯。』他那隻沒問題的眼睛再次轉到哈利的疤痕上，顯得既害怕又著迷。『是的。問題是……幫助哈利波特……很危險……』

『你不是一直告訴大家，幫助哈利是他們的第一要務嗎？』榮恩道，『在你自己辦的雜誌裡？』

贊諾回頭瞟了一眼在桌布底下仍然乒乒作響的印刷機。

『呃──是啊，我曾經表示過這種看法。不過──』

『──別人應該那麼做，但你自己不必？』榮恩道。

贊諾沒有回答。他吞了好幾口口水，眼睛在他們三個人身上骨碌碌的轉來轉去。哈利覺得他好像內心正在做痛苦的掙扎。

『露娜在哪兒？』妙麗問道，『我們來聽聽她的想法。』

贊諾咕嘟吞下一大口口水，好像在努力打定主意。最後他用發著抖，在印刷機噪音裡很難聽清楚的聲音說：『露娜在山腳下的溪邊，抓淡水長腿魚。她……她會很高興見到你們。我去叫她，然後──對了，很好。我會設法幫助你們。』

他走下螺旋梯，消失不見，他們聽見前門打開又關上。三人面面相覷。

『膽小的老傢伙。』榮恩說，『露娜有他十倍的勇氣。』

『他可能擔心，萬一食死人發現我在這裡，會對他們不利吧。』哈利說。

『嗯，我同意榮恩的看法。』妙麗說，『假仁假義的可怕老頭，嘴巴鼓勵所有其他人幫助你，心裡卻只想獨善其身。還有，看在老天爺的分上，離那隻角遠一點。』

哈利走到房間對面的窗口，他望見一條溪流，遠遠躺在下面的山腳，像一條閃閃發光的細絲帶。他們的位置很高，他往洞穴屋的方向望去，剛好有隻鳥打窗前飛過。洞穴屋和他們中間隔著一片山嶺，所以他們什麼也看不見。金妮應該在山後某處。

今天是從比爾與花兒的婚禮以來，他們倆距離最近的一次，但她不可能知道他正望著她的方向，思念著她。他想自己該爲這一點慶幸，任何和他接觸過的人都有危險。贊諾的態度就是證明。

他轉身離開窗口，目光落在另一件怪東西上，它擺在塞滿東西的弧形壁櫃上：一尊石雕胸像，是個容貌美麗、但表情很嚴肅的女巫，戴著一頂形狀非常怪異的頭飾。兩個像是黃金打造的喇叭形助聽器的東西，從頭部兩側彎彎曲曲伸出來。她的頭頂上繫著一根皮帶，固定著一對閃亮的藍色小翅膀，另有一根皮帶橫過她前額，上面鑲了一顆橘色的小紅蘿蔔。

『看看這個。』哈利道。

『眞迷人。』榮恩道，『奇怪，他怎麼不戴這玩意兒去參加婚禮。』

他們聽見前門關上，過了一會兒，贊諾爬上螺旋梯，回到房間，兩條細腿套上了長筒雨鞋，手中端一個托盤，擺著幾個不成套的杯子，和一個熱氣騰騰的茶壺。

『啊，你們注意到我最自豪的發明。』他說，把托盤交到妙麗手中，跟哈利一起站在雕像旁邊。『用美麗的羅威娜・雷文克勞的上半身爲模特兒，可說恰如其分。無量的智慧是人類最大的財富！』

他指著那像助聽器的東西。

『這是黑黴氣虹吸管，可以消除思考者身邊所有分心的因素。這個，』他指著那對小翅膀，『是旋舞針推進器，可以提升心靈架構。最後，』他指著那顆橘紅色的小紅蘿蔔，『用馭心梅提升認同超自然的能力。』

贊諾走回茶盤那兒，妙麗已經小心翼翼的把茶盤安頓在一張堆滿東西的茶几上。

『我有幸請大家共享鍋底根茶嗎？』贊諾道，『這是我們自家做的。』他把茶倒出來，這是一種深紫色的汁液，看起來像甜菜汁，又說：『露娜在溪底橋那一頭，她聽說你們來了，好興奮。她應該很快就會回來，她捕到的長腿魚差不多足夠煮湯給我們大家吃。請坐，自己加糖。

『好了。』他從扶手椅上搬開一堆搖搖欲墜的紙張，坐了下來，交叉起穿雨鞋的雙腿。『有什麼我能效勞的嗎，波特先生？』

『是這樣的。』哈利道，他看一眼妙麗，她鼓勵的點點頭。『是關於你參加比爾與花兒的婚禮時，戴在脖子上的那個符號，羅古德先生。我們想知道它的意義。』

贊諾挑起眉毛。

『你說的是「死神聖物」的記號嗎？』

21. 三兄弟的故事

哈利回頭望著榮恩與妙麗，他們也都一副不知道贊諾在說什麼的表情。

『死神聖物？』

『正是。』贊諾說，『你們沒聽說過？我並不意外。很少、很少有巫師會相信這件事。瞧瞧你哥哥婚禮上那個蠢頭蠢腦的年輕人，』他說著，對榮恩點點頭，『只因爲我戴著代表某位著名黑巫師的符號，他就莫名其妙的攻擊我！眞是無知啊！死神聖物與黑魔法毫無關係——起碼不是在那麼膚淺的層次上。我們只是利用那個符號，向其他相信的人表態，希望他們在我們追尋聖物的過程中伸出援手。』

他在鍋底根茶裡加了好幾塊方糖，喝了兩口。

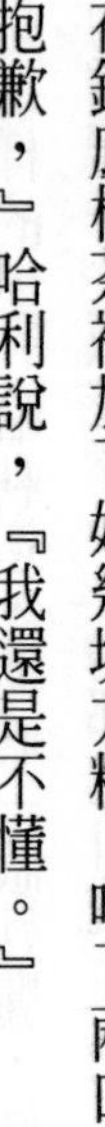

『抱歉，』哈利說，『我還是不懂。』

出於禮貌，哈利拿起杯子喝了一口，卻差點嗆住。這飲料非常噁心，好像是液態柏蒂全口味豆子的鼻涕口味。

『是這樣的，你知道，相信的人就會追尋死神聖物。』贊諾咂著嘴巴，顯然覺得鍋底根泡的茶非常美味。

『但死神聖物究竟是什麼？』妙麗問。

『我想你們都很熟悉〈三兄弟的故事〉？』

哈利說『不』，但榮恩和妙麗都說『是的』。

贊諾煞有介事的點點頭。

『好吧，好吧，波特先生，整件事要從〈三兄弟的故事〉說起……我有一本不知放在哪裡……』

他茫無頭緒的環顧整個房間，打量著一堆堆羊皮紙和書籍，但妙麗說：『我有一本，羅古德先生，就在這裡。』

她從珠珠包裡取出那本《吟遊詩人皮陀故事集》。

『原始版本？』贊諾立刻問。妙麗點點頭，他就接著說：『好極了，妳何不朗讀一遍？這是確保我們大家都能理解的最好辦法。』

『嗯……好吧。』妙麗緊張的說。她翻開書，輕咳一聲開始朗誦，哈利看見他們要追查的符號就出現在那一頁最上端。

『「從前從前，有三個兄弟出外旅行。他們在黃昏時分走在一條荒涼曲折的小路上——」』

『是午夜，我媽總是這麼說的。』榮恩說。他伸長了腿，兩隻手臂抱在腦後聆聽。妙麗不悅的瞪了他一眼。

『抱歉，我覺得說午夜會比較恐怖！』榮恩說。

『是啊，因爲我們的生活中確實需要更多恐懼。』哈利脫口說。贊諾的心思好像在別處，自顧自的望著窗外的天空。『繼續吧，妙麗。』

『「走了一陣子，三兄弟來到一條河邊，水太深，無法涉水而過，游泳過河，又太危險。好在這三兄弟懂得魔法，所以他們揮動魔杖，變出一座橋，橫跨湍急的河面。他們走到橋中央，忽然出現一個戴著兜帽的人影擋住去路。

『「死神對他們說話——」』

『對不起。』哈利說，『死神會跟他們說話？』

『這是童話故事，哈利！』

『對哦，抱歉。繼續。』

『「死神對他們說話。大多數旅客都淹死在河裡，這次他被騙了，失去三個新的受害者，心裡很生氣。但死神很狡猾，他假裝向三兄弟道賀，稱讚他們法力高強，並且說，因爲他們那麼聰明，有本事逃出他的掌握，所以每個人可以贏得一件獎品。

『「大哥是個好大喜功的人，他要求一根比世界上任何魔杖都更有威力的魔杖，一根永遠能在決鬥中爲主人贏得勝利的魔杖，才配得上曾經征服死神的巫師！於是死神過到對岸，走到河畔一棵接骨木旁，用垂掛下來的樹枝做了一根魔杖，交給大哥。

『「然後生性傲慢的二哥決定進一步羞辱死神，要求賦予他從死神手中召回其他死者的權力。於是死神從河邊撿起一塊石頭，交給二哥，告訴他，這塊石頭有召回死者的力量。

『「接著死神問三弟想要什麼。三兄弟當中，以這個小弟最謙虛也最有智慧，他不信任死神。所以他要求一件使他在離開這個地方以後，不必擔心死神跟蹤的寶物。死神很不情願的把自己身上那件隱形斗篷脫下來，交給他。」』

『死神有一件隱形斗篷？』哈利再度打岔。

『這樣他才能靜悄悄接近別人呀。』榮恩說，『有時他會拍著臂膀，一路怪叫著追趕他們，但有時他追煩了……對不起，妙麗。』

『「接著死神站在一旁，讓三兄弟離開，繼續他們的行程，他們在旅途中對這段奇遇驚嘆不已，並且把玩著死神的禮物。

『「分手的時刻來臨，三兄弟分道揚鑣，每個人有不同的際遇。

『「大哥走了大約一個星期，來到一個偏遠的小村，找一個曾經跟他發生過爭執的巫師。不消說，仗著接骨木魔杖做武器，接下來的戰鬥當然是他贏，敵人死在地板上。

大哥離開後，走進一家小酒店大聲吹噓，宣稱自己從死神手中奪得了威力強大的魔杖，這支魔杖又如何使他所向無敵。

『「那天晚上，大哥喝得酩酊大醉，在床上睡得跟死人一樣，另一個巫師潛入他的房間。這小偷拿走了魔杖，然後爲了斷絕後患，割斷了大哥的喉嚨。

『「於是死神把大哥納入掌中。

『「同時，二哥回到自己家中，獨自一個人生活。他取出那塊能召喚死者的石頭，拿在手裡，翻轉三次。他又驚又喜的發現，他一度想娶卻不幸夭折的那個女孩，再度出現在他面前。

『「但女孩非常悲傷而冷漠，好像有一道帷幕將他們隔開。她雖然回到塵世，卻不能眞正歸屬人間，感到非常痛苦。最後二哥因希望落空而自殺，也唯有如此才能眞正跟女孩在一起。

『「於是死神又得到了二哥。

『「但死神花了許多年找尋小弟，卻始終找不到他。小弟活到很老的年紀，才脫下隱形斗篷，把它交給自己的兒子。然後他像老朋友似的跟死神打招呼，以勢均力敵的姿態，跟著他離開，高高興興告別了人世。」』

妙麗合上書。過了好一會兒，贊諾才意識到她已停止朗讀，於是他把目光從窗外收回來，說：『很好，就是這樣。』

『對不起，我沒聽懂？』妙麗用困惑的語氣問。

『這就是死神聖物。』贊諾說。

他從身旁堆滿東西的茶几上拿起一支鵝毛筆，再從書堆中抽出一張破羊皮紙。

『接骨木魔杖，』他說，隨即在紙上畫了一條垂直線。『重生石。』他說，在直線上加了個圓圈。『隱形斗篷。』他畫了一個三角形，把直線和圓圈包在裡面，就成爲妙麗深感興趣的那個圖案。『三樣東西合在一起，就是死神聖物。』

『但故事裡完全沒有提到「死神聖物」這樣的字眼啊。』妙麗說。

『哦，當然沒有。』贊諾得意洋洋的神態看得人想發狂。『這是個兒童故事，娛樂效果大於教育意義。但我們這種內行人就知道，這則古老的故事指涉三件物品，或者應該說是聖物，三者結合在一起，持有者就成爲死亡的主宰。』

一陣短暫的沉默，贊諾的眼睛又瞥向窗外，太陽已開始西沉。

『露娜應該快要抓夠長腿魚了。』他低聲說。

『你說「死亡的主宰」，意思是——』榮恩說。

『主宰，』贊諾揮著手，彷彿手中拿著魔杖。『征服者、勝利者，隨你愛用什麼字眼。』

『這麼說來……你的意思是……』妙麗說得很慢，哈利聽得出，她正努力隱藏懷疑的口氣，『你相信這些物品——這些聖物——眞的存在？』

贊諾再次挑起眉毛。

『哼，當然囉。』

『但是，』妙麗說，哈利聽出她已經漸漸藏不住懷疑，『羅古德先生，你怎麼能相信？——』

『露娜告訴過我，妳是怎樣的人，年輕的小姐。』贊諾說，『據我推測，妳並非不聰明，只可惜心胸狹窄、見識短淺、觀念封閉。』

『或許妳該戴戴那頂帽子，妙麗。』榮恩朝那頂荒唐的頭飾點頭示意，他的聲音因極力克制不笑出聲而有點顫抖。

『羅古德先生，』妙麗再度開口，『我們都知道隱形斗篷確實存在。很少見，但確實有。可是——』

『哦，但第三件聖物是眞正能隱形的斗篷，格蘭傑小姐！我的意思是，它不是隨便什麼浸泡過滅幻咒，或帶有炫眼魔法，或用幻影猿毛編織的旅行斗篷，那些方法一開始雖然能使人隱形，但使用時間一久，就會變得不透明而失效。我說的是眞正能使穿戴者完全隱形的斗篷，永不損壞，不怕任何咒語，隨時能提供長時間、無法識破的隱形效果。妳見過多少這樣的斗篷，格蘭傑小姐？』

妙麗張口又止，顯得前所未有的困惑。她、哈利和榮恩相視無言，哈利知道他們都在想同一件事：就在這一刻、這個房間裡，正好有一件跟贊諾所描述一模一樣的斗篷。

『正是如此。』贊諾繼續說，一副理直氣壯，已經把他們都打敗了的神態。『你們都沒有見過那樣的斗篷。持有者一定富可敵國，不是嗎？』

他的眼神又飄向窗外。天空已染上淡淡的粉紅色。

『好吧。』妙麗不安的說，『就假設有這樣的斗篷存在……那麼那個石頭呢，羅古德先生？就是你所謂的重生石。』

『怎麼樣？』

『嗯，那種東西怎麼可能存在呢？』

『那妳能證明它不存在嗎？』贊諾說。

妙麗看起來很生氣。

『但這——很抱歉，這完全是胡說八道！我哪有**可**能證明它不存在呢？你難道要我——要我拿全世界的石頭來測試？我的意思是，你不能只因爲無法證明一樣東西不存在，就咬定它一定存在。』

『可以的，當然可以。』贊諾說，『我很高興，妳的腦筋終於有點開竅了。』

『所以，那根接骨木魔杖，』哈利趕快接口，免得妙麗又要反駁，『你認爲它也眞的存在？』

『哦，是啊，這方面的證據多得數不清。』贊諾說，『聖物之中，追蹤接骨木魔杖的下落最容易，因爲它傳承的方式很特殊。』

『什麼樣的方式？』哈利問。

『就是說，擁有魔杖的人必須從前一個擁有者手中奪取它，才能成爲它眞正的主人。』贊諾說，『你一定聽說過卓越的艾格伯如何殺死邪惡的艾摩利，而後魔杖才落入他手中？還有高德拉在魔杖被兒子西爾沃拿走後，死在自己的地窖裡？還有無法無天的盧錫斯如何殺死巴拿巴．得伏里之後奪得魔杖？翻開魔法界的歷史，斑斑血跡都是接骨木魔杖轉手的血腥過程。』

哈利瞥向妙麗。她皺起眉頭瞪著贊諾，卻沒有出聲反駁他。

『那麼你認爲，接骨木魔杖現在在哪裡呢？』榮恩問。

『唉，誰知道？』贊諾眼睛望著窗外說，『誰知道接骨木魔杖藏在哪兒？從阿卡士和厲衛司之後，線索就斷了。誰說得出，他們兩人之中究竟哪一個打敗了盧錫斯，得到魔杖？誰又說得出，後來他們又落敗誰人之手？歷史啊，唉，可沒告訴我們。』

一陣沉默過後，最後妙麗僵硬的問道：『羅古德先生，皮福雷家族跟死神聖物有關嗎？』

贊諾大吃一驚，哈利也心頭一動，他似乎有印象，卻記不得究竟是什麼。皮福雷……他聽過這名字……

『原來妳在誤導我啊，小姐！』贊諾說，在椅子上坐正，瞪著眼睛觀察妙麗，

『我還以爲你們不知道追尋聖物這件事！很多追尋者都認爲，皮福雷家族跟聖物很有關係——關係大得很！』

『皮福雷家族是什麼人？』榮恩問。

『我們看過一塊刻有那個記號的墓碑，在高錐客洞。上面有個名字，』妙麗盯著贊諾不放，『伊諾特．皮福雷。』

『一點也不錯！』贊諾說，他像要教訓人似的伸出食指，『伊諾特墳上的死神聖物記號，就是最確鑿的證據！』

『什麼證據？』榮恩問。

『這還用說！故事裡的三兄弟，實際上就是皮福雷三兄弟，安提歐、卡德馬和伊諾特！他們是聖物的原始擁有者！』

他又向窗外瞄了一眼，站起身後，端起托盤往螺旋梯走去。

『你們留下來吃晚餐吧？』他再次消失在樓梯下時喊道，『每個人都跟我們要淡水長腿魚湯的食譜呢。』

『或許是準備交給聖蒙果醫院的毒物研究部門吧。』榮恩壓低聲音說。

哈利一直等到聽見贊諾在樓下廚房裡走動，才開始說話。

『妳覺得怎麼樣？』他問妙麗。

『哦，哈利。』她疲倦的說，『徹頭徹尾都是胡說八道。那個符號眞正的意義絕不可能是這樣的。一定都是他自己的怪念頭。眞是浪費時間。』

『我看這位老兄就是這樣掰出犄角獸來的。』榮恩說。

『你也不相信？』哈利問他。

『不信，這故事無非就是講給小孩子聽，教他們一些生活的道理，不是嗎？「別惹麻煩、別打架、別碰不該碰的東西！只要低著頭，管好自家的事，就不會出問題。」仔細想想，』榮恩又說，『或許就因爲這個故事，接骨木魔杖才會被視爲不祥之物。』

『你說什麼呀？』

『這是一個迷信，不是嗎？像是「五月生女巫，麻瓜做丈夫。」「黃昏下咒語，午夜就不靈。」「接骨爲魔杖，運氣不會旺。」你們一定聽過。諸如此類的句子，我媽成天掛在嘴邊。』

『哈利和我都是麻瓜養大的。』妙麗提醒他，『他們教我們不同的迷信。』一股辛辣的氣味從廚房裡飄過來，她深深嘆了口氣。贊諾惹怒她唯一的好處，就是她似乎因此忘記繼續生榮恩的氣。『我想你說得對，』她對他說，『這不過是則寓言，誰都曉得哪件禮物最好，誰都會選——』

三人幾乎同時開口，妙麗說：『斗篷。』榮恩說：『魔杖。』哈利說：『石頭。』

他們又驚又喜的看著彼此。

『理論上是該選斗篷沒錯，』榮恩對妙麗說，『但只要有了魔杖，誰還需要隱形？所向無敵的魔杖耶，妙麗，妳想想看！』

『我們已經擁有隱形斗篷了。』哈利說。

『而且它幫了我們很大的忙，或許你們還沒發現！』妙麗說，『至於魔杖則會惹來麻煩——』

『——除非你到處張揚。』榮恩辯說道，『除非你臭屁的跳著舞，高舉著魔杖揮舞，唱著：「我有根打不敗的魔杖，自以爲了不起的人都來試試看。」只要你閉緊嘴巴——』

『是啊，問題是你閉得緊嗎？』妙麗滿臉不信，『你們知道，他跟我們講那麼多話，就只有一點符合事實，也就是超強魔杖的故事已經流傳數百年了。』

『果眞有這種故事？』哈利問。

妙麗又一副生氣的模樣，哈利和榮恩對她這種表情眞是再熟悉不過，不由得相視而笑。

『死神魔杖、命運魔杖，數百年來它們以不同的名字出現，通常都屬於某個自吹自擂的黑巫師。丙斯教授曾經提到其中幾個，但——哎呀，都是胡說八道啦。魔杖的威力不可能超越使用它的巫師。有的巫師就是愛吹牛，揚言自己的魔杖比其他人更大、更好。』

『但妳怎麼知道，』哈利說，『這些魔杖——死神魔杖或命運魔杖——不是數百年間以不同名稱現身的同一支魔杖呢？』

『怎麼，你意思是說，它們都是死神製作的那根接骨木魔杖囉？』榮恩說。

哈利笑了起來，他想到的怪念頭怎麼聽都覺得荒誕不經。他提醒自己，不論那次佛地魔在夜空中追逐他時，他的魔杖做了什麼，但它的材質是冬青木，而非接骨木，而且製杖師是奧利凡德。再說，如果它真的所向無敵，又為什麼會折斷？

『那你為什麼選石頭？』榮恩問他。

『嗯，如果能使死者復活，我們可以召回天狼星……瘋眼……鄧不利多……我爸媽……』

榮恩和妙麗都沒有笑。

『但吟遊詩人皮陀說，他們不會想回來，不是嗎？』哈利想起剛剛才聽過的故事，『我想應該沒有很多故事提到讓人起死回生的石頭，對吧？』他問妙麗。

『是不多。』妙麗悲傷的說，『我想除了羅古德先生，沒有人會相信這種天方夜譚。皮陀可能是從魔法石得來的靈感，你知道，使人長生不老的石頭變成了可以逆轉死亡的石頭。』

廚房傳來的氣味越發嗆鼻，聞起來很像燒焦了的內褲。不論贊諾煮的是什麼，哈利真沒有把握，自己能嚥下不至於令主人傷心的分量。

『那麼，斗篷又怎麼說？』榮恩緩緩說，『你們有沒有發現，他說得很正確？我已經習慣哈利的斗篷那麼好用，所以從來沒有多想。我從來沒有聽說過像哈利這件那麼好的斗篷。它從不出差錯。我們披上它就沒有人看得見——』

『當然——我們在斗篷裡是隱形的，榮恩！』

『但贊諾說的那些斗篷也都不是便宜貨，只是全都有缺點，這也是不爭的事實！我以前沒想過，但我曾經聽說，有些斗篷舊了之後符咒會逐漸失效，有的則會被咒語撕裂，出現洞孔。哈利的斗篷來自他父親，所以從一開始就不那麼新，不是嗎？但它就是……十全十美！』

『是，沒錯。但榮恩，那個石頭……』

他倆低聲辯論，哈利則在房間裡四處走動，有一搭沒一搭的聽著。走到螺旋梯口，他心不在焉的抬頭看看上一層樓，注意力立刻被吸引。他自己的臉從上面那個房間的天花板回瞪著他。

迷惑了一會兒，他才發現那不是一面鏡子，而是一幅畫像。他好奇的爬上樓。

『哈利，你幹什麼？他不在這兒，我覺得你最好不要亂跑！』

但哈利已經上了樓。

露娜用五張畫得很漂亮的臉孔，裝飾她臥室的天花板：哈利、榮恩、妙麗、金妮和奈威。它們不像霍格華茲的畫像會移動，但還是有某種魔法，哈利覺得它們都會呼吸。乍看好像有一條細細的金鍊子，纏繞著這幾幅畫，把它們串連在一起，但仔細觀察了一會兒，哈利發現所謂的鍊子，其實是用金色的墨水把一個字重複寫了上千遍：朋友……朋友……朋友……

哈利心中油然湧起對露娜的好感。他打量了一下這個房間，床畔有張大照片，裡面是幼年時的露娜和一個長得跟她很像的婦人，她們擁抱在一起。照片裡，露娜的髮型，是哈利這輩子看過她梳得最整齊的一次。照片上滿是灰塵，這讓哈利覺得有點奇怪，他開始四下張望。

房裡有點不對勁。淺藍色地毯上積滿了灰塵，半開的衣櫃裡沒有衣服。床鋪也冷冰冰的，沒有人動過的痕跡，好像已經幾個星期沒有人睡過了。就連近處的窗戶上都結了一張蜘蛛網，隔開血紅色的天空。

『怎麼了？』哈利下樓時，妙麗問。但哈利沒來得及回答，就見贊諾從廚房爬上樓來，這次他端來的托盤裡有好幾個碗。

『羅古德先生，』哈利說，『露娜在哪裡？』

『你說什麼？』

『露娜在哪裡？』

贊諾聞聲在樓梯頂端停下了腳步。

『我──我告訴過你們，她在溪底橋抓長腿魚。』

『那你爲什麼只做四人份的晚餐?』

贊諾想說話,卻沒有發出聲音。室內的聲音只剩下印刷機持續運作的嘰嘰軋軋聲,還有托盤隨著贊諾的手抖動而發出的喀啦喀啦聲。

『我想露娜已經好幾個星期沒住在這兒了。』哈利說,『她的衣服不見了、床也沒有人睡過。她在哪裡?你又爲什麼一直朝窗外張望?』

贊諾丟下托盤,碗掉在地上摔碎了。哈利、榮恩、妙麗都取出魔杖,贊諾的手已差點伸進口袋裡卻因此停了下來。就在這時,印刷機發出轟隆一聲巨響,許多份《謬論家》從桌布底下噴湧出來,撒滿一地,印刷機終於沉默了。

妙麗彎腰撿起一份雜誌,手中魔杖仍指著羅古德先生。

『哈利,看這個。』

他盡快穿過一片混亂,大步走到妙麗身旁。《謬論家》的封面是他的照片,大字寫著頭號不受歡迎人物,還列出緝捕他的懸賞金額。

『原來《謬論家》變換新角度了。』哈利冷冷的問,他的心思飛快轉動。『所以你到花園裡去,是爲了這個目的,羅古德先生?送貓頭鷹去通知魔法部?』

贊諾舔舔嘴唇。

『他們帶走了我的露娜。』他低聲說,『因爲我寫的那些東西。他們帶走了我的露娜,我不知道她在哪裡、他們怎麼對付她。但他們可能會把她還給我,如果我——如果我——』

『交出哈利？』妙麗替他把話說完。

『甭想。』榮恩直截了當說，『讓開，我們要走了。』

贊諾臉色慘白，好像有一百歲那麼老，他牽動嘴唇，露出一個可怕的獰笑。

『他們隨時會趕到。我一定要救露娜，我不能失去露娜。你們不可以走。』

他張開手臂擋著樓梯，哈利突然想起：當初他的母親也是這樣擋在他的小床前，擺出同樣的姿勢。

『不要逼我們傷害你。』哈利說，『快讓開，羅古德先生。』

『哈利！』妙麗尖叫。

騎掃帚的人影從窗前掠過。趁他們三人目光轉開，贊諾抽出魔杖，幸好哈利及時警覺過來，他撲向一旁，推開榮恩和妙麗。贊諾的昏擊咒飛過房間，正好命中那支爆角怪的角。

一陣猛烈的爆炸。巨響似乎把房間震得四分五裂，木屑、紙張、垃圾向四面八方飛濺，捲起一片濃密得無法穿透的白色塵霧。哈利被震飛到空中，然後重重跌落在地板上，瓦礫如雨點般落在他身上，哈利什麼也看不見，只好用手抱頭。他聽見妙麗尖叫、榮恩悶哼，還有一連串讓人不舒服的金屬撞擊聲，他知道這是贊諾被炸得往後跌倒，沿著螺旋梯滾下去的聲音。

半個人埋在磚瓦木片裡的哈利試著爬起身，灰塵彌漫使他幾乎不能呼吸。半個天花板都塌了下來，露娜的床掛在破洞口。羅威娜・雷文克勞的半身像躺在他身旁，半張臉不見了。撕裂的羊皮紙碎片在空中飛舞，大半個印刷機翻倒在地，擋住了通往廚房的上半截樓梯。然後一個白色人影靠過來，只見滿身灰塵、好像另一尊雕像的妙麗，用手指壓在嘴唇上。

樓下的門嘩啦一聲打開了。

『我不是跟你說過，沒有必要急著趕來的嗎，崔佛？』一個粗暴刺耳的聲音說，『我不是跟你說過，這個笨蛋照例又在做白日夢了嗎？』

砰的一聲，贊諾發出痛苦的慘叫。

『不……不……樓上……波特！』

『我上個星期怎麼跟你說的，羅古德？除非有具體的消息，否則我們不會再來！還記得上星期嗎？你想用那個該死的愚蠢頭盔交換你女兒？還有再前一個星期——』又是砰一聲，又一陣慘叫，『——你以為如果能證明犄角獸存在，我們就會——』砰！『——交還——』砰！『——你女兒？』

『不——不——求求你們！』贊諾抽泣道，『真的是波特！真的！』

『這次你叫我們來，只為了把我們炸成碎片！』那個食死人咆哮，一連串毆打的聲音穿插著贊諾痛楚的哀鳴。

『這地方看起來快塌了，賽溫。』另一個比較冷靜的聲音說，回音沿著變形的樓梯傳上來，『梯子整個堵住了。可以清理一下嗎？說不定整棟房子會垮掉。』

『你這撒謊的廢物。』名叫賽溫的巫師吼道，『你這輩子都沒見過波特，對吧？你以爲可以把我們騙到這裡來，殺死我們，是不是？你以爲這麼做，你女兒就會回來？』

『我發誓……我發誓……波特在樓上！』

『人現現！』樓梯腳下那個聲音唸道。

哈利聽見妙麗倒抽一口涼氣，而他有種古怪的感覺，好像有什麼東西低低的從他身上掠過，他的身體彷彿沉浸在它的陰影之中。

『樓上確實有人，賽溫。』第二個人隨即說。

『是波特，我告訴過你們，是波特呀！』贊諾抽抽搭搭的哭道，『求求你們……求求你們……把露娜還給我，我只要露娜……』

『你可以得回你的小女兒，羅古德。』賽溫說，『只要你上樓去，把哈利波特帶下來。但如果這是詭計，如果你有同謀埋伏在樓上想突襲我們，那就等著看，我們會不會留下一丁點你女兒的屍骨供你埋葬了。』

贊諾發出恐懼和絕望的哀鳴。接著有腳步聲和搬運東西的聲音，贊諾正在努力清除樓梯上的碎磚破瓦。

『來吧，』哈利悄聲道，『我們必須離開這兒。』

他利用贊諾在樓梯上製造的噪音做掩護，設法移開壓在身上的瓦礫。榮恩被埋得最深，哈利和妙麗儘可能安靜的爬過房裡的碎磚瓦，到他躺臥的地方，合力把一座沉重的五斗櫃從榮恩腿上搬開。贊諾乒乒乓乓清理樓梯的聲音逐漸接近時，妙麗已藉著飛行咒使榮恩脫困。

『好了。』妙麗低聲說，擋在樓梯口的破損印刷機開始搖晃，贊諾距他們只有幾呎了。她仍然滿身白灰。『你信任我嗎，哈利？』

哈利點點頭。

『那就好。』妙麗輕聲道，『把隱形斗篷給我。榮恩，你把它穿上。』

『我？但是哈利——』榮恩一臉驚訝的說。

『拜託，榮恩！哈利，抓緊我的手，榮恩，抓緊我的肩膀。』

哈利伸出左手，榮恩消失在斗篷底下。擋在樓梯口的印刷機不斷震動，贊諾嘗試用飛行咒變換它的位置。哈利猜不出妙麗在等什麼。

『抓緊。』她小聲提醒，『抓緊……準備好……』

贊諾蒼白如紙的臉，出現在櫥櫃頂端。

『空空，遺忘！』妙麗喊道，搶先用魔杖指著他的臉，然後又指向他們腳下的地板說：『窟窿現！』

妙麗在客廳地板上炸出一個洞。他們像石塊般向下墜落，哈利死命抓緊她的手不放，下方人群發出連連驚呼，他瞥見兩個男人正試著閃躲雨點般飛落在他們身上的大量瓦礫碎片和破損家具。

妙麗在半空中一扭身，在房屋倒塌的隆隆聲中，她拉著哈利，再度衝進黑暗。

22. 死神的聖物

哈利喘著氣跌落在草皮上，立刻翻身站起來，他們好像在黑暗中降落在一片空地的一角。妙麗已經在他們周圍繞圈奔跑，邊揮舞著魔杖。『全全破心護……安安除惡咒！』

『那個奸詐的老壞蛋！』榮恩氣喘吁吁的從隱形斗篷底下現身，並將它扔還給哈利。『妙麗，妳眞是天才，百分百的天才。我眞不敢相信我們能脫身！』

『護護敵不近……我不是說過那是爆角怪的角嗎？我不是警告過贊諾嗎？現在他的房子被炸成碎片了！』

『活該！』榮恩檢查撕破的牛仔褲和腿上的割傷道，『妳想他們會怎麼對付他？』

『唉，我希望他們不至於殺了他！』妙麗嘆道，『所以我才安排讓食死人在我們

離開前，看見哈利一眼，這樣他們才會知道，贊諾沒有撒謊！』

『但是幹嘛要把我藏起來呢？』榮恩問。

『你應該患了多發性點狀爛痲疹躺在床上的，榮恩！他們綁架露娜是因爲她父親支持哈利！如果被他們發現你跟哈利在一起，你的家人怎麼辦？』

『可是妳的爸媽呢？』

『他們在澳洲。』妙麗說，『他們應該沒事。他們什麼都不知道。』

『妳眞是天才。』榮恩又重複一遍，一副肅然起敬的表情。

『是啊，眞的，妙麗。』哈利熱烈響應。『眞不知道我們沒有妳的話，要怎麼辦。』

她微微一笑，但又立刻恢復嚴肅。

『露娜怎麼辦？』

『嗯，如果他們說的是實話，而且她還活著——』榮恩說。

『別這麼說，別那麼說！』妙麗尖聲叫道，『她一定還活著，一定的！』

『那我猜她應該在阿茲卡班。』榮恩說，『不知她能否在那種地方活下來，但……很多人都……』

『她會的。』哈利說。他不忍心想像別種可能。『露娜很堅強，她比你們以爲的都還堅強得多。她說不定會教其他犯人有關黑黴氣和水煙蟲的知識。』

『但願你說得對。』妙麗用手摀住眼睛說，『我眞替贊諾難過，要不是——』

『——要不是他剛剛才把我們出賣給食死人，就是嘛。』榮恩說。

他們搭起帳篷，躲進裡面，榮恩替大家準備了熱茶。千鈞一髮的脫逃，再次回到這個寒冷、發霉的老巢，感覺就像回家一樣安全、熟悉又友善。

『哦，我們為什麼要到那兒去？』沉默了一會兒，妙麗呻吟道，『哈利，你說得對，根本就是高錐客洞的翻版，完全浪費時間！什麼死神的聖物……垃圾……不過話說回來，』她好像忽然想到一個新主意，『會不會一切都是他捏造出來的？或許他根本不相信什麼死神的聖物，只是為了讓我們一直聊下去，等食死人趕到！』

『我可不覺得是這樣。』榮恩說，『要在壓力下捏造故事，遠比妳想像的困難多了。這是我被死拿錢抓到時的發現。偽裝是史坦，比捏造出一個全新的人容易多了，因為我對他多少有點認識。老羅古德承受的壓力大得不得了，他非得讓我們留下來不可，所以我相信他說的都是事實，或是他心目中的事實，這樣我們才會一直聊下去。』

『好吧，不過我覺得都無所謂。』妙麗嘆口氣，『即使他很誠實，我這輩子也沒聽過這麼荒唐的事。』

『慢著。』榮恩說，『當初大家也都以為密室是則傳說，不是嗎？』

『但死神聖物不可能存在，榮恩！』

『妳一直這麼說，但其中就有一樣存在。』榮恩說，『哈利的隱形斗篷——』

『〈三兄弟的故事〉只是個故事。』妙麗堅決的說，『講人類如何恐懼死亡的故事。如果生存只是躲進隱形斗篷那麼簡單，我們就不需要別的東西了！』

『我不知道。我們也用得著打不敗的魔杖。』哈利說，手中邊轉動著那根他非常不喜歡的黑刺李魔杖。

『根本沒有這種東西，哈利。』

『妳說過，曾經有好多魔杖──叫什麼死神魔杖或其他名字的──』

『好吧，即使你要自欺說接骨木魔杖真的存在，那重生石又怎麼說？』她提到這些名稱時，用手指在空中畫個問號，語氣充滿嘲弄，『魔法不能使死人復活，這一點毫無爭議！』

『我的魔杖跟那個人的魔杖連接時，就出現我媽和我爸……還有西追……』

『但他們並沒有真正從冥界回來，不是嗎？』妙麗說，『那種──蒼白的模仿品，跟真正使一個人復活，是不一樣的。』

『可是她，故事裡的那個女孩也沒有真正復活，不是嗎？故事說，一旦一個人死了，就隸屬死者的世界。但二哥還是可以看見她、跟她交談，不是嗎？他甚至跟她共同生活了一段時間……』

哈利看到妙麗臉上出現了憂慮和某種不容易確定的情緒，再看一眼榮恩後，他隨即明白，那就是恐懼。他高談闊論跟死者一起生活，嚇著了她。

『所以，葬在高錐客洞那個姓皮福雷的，』他倉卒的說，努力使語氣顯得清醒無比，『妳對他一無所知？』

『不知。』她答道，換個話題使她如釋重負。『我看到他墓碑上的記號之後，就做過調查，如果他很有名或做過什麼大事，我相信我們的書裡一定會提到。但我唯一找到「皮福雷」這名字的一次，就是在《自然界的榮光：一部魔法家族史》裡。那本書是跟怪角借的。』見榮恩挑起眉毛，她解釋道：『書中列出現今已經斷了男嗣的血統純正家族，顯然皮福雷是最早消失的家族之一。』

『斷了男嗣？』榮恩重複一遍。

『就是說，這姓氏在幾百年前就沒人姓了。以皮福雷家族為例，他們可能還有後裔，但不姓皮福雷。』

哈利忽然心頭靈光一現，被皮福雷這名字挑動的記憶回來了！一個骯髒的老人當著魔法部官員的面，揮舞一枚醜陋的戒指。哈利大聲喊道：『魔佛羅．剛特！』

『你說什麼？』榮恩與妙麗異口同聲道。

『魔佛羅．剛特！「那個人」的外祖父！我在儲思盆裡見過他！當時鄧不利多跟我一起！魔佛羅．剛特說他是皮福雷的後裔。』

榮恩和妙麗滿臉迷惑。

『那個戒指，後來成為分靈體的戒指。魔佛羅說過，上面有皮福雷家族的徽章！我看見他對一個魔法部的官員揮舞那枚戒指，他差點把戒指戳到人家鼻子裡！』

『皮福雷家族的徽章？』妙麗急促的問，『你有看到上面是什麼圖案嗎？』

『沒看清楚。』哈利努力回憶。『我印象中，沒什麼值得注意的東西，可能只是幾根線條。直到它被破壞以後，我才有機會近距離觀察它。』

哈利看見妙麗忽然瞪大眼睛，代表她懂了。榮恩來回掃視他們兩個，表情十分驚訝。

『天啊……你認爲，又是那個符號？聖物的符號？』

『有何不可？』哈利興奮的說，『魔佛羅．剛特是個無知的老飯桶，日子過得像頭豬，他唯一在意的就是他的祖先。如果那枚戒指眞的傳了好幾百年，他可能已經不知道它究竟代表什麼了。那棟房子裡沒有半本書，相信我，他也不是會唸童話故事給孩子聽的那種人。他一定把寶石上的線條當成家族徽章，因爲他唯一的認知就是，血統純粹就等於皇家貴冑。』

『是啊……這一切都很有趣。』妙麗審愼的說，『但，哈利，如果你的想法跟我一樣——』

『嗯，有何不可？有何不可？』哈利把謹愼拋在一旁說，『那是塊石頭，不是嗎？』他看一眼榮恩尋求支持。『如果那就是重生石呢？』

榮恩張大嘴巴說：『天啊——但它還管用嗎？如果鄧不利多破壞了——』

『管用？管用？榮恩，它從來就沒有管用過！根本沒有重生石這種東西！』妙麗跳起來，顯得又氣又惱，『哈利，你企圖給每件事套上聖物故事的框架——』

『給每件事套上？』他重複她的話。『妙麗，這一切本來就是這樣！我知道那塊石頭上有死神聖物的標記！剛特是皮福雷家族後裔這件事，也是他自己說的！』

『一分鐘前，你還說你沒有仔細看過石頭上的記號！』

『你想那個戒指現在在哪裡？』榮恩問哈利，『鄧不利多硬把它破壞以後，怎麼處理它？』

但哈利的想像力向前飛馳，遠超過榮恩和妙麗所能及……

三件物品，又叫做聖物，如果聯合在一起，持有者就能主宰死亡……主宰……征服者……勝利者……最終之大敵爲死亡……

他看見自己擁有這些聖物，面對佛地魔，分靈體無法匹敵……兩者不能並存……這就是答案嗎？聖物對抗分靈體？到底有沒有辦法確保他會獲勝？成爲死神聖物的主宰，就安全了嗎？

『哈利？』但他幾乎聽不見妙麗說話，他取出隱形斗篷，在指縫間摩挲，布料像水般滑潤，像空氣般輕盈。置身魔法世界將近七年以來，他從未見過類似的東西。這件斗篷完全符合贊諾的描述：眞正能使穿戴者完全隱形的斗篷，而且永不損壞，不怕任何咒語，能提供長時間、無法識破的隱形效果……

然後他倒抽一口氣，想起來了——

『我父母去世的那個晚上，我的斗篷在鄧不利多手上！』

哈利的聲音顫抖，他意識到自己脹紅了臉，但他不在乎。『我媽告訴過天狼星，鄧不利多借走了斗篷！就是這個緣故！他要研究它，因爲他認爲它就是第三件聖物！伊諾特・皮福雷葬在高錐客洞……』哈利盲目的繞著帳篷走來走去，覺得好像偉大的嶄新眞相在他四周豁然開朗。『他是我的祖先！我是三兄弟的後代！這麼講很合理！』

他覺得滿腔自信，相信聖物就是他的後盾，光是渴望擁有它們的欲望，就足夠保護他。他轉身面對其他兩人時，心中只覺得欣喜若狂。

『哈利。』妙麗再次呼喚，但他忙著解下掛在脖子上的皮袋，手指抖得很厲害。

『讀讀看。』他把他母親的信塞進她手裡，對她說，『讀讀看！斗篷在鄧不利多手上，妙麗！他還有什麼別的理由要拿它？他不需要隱形斗篷，他施展的滅幻咒強大到不需要斗篷就能隱形！』

有個發出亮光的東西掉到地上，滾到一把椅子底下。他取信的時候，把金探子也帶了出來。他彎腰撿起它，然後新湧起的奇妙發想源源不斷，給他帶來一件新禮物，心裡爆發的驚奇與喜悅使他大喊。

『**就在這裡**！他把戒指留給我了——在金探子裡！』

『你——你這麼想？』

他不懂榮恩爲什麼顯得那麼驚訝。在哈利看來，這件事再明顯、再清楚不過！所有條件都符合，每件事……他的斗篷是第三件聖物，等他找到開啓金探子的方法，就會擁有第二件，然後就只需要找到第一件聖物，接骨木魔杖，然後——

但就像是燈光明亮的舞台突然落了幕，所有的興奮、所有的希望與快樂轉眼消失，他獨自站在黑暗裡，偉大的咒語被打破了。

『他要找的就是那個。』

他突然改變語氣，使榮恩和妙麗顯得更害怕。

『「那個人」要的就是接骨木魔杖。』

他轉身背對他們緊張而懷疑的臉孔。他知道這是眞的，這樣才說得通。佛地魔不是要找新魔杖，他要的是一根舊魔杖，應該說是非常古老的魔杖。哈利從帳篷一頭走到另一頭，探頭望著夜空沉思，忘記了榮恩和妙麗……

佛地魔在麻瓜的孤兒院裡長大。他小時候就像哈利一樣，沒有人會講《吟遊詩人皮陀故事集》給他聽。幾乎所有的巫師都不相信死神聖物。佛地魔有可能知道它們嗎？

哈利凝視著黑暗……如果佛地魔知道死神的聖物，就一定會尋找它們，不計一切要擁有它們。擁有了三件物品就能主宰死亡？如果他知道有死神聖物，或許根本就不需要分靈體了。他把聖物變成分靈體這麼一個簡單的動作，不就證明他對這魔法的終極大秘密一無所知嗎？

換言之，佛地魔雖然在找尋接骨木魔杖，卻不了解它全部的威力，不知道它是三件物品之一……因爲魔杖是一件無法隱藏的聖物，它的存在眾所周知……翻開魔法界的歷史，斑斑血跡都是接骨木魔杖轉手的血腥過程……

哈利看著多雲的天空，縷縷煙灰色或銀色的流雲，從白色的月亮表面飄過。這些不可思議的發現使他有點頭暈。

他轉身回到帳篷裡，吃了一驚，看到榮恩和妙麗仍站在他剛才離開時的相同位置，妙麗仍拿著莉莉的信，看起來有點焦慮的榮恩在她身旁。他們難道不知道，過去這幾分鐘當中，他們的旅程躍進了多大一截距離？

『就這麼回事。』哈利說，很想讓他們也感染他驚人的信心。『這解釋了一切。死神聖物眞的存在，我得到了一件——說不定兩件——』

他舉起金探子。

『——而且「那個人」在追逐第三件，但他還沒有想通……他只知道那是一根威力強大的魔杖——』

『哈利。』妙麗走過來，把莉莉的信交還給他。『很抱歉，但我認爲你弄錯了，徹底錯了。』

『但妳不明白嗎？一切都說得通——』

『不對，完全說不通。』她道，『說不通，哈利，你只是幻想過頭了。拜託，』他想開口，但她搶先了一步，『你只要回答我一個問題。如果死神聖物眞的存在，鄧不利多又了解它們，知道擁有三件聖物的人能主宰死亡——哈利，那他爲什麼不告訴你？爲什麼？』

他早就準備好答案。

『但妳說過的，妙麗！你必須自己找到它們的意義！這才叫做追尋！』

『我之所以那麼說，不過是爲了說服你去找羅古德！』妙麗氣得大喊，『我自己都不相信！』

哈利不理她。

『鄧不利多通常都讓我自己找出答案。他讓我測試自己的力量，讓我冒險。感覺上，這就像他會做的事。』

『哈利，這不是一場遊戲，這不是做習題！現在是來眞的。鄧不利多給你非常清楚的指示：找到分靈體，摧毀它們！那個記號根本沒有意義，忘了死神聖物吧，我們不可以分散注意力——』

哈利幾乎沒在聽她說話。他拿著金探子在手裡轉來轉去，暗地裡希望它自動裂開，掉出重生石，證明給妙麗看他是正確的，死神聖物眞的存在。

妙麗開始拉攏榮恩。

『你不信這套，對吧？』

哈利抬頭凝視榮恩。榮恩遲疑著。

『我不知道……我是說……有些部分好像說得通。』榮恩笨拙的說，『但全面看起來……』他深呼吸一口氣，『我想我們應該去銷毀那些分靈體，哈利。這是鄧不利多交給我們的任務。也許……也許我們不該管與聖物有關的事。』

『謝謝你，榮恩。』妙麗說，『第一班守夜我來負責。』

然後她大步從哈利身旁走過，坐在帳篷入口處，用這個動作畫下一個有力的句點。

但那天晚上，哈利幾乎無法入睡。死神聖物的念頭盤據了他的心神，興奮的意念在他心裡轉個不停，使他靜不下來。魔杖、石頭、斗篷，如果他能全部擁有……

我在結束開啓……但結束是什麼？爲什麼他不能馬上擁有那顆石頭？只要有了石頭，他就可以當面向鄧不利多提出這些問題……哈利在黑暗中對金探子喃喃低語，什麼都嘗試了，甚至包括爬說語，但那顆小金球就是不肯打開……

還有那根魔杖，接骨木魔杖，它藏在哪裡？佛地魔現在在哪裡搜索？哈利眞巴不得額頭上的疤痕灼痛起來，讓他看見佛地魔的思想，這還是有生以來頭一遭，他跟佛地魔因爲想要同樣的東西而聯合在一起……妙麗不會喜歡這念頭，當然……但話說回來，她也不相信……贊諾對她的評價多少有點正確……心胸狹窄、見識短淺、觀念封閉。事實就是，她對死神聖物的觀念充滿恐懼，尤其是重生石……哈利再次把嘴唇貼在金探子上，親吻它，幾乎差點要把它吞下肚，但冰冷的金屬不爲所動……

快天亮時，他想起了露娜，獨自被關在阿茲卡班的牢房裡，四周都是催狂魔，他忽然覺得很慚愧。他一心只想著聖物，完全忘記了露娜。如果能把她救出來就好了，但是面對數量那麼多的催狂魔，想要救援簡直是以卵擊石。這讓他想到，他還不曾嘗試用黑刺李魔杖召喚護法……早晨他一定要試試……

如果能取得更好的魔杖就好了……

取得接骨木魔杖、死神魔杖，永不失敗、所向無敵的欲望，再度將他淹沒……

第二天早晨，他們收拾好帳篷，在淒涼的苦雨中繼續前進。傾盆大雨一直追逐他們到海邊，夜間他們又搭起帳篷，就這樣不屈不撓的走了整整一個星期。一片濕淋淋的風景，使哈利覺得悲慘而沮喪。他心裡只想到死神的聖物。就好像他心裡點燃了一把火，任何東西都不能使它熄滅，就算是妙麗直截了當的表示不相信，榮恩懷疑不已，要那把火還是能熊熊燃燒。

問題是，對聖物的渴望越是在他心中熊熊燃燒，他就越覺得不快樂。他把一切怪到榮恩和妙麗頭上，因此他們故意表現得漠不關心，就跟下個不停的雨一樣惡劣，使他心情低落，但兩者都無法侵蝕他始終飽滿的信心。對聖物的信念與渴望，完全盤據了哈利的心思，甚至覺得自己無法認同兩個同伴，以及他們對尋找分靈體的執迷不悟。

『執迷不悟？』有天晚上，妙麗責備哈利對找尋其他分靈體無精打采時，他不小心用這字眼反駁。妙麗壓低聲音兇狠的說：『執迷不悟的不是我們，哈利！我們只是努力執行鄧不利多交代的任務。』

但他對這句含蓄的批評充耳不聞。鄧不利多留下了聖物的記號，要妙麗和他解讀，而且哈利也深信不疑，鄧不利多把重生石藏在金探子裡。兩者不能並存於世……死亡的主宰……爲什麼榮恩和妙麗就是不懂？

『最終之大敵爲死亡。』哈利鎮定的重述。

『我還以爲我們要對抗的是「那個人」。』妙麗駁斥。哈利決定放棄她。

就連那頭銀色母鹿的來歷，雖然其他兩人孜孜矻矻討論不休，但哈利也覺得無所謂，在他看來，這不過是稍微有點意思的枝微末節罷了。

他唯一在意的另一件事，就是額上的疤痕又開始刺痛，但他卻極力在同伴面前掩飾這件事。每次疼痛發作，哈利都設法獨處，但看到的畫面卻讓他失望。他與佛地魔分享的畫面品質發生了變化，總是模糊不清、晃動不已，好像不斷在變換焦距。哈利只分辨出一個好像骷髏頭的模糊物體，還有個像山的東西，但好像都只有陰影而沒有實體。習慣了清晰宛如實景的畫面，哈利對這種改變感到不安。

他很擔心自己與佛地魔的聯繫已遭到破壞，他雖然對這聯繫感到恐懼，但不論他在妙麗面前怎麼說，他也覺得它很寶貴。他認爲影像變得如此模糊不清晰，多少該歸咎於魔杖被毀，就好像他不能再清楚看見佛地魔的心思，都是那根黑刺李魔杖的錯。

一週一週過去，哈利雖然心有旁騖，但仍不免注意到，榮恩似乎成了這個小團體的發號施令者。或許因爲他決心彌補拋棄他們的過失，也可能因爲哈利鎮日無精打采，激發了沉潛在榮恩內心的領袖特質，現在都是他在鼓勵與勸導他們兩人採取行動。

『還剩三個分靈體。』他總是說，『我們需要行動計畫，來吧！哪裡還沒找過？我們再來一遍。孤兒院……』

斜角巷、霍格華茲、瑞斗老屋、波金與伯克氏、阿爾巴尼亞，他們所知每一個湯姆・瑞斗曾經住過、工作過、到過或殺過人的地方，榮恩和妙麗都翻遍了，哈利加入他們，只是爲了不想聽妙麗嘮叨他。他寧可獨自一個人坐著，默然不語，試著解讀佛地魔的思維，設法進一步了解接骨木魔杖的內幕，但他發現，榮恩堅持繼續旅行，到越來越不可能有斬獲的地方，其實只爲了保持大家不斷前進。

『你永遠不知道。』這已經成了榮恩的口頭禪。『上弗雷格利是個巫師村，他可能曾經考慮住那兒。我們去打聽一下。』

常常這樣闖入魔法社區的結果，使他們經常遇見死拿錢。

『他們有些可能比食死人還壞。』榮恩說，『抓到我的那幾個可能有點遜，但比爾認爲，他們有的非常危險。這是「波特觀察」上說的——』

『什麼？』哈利問。

『「波特觀察」，我沒告訴你它叫這名字嗎？就是我一直想聽的那個廣播節目呀，那個唯一報導新聞眞相的節目！幾乎每家電台都對「那個人」唯命是從，只有「波特觀察」例外。我眞希望你能聽聽看，但頻率太難調了……』

榮恩每天晚上都用他的魔杖，在無線電收音機上敲出不同的節奏，讓轉盤飛快轉動。偶爾他們會聽見治療龍痘的片段建議，還有一次聽到幾小節〈盛滿嗆辣愛情的大釜〉。榮恩總是邊敲邊猜通關密語，低聲叨唸著一連串七拼八湊的字句。

『通常都跟鳳凰會有關。』他告訴他們，『比爾總是有本事猜中。我早晚也會猜對一次……』

但直到三月，幸運還是沒有降臨到榮恩頭上。哈利坐在帳篷門口擔任警衛，懶洋洋的看著一簇鑽出寒冷地面的紫色風信子，榮恩忽然興奮的在帳篷裡大喊。

『我猜對了！我猜對了！通關密語是「阿不思」！快進來，哈利！』

多日來沉浸在死神聖物的思維裡，哈利第一次覺得興奮，他急忙跑進帳篷，只見榮恩和妙麗跪在小收音機旁的地板上。正在沒事找事做、擦拭葛來分多寶劍的妙麗，張口結舌瞪著那個小音箱，從裡面傳出一個熟到不能再熟悉的聲音。

『……爲我們暫時在空中缺席表示歉意，這都是那些迷人的食死人在我們這地區拜訪很多住家所引起的。』

『這不是李．喬丹嗎！』妙麗說。

『我知道！』榮恩笑道，『很酷，嗯？』

『……現在我們找到另一個安全的場地。』阿李說，『我很高興告訴大家，今晚這兒有兩位固定爲我們播報新聞的朋友。晚安，夥伴們！』

『嗨。』

『晚安，李溪。』

『「李溪」就是阿李。』榮恩解釋，『他們都有化名，但通常都猜得出——』

『噓！』妙麗說。

『在我們聽羅爺和雷姆洛說話前，』阿李繼續說，『讓我們先報導幾件「巫師無線廣播網」和《預言家日報》認爲不重要、不屑一提的死亡事件。我們以最大的遺憾向聽眾報告，泰德．東施和德克．柯斯維遇害的消息。』

哈利覺得胃部一陣緊縮。他、榮恩、妙麗恐懼的相視一眼。

『有個名叫果納的妖精也被殺了。據信有麻瓜血統的丁．湯馬斯和另一個妖精，當時正與東施、柯斯維與果納同行，但他倆可能已經逃脫。如果丁在聽廣播，或有人知道他的下落，他的父母和姊妹都迫切渴望接到消息。

『同時，蓋得利有個麻瓜家庭，一家五口陳屍家中。麻瓜官方將死因歸咎於瓦斯外洩，但鳳凰會成員通知我們，死因是索命咒——這是新政權統治下，屠殺麻瓜已超出休閒娛樂範疇的進一步證據，如果這種事還有必要證明的話。

『最後，我們很遺憾告訴聽眾，芭蒂達．巴沙特的遺體已在高錐客洞被發現。證據顯示，她已去世好幾個月。鳳凰會通知我們，她的屍體上留下絕無疑慮是黑魔法造成的傷害。

『各位聽眾，我要請大家跟我們一起，默哀一分鐘，悼念被食死人殺害的泰德．東施、德克・柯斯維、芭蒂達・巴沙特、果納，以及那個雖不知名，但同樣令人遺憾的麻瓜家庭。』

一陣沉默，榮恩與妙麗沒有說話。哈利一方面想聽更多消息，但另一方面，他對接下來會聽到什麼，卻感到非常害怕。這是很長一段時間以來，他第一次覺得跟外界有完整的聯繫。

『謝謝大家。』阿李的聲音說，『現在我們回到例行的特派員時間，羅爺會告訴我們，巫師界的新秩序影響麻瓜世界的最新動態。』

『謝謝，李溪。』一個絕不會被誤認的低沉、愼重、讓人安心的聲音。

『金利！』榮恩脫口說。

『我們都知道！』妙麗說，示意他安靜。

『麻瓜死傷慘重，但他們對苦難的來源仍一無所知。』金利說，『不過，我們不斷聽到發人深省的報導，男、女巫師爲了保護麻瓜朋友與鄰居，不惜冒自身安全的危險，但往往麻瓜並不知情。我想呼籲所有的聽眾仿效他們，比方在你居住的街道上，對所有麻瓜房屋設保護咒。只要採取這麼簡單的步驟，就能挽救很多生命。』

『如果聽眾回答，時局這麼危險，應該「巫師優先」才對，你怎麼說，羅爺？』阿李問。

『我會說，「巫師優先」跟「純種優先」或「食死人優先」之間，幾乎沒有差別。』金利回答，『我們都是人類，不是嗎？每條人命的價值都相當，都值得搶救。』

『說得太好了，羅爺，如果我們脫離這場混亂，我一定投你一票，拱你當魔法部長。』阿李說，『接著請雷姆洛來進行本台最受歡迎的單元：「波特的夥伴」。』

『謝謝你，李溪。』另一個非常熟悉的聲音說。榮恩剛要開口，妙麗就搶先一步，低聲阻止他。

『我們聽得出是路平！』

『雷姆洛，你還是像每次上我們節目一樣，堅持哈利波特還活著嗎？』

『是的。』路平堅定的說，『我毫不懷疑，他一旦死亡，食死人一定會敲鑼打鼓，到處宣揚，因為這對反抗新政權者的士氣，是一個致命的打擊。「那個活下來的男孩」象徵我們努力爭取的一切：善良的勝利、天真的力量、繼續反抗的必要。』

哈利心中油然湧起感激與慚愧交雜的情緒。那麼，他上次跟路平見面時說的那些可怕的話，都已經被原諒了嗎？

『如果哈利在聽我們節目，你要對他說什麼，雷姆洛？』

『我會告訴他，我們的精神與他同在。』路平說，然後稍微遲疑了一下，『我會鼓勵他追隨自己的直覺，他的直覺很棒，幾乎永遠是對的。』

哈利看妙麗一眼，她眼中盈滿淚水。

『幾乎永遠是對的。』她重複。

『哦，我不是跟妳說過嗎？』榮恩驚訝的說，『比爾告訴我，路平又回去跟東施一起生活了！她肚子也越來越大了。』

『……我們照例要報導，那些因爲對哈利波特忠心耿耿而受苦受難的朋友，近況如何呢？』阿李在問。

『嗯，固定收聽本節目的聽眾都知道，幾位最直言不諱、支持哈利波特的人士，現在已經入獄，包括《謬論家》前任總編輯贊諾・羅古德——』路平說。

『起碼他還活著！』榮恩嘟囔。

『過去幾小時內，我們也聽說，魯霸・海格——』三人不禁都驚呼出聲，差點沒聽見接下來的句子，『——亦即霍格華茲學校著名的獵場看守人，在霍格華茲校園內，千鈞一髮的逃脫圍捕，據說當時他在家中舉行「聲援哈利波特」派對。不過海格還沒有被監禁，我們相信他在逃亡途中。』

『我想你在逃避食死人的時候，有個身高十六呎的同母異父的弟弟，應該很有幫助吧？』阿李問。

『應該多少帶來一點優勢。』路平義正辭嚴的說，『請容我補充一句，我們「波特觀察」的同仁，都爲海格的英勇叫好，但我們呼籲即使是哈利最忠實的支持者，也不要學習海格的榜樣。目前的氣氛下，舉行「聲援哈利波特」派對，實在是不智之舉。』

『確實如此，雷姆洛。』阿李說，『所以我們建議大家，用收聽「波特觀察」來表示你效忠那個額頭上有道閃電疤痕的人就夠了！接下來的報導是有關那位跟哈利波特一樣難以捉摸的巫師。我們姑且稱呼他「食死人酋長」。現在讓我們爲大家介紹一位新特派員「鼠輩」，請他說說，他對幾則與「食死人酋長」有關的瘋狂謠言，有什麼看法。』

『「鼠輩」？』又是一個熟悉的聲音。哈利、榮恩、妙麗齊聲大喊：『弗雷！』

『不對——是喬治吧？』

『我想是弗雷。』榮恩湊得更近一點。不論是雙胞胎的哪一個，這人說：『我才不是「鼠輩」，甭想，我告訴過你，叫我「小刀」！』

『唉，好吧。「小刀」，能否請你用自己的觀點，給我們說說食死人酋長最近流傳的幾則故事？』

『好的，李溪，可以的。』弗雷說，『聽眾都知道，除非躲在花園魚池底下或其他類似的所在，否則行蹤飄忽的「那個人」，都會造成可愛的小恐慌。請別搞錯了，如果所謂目擊他的事件都是事實，那這世上一定足足有十九個「那個人」在各地跑來跑去。』

『但這樣他很稱心。』金利說，『保持神秘比實際現身，製造了更多的恐懼。』

『同意。』弗雷說，『所以，各位，我們要盡量鎮定下來。不需要捕風捉影，情況就已經夠糟了。比方有新的謠言說，只要被「那個人」的眼睛一瞪，就會喪命。那是蛇妖，聽眾們。你可以做個簡單的測試，檢查一下，瞪著眼睛看你的那個東西有沒有長腳，如果有，大可放心看他的眼睛。不過如果對方當眞是「那個人」，這仍然可能成爲你這輩子的最後一件豐功偉業。』

幾個星期以來，哈利第一次哈哈大笑，他感覺得出，緊張的壓力逐漸離他而去。

『還有他屢次在國外現身的謠言呢？』阿李問。

『這麼說吧，哪個人辛苦工作一陣子之後，不願意去度個愉快的小假呢？』弗雷說，『重點是，各位，不要因此被騙，以爲他在國外，就興起錯誤的安全感。他或許在國外，也可能不在，但事實上只要他願意，絕對可以比石內卜面對一瓶洗髮精時跑得更快。所以如果你計畫鋌而走險，千萬別指望他會鞭長莫及。我從來沒想到自己會說這種話，但安全第一，眞的。』

『非常感謝你給我們這些極具智慧的建議，小刀。』阿李說，『各位聽眾，今天的「波特觀察」就播送到此。我們不知道下次播音會是什麼時間，但可以確定，我們一定會回來。請繼續撥弄轉盤，下次的通關密語是「瘋眼」。讓我們互相保護、保持信心。晚安。』

收音機的調頻轉盤一陣急轉，頻道顯示板後面的燈光也熄滅了。榮恩和妙麗仍然滿臉笑容。聽見熟悉、友善的聲音有如一劑特效強心針，哈利已經習慣遺世獨立，差點忘記了還有其他人在反抗佛地魔。感覺就像從一場漫長的睡眠中甦醒過來。

『很棒，嗯？』榮恩快樂的問。

『棒透了。』哈利說。

『他們好勇敢。』妙麗佩服的說，『如果被發現……』

『呃，他們會不斷轉換地方，不是嗎？』榮恩說，『就像我們一樣。』

『但你沒聽見弗雷怎麼說的？』哈利興奮的問。現在廣播結束，他的心思又回到那個強大的執念上。『他在國外！他還在找魔杖，我就知道！』

『哈利——』

『別這樣，妙麗，妳為什麼就是不肯承認？佛——』

『**哈利，不要！**』

『——地魔在找接骨木魔杖！』

『這名字被下了禁忌咒！』榮恩咆哮，帳篷外傳來響亮的啪一聲，他跳起身來。『我告訴過你，哈利，我告訴過你！我們再也不能說那個名字——我們一定要把保護魔法裝設回去——快點——他們就這樣找到——』

榮恩忽然停下，哈利知道原因。桌上的測奸器忽然亮了，開始轉動不已。他們聽見人聲越來越接近，一片粗嗄、興奮的聲音。榮恩按了一下從口袋裡掏出的熄燈器，他們的燈熄了。

『舉起手，出來！』一個沙啞的聲音穿破黑暗。『我們知道你們在裡面！有六支魔杖指著你們，咒語是不認人的。』

23. 馬份莊園

哈利瞪大眼睛望向其他兩人，黑暗中只看得見隱約的輪廓。他看見妙麗舉起魔杖，不是指著外面，而是對準他的臉。傳來砰的一聲，爆出一陣白光，他痛得彎下腰倒在地上，什麼也看不見，卻發覺自己的臉很快的膨脹起來，沉重的腳步聲立刻包圍了他。

『站起來，反賊！』

不知哪來的手，粗暴的把哈利從地上拖起來。他還來不及阻擋，就有人搜索他的口袋，搶走了那根黑刺李魔杖。哈利捧住疼痛不堪的臉孔，只覺得五官摸起來都變了樣，緊繃、腫脹的感覺，好像發生了嚴重的過敏反應。他的眼睛腫成一條細縫，幾乎沒辦法看東西。從帳篷裡被拖出來時，哈利的眼鏡掉了，只看見四、五個模糊的人影，把

榮恩和妙麗也拖了出來。

『放——開——她！』榮恩大喊。接著顯然是拳頭打中肉體的聲音，榮恩痛苦的悶哼一聲。妙麗尖叫：『不要！別打他，別打他！』

『妳男朋友要是在我們的名單上，下場會比剛才更慘。』一個熟悉得可怕、沙啞的聲音說，『嬌滴滴的女孩……多麼美味……嫩嫩的皮膚我最喜歡……』

哈利的胃一陣翻攪。他知道這是誰了，焚銳．灰背！他因為行事兇殘，所以獲准穿上食死人的袍子。

『搜索帳篷！』另一個聲音說。

哈利臉朝下被扔在地上。砰的一聲，他知道是榮恩被丟在他身旁。他們聽見腳步聲和嘩啦啦的聲音，那些人搜索時把帳篷裡的椅子推翻了。

『現在，我們來看看抓到些什麼人。』上方傳來灰背貪婪的聲音，哈利被翻過來。一道魔杖射出的光照在他臉上，灰背哈哈大笑。

『這種長相，我要配著奶油啤酒才嚥得下。你怎麼了，醜八怪？』

哈利沒有馬上回答。

『我說，』灰背重複道，哈利的肚子挨了一拳，痛得他整個人縮成一半。『你怎麼了？』

『被叮的。』哈利嘟囔道，『蟲子叮的。』

『是啊，看起來也像。』另一個聲音說。

『你姓什麼？』灰背咆哮。

『達力。』哈利說。

『名字呢？』

『我──威農。威農‧達力。』

『查一下名單，史卡皮。』灰背說。哈利聽見他向旁挪了一步，低頭看著榮恩，『你呢，紅毛小子？』

『史坦‧桑派。』榮恩說。

『才怪！』那個叫史卡皮的人說，『我們認識史坦‧桑派，他給我們添了不少麻煩。』

又是一拳。

『偶叫巴迪。』榮恩說，哈利聽得出他滿口是血，『巴迪‧衛嘟理。』

『衛斯理？』灰背獰聲道，『所以你即使不是麻種，也跟純種叛徒有親戚關係囉。最後輪到……你漂亮的小女朋友……』他垂涎欲滴的口吻，使哈利全身起了雞皮疙瘩。

『別那麼猴急，灰背。』史卡皮說，其他人一陣哄笑。

『哦，我暫時還不會動口。來看看她想起自己名字的速度有沒有比巴尼快。妳是誰，小姑娘？』

『潘妮・清水。』妙麗說。她聽起來嚇壞了，但是很具說服力。

『妳是什麼血統？』

『混血。』妙麗說。

『這很容易查清楚。』史卡皮說，『但他們看起來，好像都還是唸霍格華茲的年紀——』

『偶們休學了。』榮恩說。

『休學，是嗎，紅毛小子？』史卡皮說，『你們決定來露營？你們以為可以拿黑魔王的名諱隨便開玩笑？』

『無是開玩笑。』榮恩含糊的說，『烏小心。』

『不小心？』又一陣戲謔的哈哈大笑。

『你們知道誰最喜歡說黑魔王的名字嗎，衛斯理？』灰背咆哮，『鳳凰會。這字眼跟你有關係嗎？』

『姆有。』榮恩口齒不清的說。

『我告訴你們吧，那些人沒有對黑魔王表示適當的敬意，以致他的名字成為禁忌。有幾個鳳凰會成員就這樣被抓到。我們來看看，先把他們跟另外兩個俘虜綁在一起！』

有人揪著哈利的頭髮，把他拖到一段距離外，推他坐下，然後把他跟其他人背對背綁在一起。哈利視力模糊，腫脹的眼睛幾乎什麼也看不見。綑綁他們的人終於走開後，哈利悄聲向其他俘虜打聽。

『還有人手裡有魔杖的嗎？』

『沒有。』榮恩和妙麗在他兩旁齊聲說道。

『都是我的錯。我說了那名字，對不起——』

『哈利嗎？』

這個新聲音很耳熟，說話者坐在哈利背後，妙麗的左邊。

『丁？』

『果然是你！如果他們發現抓到了什麼人——他們是「死拿錢」，專門抓逃學生，賣了換賞金——』

『一個晚上有這樣的收穫滿不錯的。』灰背說，一雙打了平頭釘的靴子從哈利身旁大步走過，他們聽見帳篷裡傳出更多嘩啦嘩啦的聲音。『一個麻種、一個逃跑的妖精，還有三個逃學生。你名單查完了沒有，史卡皮？』他吼道。

『查完了。這兒沒有威農．達力，灰背。』

『有趣。』灰背說，『眞有趣。』

他在哈利身旁蹲下，哈利透過浮腫眼皮間極細的縫隙，看見一張長滿雜亂無章濃密灰毛和貓鬚的臉，嘴裡露出尖利的黃褐色長牙，口角有道綻裂的傷口。灰背身上散發出跟鄧不利多在高塔上死去那晚一模一樣的味道，混合著泥土、汗水和鮮血的味道。

『所以你沒有被通緝，是嗎，威農？還是這名單上列的是你另一個名字？你在霍格華茲屬於哪個學院？』

『史萊哲林。』哈利出於本能回答。

『眞有趣，這些人怎麼都知道我們想聽什麼。』史卡皮在陰影中冷笑，『但他們都說不出交誼廳在哪兒。』

『在地牢裡。』哈利口齒清晰的說，『穿過牆壁進去。裡面有很多死人頭骨什麼的，它位在湖底下，所以光線永遠是綠色的。』

一段短暫的沉默。

『好極了，好極了。看起來我們眞的抓到了一個小史萊哲林。』史卡皮說，『算你運氣好，威農，因爲史萊哲林很少有麻種。你父親是什麼人？』

『他在魔法部上班。』哈利撒謊。他知道只要略做調查，所有的謊言都會穿幫，但話說回來，他的時間不多，一旦他的面貌恢復舊觀，遊戲就宣告結束。『魔法意外和災難部門。』

『你知道怎麼著，灰背，』史卡皮說，『那部門好像眞的有個姓達力的。』

哈利差點被一口氣噎住，他們有沒有可能靠運氣，純粹的運氣，就平安脫困？

『很好，很好。』灰背說，哈利可以聽出他粗魯的聲音裡，參雜著微乎其微的膽怯，他知道灰背在考慮，這個遭到他攻擊和綑綁的人，是否眞的是某位政府官員的兒子。哈利的心臟猛力撞擊著肋骨周圍的繩索，灰背若看得見他也不意外。『如果你說的是實話，醜小子，跑一趟魔法部你也沒什麼好擔心的。就憑送你回家這一點，你老子也該給我們酬金。』

『但是，』哈利說，他覺得唇乾舌燥，『如果你放了——』

『喂！』帳篷裡有人高喊，『來看看這個，灰背！』

一個黑色的人影向他們跑來，哈利在他們魔杖的光線中看見一道銀光閃過。他們找到了葛來分多寶劍。

『非——常——好。』灰背從同伴手中接過寶劍，滿意的說，『哦，眞的非常好。看來是妖精的手工，這玩意兒。你是從哪兒弄來的？』

『是我父親的。』哈利撒謊，抱著僥倖的希望，最好灰背沒看見刻在劍柄下面的名字，『我們借來劈柴火——』

『慢著，灰背！看這兒，《預言家日報》！』

史卡皮說話的當兒，哈利額頭上因爲皮膚腫脹而繃得很緊的疤痕，又劇痛了起來。他眼前出現一幅比周遭景物更清晰的畫面，有高大的建築物，一座漆黑而令人望之生畏的陰森古堡，他向那棟大建築飄浮過去，心情愉快平和，目標明確……

好近……好近……

哈利使出全副意志力克制自己，不接收佛地魔的思想，關閉心靈回到現實，坐在那兒，在黑暗中跟榮恩、妙麗、丁、拉環一起被綑綁，聽灰背和史卡皮交談。

『「妙麗・格蘭傑，」』史卡皮說，『「據信跟哈利波特一起旅行的麻種。」』

哈利的疤痕在黑暗中默默灼痛，但他以無與倫比的毅力讓自己留在現實中，拒絕進入佛地魔的內心。他聽見灰背的靴子嘎吱嘎吱走過來，走到妙麗面前蹲下。

『知道嗎，小姑娘？這張照片看起來眞像妳。』

『不像！不是我！』

妙麗嚇壞了的尖叫聲，聽起來簡直像自白。

『「……據信跟哈利波特一起旅行。」』灰背低聲重複。

全場一片寂靜。哈利的疤痛得要命，但他竭盡所有的力量抗拒佛地魔思想的拉扯，他從不曾這麼迫切的需要保持頭腦清醒。

『這麼一來，情況就不同了，不是嗎？』灰背輕聲說。

沒有人答腔。哈利意識到所有的『死拿錢』都動也不動的瞪著他們，也感覺到妙麗的手臂在他旁邊發抖。灰背站起身，向哈利坐著的方向走了兩步，再次蹲下，仔細端詳他變形的臉孔。

『你額頭上是什麼，威農？』他低聲問，他伸出一根骯髒的手指觸摸綳緊的疤痕時，嘴裡噴出的臭氣衝進哈利的鼻子裡。

『不要碰！』哈利大喊，他控制不住自己，覺得痛得快要嘔吐了。

『我還以爲你戴眼鏡，波特？』灰背從齒縫裡發話。

『我找到了眼鏡！』鬼鬼祟祟站在遠處的一個「死拿錢」高聲說，『帳篷裡有眼鏡，灰背，等我一下──』

沒一會兒，哈利的眼鏡就被戴回他臉上。所有的『死拿錢』都圍攏來，盯著他看。

『就是他！』灰背啞著喉嚨說，『我們抓到波特了！』

他們都退後了幾步，對自己所做的事感到吃驚。而頭痛欲裂、仍在掙扎企圖保持清醒的哈利，想不出該說什麼，片段的畫面不斷在他心頭突現──

……他在一座黑色堡壘的高牆周圍滑翔──

不，他是哈利，被綁住了，沒有魔杖，處境極爲危險──

……抬頭望，望向最高的窗，最高的塔──

他是哈利，他們正在低聲討論他的命運──

……該起飛了──

『……送交魔法部嗎？』

『去他的魔法部。』灰背咆哮，『他們會搶走所有的功勞，我們一點好處都沾不到。我說我們直接把他交給「那個人」。』

『你要召喚他？到這兒來？』史卡皮說，聽起來既敬又怕。

『不要。』灰背怒吼，『我還沒有──聽說馬份家是他的一個基地。我們把這小子帶到那兒去。』

哈利猜想他知道灰背為何不敢召喚佛地魔。這個狼人雖然因為有利用價值而獲准穿食死人的制服，但只有佛地魔的親信有資格烙上黑魔標記，灰背還沒有獲得這份最高殊榮。

他的疤又開始火辣辣作痛──

……他在黑夜裡升起，直接向塔頂那扇窗飛去──

『……百分之百確定是他嗎？如果弄錯的話，灰背，我們就死定了。』

『這兒誰當家？』灰背咆哮，企圖掩飾他力有未逮的困境。『我說他是波特，他加上他的魔杖，就是二十萬加隆！要是你們有哪個沒膽跟我一起來，我就可以多得一份。運氣好的話，還加上這女孩！』

……所謂窗戶，不過是黑色岩石上的一條隙縫，寬度還不夠一個人通過……透過窗縫，看見一個骷髏似的人形，蜷縮在毯子底下……死了，還是在睡覺？……

『好吧！』史卡皮說，『好吧，我們加入！其他幾個人怎麼辦，灰背？我們怎麼處置他們？』

『照樣領賞。我們抓到兩個麻種，又多十加隆。劍也交給我。如果鑲的是紅寶石，現成又是一筆橫財。』

幾名囚犯被拉起來，哈利聽見妙麗短促而恐懼的喘息。

『抓住他們，緊一點。波特我負責！』灰背一把抓住哈利的頭髮說。哈利感覺黃色的長指甲抓痛了他的頭皮。『數到三！一——二——三！』

他們用消影術帶俘虜同行。哈利試圖掙扎想擺脫灰背的掌握，但毫無希望。兩旁有榮恩和妙麗緊靠著他，三人綁在一起，誰也脫不了身。他覺得幾乎喘不過氣，疤也痛得越發厲害——

……他像蛇一樣，硬鑽進窗户，像空氣一樣輕輕落地，進入那個地窖似的房間——

俘虜落在一條鄉間小路上，撞成一堆。哈利仍然浮腫的眼睛花了一會時間才適應。這是一條看起來很長的車道終點，前方有兩扇鑄鐵大門。

他稍微鬆了口氣，最壞的狀況還沒有發生，佛地魔不在這裡。努力抗拒那些影像的哈利知道，佛地魔在一個類似古堡的陌生地方，在高塔之上。佛地魔一旦知道哈利在這裡，要花多少時間才能趕到，則是另一個問題……

一個『死拿錢』大步走到門口，用力搖晃那兩扇鐵門。

『我們怎麼進去？門鎖了，灰背。我不能——該死的！』

他害怕的縮回手。鐵門開始變形，抽象的線條與渦捲扭曲成一張可怕的臉，用喀啷啷帶有回音的聲音發話：『說明來意！』

『我們手上有波特！』灰背得意洋洋的吼道，『我們抓到了哈利波特！』

大門呀的一聲敞開了。

『來吧！』灰背對部下說，俘虜被推進大門，沿著車道向前走。兩旁高大的樹籬掩蓋了腳步聲，哈利看見上方有個幽靈似的白色影子，細看才知是一隻得了白化症的孔雀。他跌跌撞撞，被灰背拖著站起來，跟其他四人背靠著背綁在一起，只能側著身子橫向前進。哈利閉上浮腫的眼睛，聽任疼痛的疤痕暫時控制他，希望知道佛地魔在做什麼，不論他是否知道哈利已經被擒——

……那個憔悴的人影在薄薄的毯子底下動了一下，隨即翻身面對他，骷髏似的臉孔睜開雙眼……羸弱的人坐起身，凹陷的大眼睛瞪著他，瞪著佛地魔，然後露出微笑。他大部分牙齒都掉光了……

『終於，你來了。我以爲你會……總有這麼一天。但你的旅程沒有意義。我從來就不曾擁有它。』

『你撒謊！』

佛地魔的怒火在心中高高竄起，哈利的傷疤也痛得快要爆炸，他把心靈拉回自己體內，努力留在現實中，隨著其他俘虜一起被推著沿碎石路前行。

光線流洩在他們每個人身上。

『什麼事？』一個女人冰冷的聲音問。

『我們來見「那個不能說出名字的人」！』灰背斷聲說。

『你是誰？』

『妳認識我！』狼人的聲音帶著怨恨，『焚銳．灰背！我們抓到了哈利波特！』

灰背抓住哈利，把他拖過來面對光線，逼得其他俘虜跟著轉身。

『我知道他臉腫了，夫人，不過確實是他！』史卡皮插嘴，『您仔細看看，就會看到他的疤。還有這個，看到這個女孩嗎？就是跟他一起旅行的那個麻種，夫人。千眞萬確就是他，我們也有他的魔杖！在這裡，夫人——』

哈利看到水仙．馬份細看他腫脹的臉。史卡皮把黑刺李魔杖扔給她。她挑起眉毛。

『把他們帶進來。』她道。

哈利和其他人被連推帶踢，上了寬闊的石階，進入一條兩旁掛滿畫像的走廊。

『跟我來。』水仙領路穿過走廊，『我兒子跩哥回家過復活節長假。如果這是哈利波特，他一定認得。』

經過外面的黑暗，只覺客廳裡光芒萬丈；哈利雖然眼睛幾乎睜不開，但還是能察覺這房間有多麼寬廣。天花板懸掛著一盞水晶大吊燈，暗紫色的牆壁上掛著更多畫像。華麗的大理石壁爐前面，『死拿錢』把俘虜推進房間，有兩個人影從椅子上站起身來。

『這是什麼？』

魯休思．馬份熟悉得令人害怕、慢條斯理的聲音進入哈利耳朵。他開始恐慌，找不

到辦法脫困，而隨著恐懼升高，阻擋佛地魔的思想也容易多了，但他的疤仍然灼痛。

『這些人說，他們抓到了波特。』水仙冰冷的聲音說，『跩哥，過來。』

哈利不敢正視跩哥，只用眼角餘光看他。有個體型比哈利略高一點的人影從扶手椅旁走過來，他淺色的金髮底下的臉孔顯得蒼白、尖削。

『怎麼樣，小老弟？』狼人刺耳的聲音問。

灰背再次強迫所有俘虜轉身，把哈利推到水晶燈正下方。

哈利正對壁爐上方一面巨大的鏡子，鍍金鏡框上裝飾著非常繁複的渦捲花紋圖案。透過眼縫，他從離開古里某街以來第一次照到鏡子。

他的臉好大，呈現亮晶晶的粉紅色，五官都被妙麗的惡咒弄得變了形。他的黑髮及肩，下巴周圍有圈黑影。要是他不知道自己在照鏡子的話，一定猜不出這個戴著他眼鏡的人是誰。他決心不講話，因爲說話聲音一定會洩漏他的身分，但跩哥走過來時，他還是避免接觸他的眼睛。

『怎麼樣，跩哥？』魯休思・馬份說，聽起來很貪婪，『是他嗎？是哈利波特嗎？』

『我不能——不能確定。』跩哥說。他跟灰背保持距離，而且好像比哈利更害怕跟他面對面。

『那就再看清楚一點，看啊！走過來一點！』

哈利不曾聽見魯休思・馬份的聲音這麼興奮過。

『踐哥，如果我們把波特交給黑魔王，一切都會被原——』

『且慢，咱們沒忘記，實際上逮到他的是誰吧，馬份先生？』灰背惡狠狠的說。

『那是當然，那是當然！』魯休思·馬份不耐煩的說。他親自走到哈利面前，近到哈利即使眼睛腫得不成樣子，也能清楚看見那張通常沒精打采的蒼白臉孔上所有的細節。彷彿戴著充氣面具的哈利，感覺像是透過牢籠的鐵欄杆往外張望。

『你對他做了什麼？』魯休思問灰背，『他怎麼會變成這種樣子？』

『不是我們幹的。』

『看起來像是螫人蟲。』魯休思說。

他的灰眼睛上下打量哈利的額頭。

『那兒有個東西。』他低聲說，『可能是疤痕，被繃得太緊……踐哥，過來看個清楚！你覺得怎麼樣？』

哈利看到踐哥的臉湊上來，就在他父親旁邊。這對父子長得絕頂相像，唯一的差別是做父親的滿臉興奮之情，但踐哥卻一臉的勉強，甚至恐懼。

『我不知道。』他說，隨即往站在壁爐前面旁觀的母親走去。

『我們最好要確定，魯休思。』水仙用冰冷、清晰的聲音對丈夫喊，『百分之百確定這就是波特以後，再召喚黑魔王……他們說這根是他的魔杖。』她仔細觀察手中那根黑刺李魔杖，『但是跟奧利凡德的描述並不符合……如果弄錯，如果無緣無故把黑魔王請來……還記得他怎麼處置羅爾和杜魯哈的嗎？』

『那這個麻種怎麼樣？』灰背冷哼說。哈利差點摔倒，『死拿錢』又拖著俘虜轉了個圈，讓光線照在妙麗身上。

『慢著。』水仙大聲道，『沒錯──是的，那次在摩金夫人店裡，她確實跟波特在一起！我在《預言家日報》上見過她的照片！看啊，跩哥，這不就是那個姓格蘭傑的女孩嗎？』

『我……可能……是的。』

『還有，那個就是衛斯理家的兒子！』魯休思大喊，他大步繞過幾個被綑綁的俘虜，面對著榮恩，『就是他們，波特的朋友──跩哥，看看他，是不是亞瑟・衛斯理的兒子，他叫什麼名字？──』

『是啊。』跩哥又說，背對著俘虜，『有可能。』

哈利背後，客廳的門開了。一個女人開口說話，她的聲音使哈利的恐懼上升到更高點。

『怎麼回事？出了什麼事，仙仙？』

貝拉・雷斯壯慢慢走過來，繞了俘虜一圈，停在哈利右手邊，用深陷的眼睛盯著妙麗看。

『眞的，』她低聲道，『這是那個麻種女孩嗎？這就是格蘭傑？』

『是的，是的，正是格蘭傑！』魯休思大喊，『我們判斷，她旁邊那個就是波特！波特和他的朋友，終於落網了！』

『波特？』貝拉尖叫，她退後一步，把哈利看得更清楚點。『你確定嗎？這樣的話，要立刻通知黑魔王！』

她拉起左邊衣袖，哈利看到烙在她手臂皮肉裡的黑魔標記，知道她打算碰觸它，把她心愛的主人喚來——

『我本來想召喚他！』魯休思說，他抓住貝拉的手，不讓她碰觸那個標記，『應該由我來召喚他，貝拉。波特是被帶到我家，所以我有權——』

『你有權！』她嗤之以鼻，企圖掙脫他的掌握，『你失去魔杖的時候，就失去了權威，魯休思！你好大膽子！把手拿開！』

『這跟妳無關，那男孩又不是妳抓到的——』

『等一下，馬份先生。』灰背插嘴道，『抓到波特的是我們，應該由我們出面請領賞金——』

『賞金！』貝拉哈哈大笑，仍在努力甩開她妹夫的掌握，空著的那隻手在口袋裡摸索魔杖。『把你們的金子拿走，骯髒的獵賞者，我要黃金做什麼？我追求的是榮譽，是他的——他的——』

她不再掙扎，黑眼睛固定在某個哈利看不見的東西上面。見她投降，魯休思大喜過望，連忙放開她手腕，忙不迭撕破自己的衣袖——

『停下來！』貝拉大聲尖叫道，『不要碰它，如果黑魔王現在趕來，我們就都死定了！』

魯休思不敢動彈，食指懸在自己的黑魔標記上。貝拉大步走出了哈利有限的視野。

『這是什麼？』他聽見她問。

『一把劍。』一個看不見的『死拿錢』嘟囔道。

『給我。』

『不行，夫人，這是我的，是我找到的。』

砰的一聲，一道紅光閃過，哈利知道那個『死拿錢』中了昏擊咒。他的同伴發出一陣憤怒的咆哮，史卡皮抽出了魔杖。

『妳這娘兒們，想要什麼花樣？』

『咄咄失！』貝拉喊道，『咄咄失！』

雖然以四敵一，他們仍不是貝拉的對手。哈利知道，她是個法力高強、毫無良心的女巫。『死拿錢』們紛紛倒地，只有灰背被迫下跪並伸出雙臂。哈利用眼角看見貝拉低頭望著那個狼人，她的手中緊握著葛來分多寶劍，臉色蒼白。

『你從哪裡弄來的這把劍？』她問，然後從灰背無法抵抗的手中抽出他的魔杖。

『妳好大膽！』他咆哮，嘴巴是他渾身上下唯一可移動的部位，他被迫抬頭仰望她，露出滿口尖牙，『放開我，娘兒們！』

『你在哪裡找到這把劍？』她再問一遍，拿著劍在他眼前揮舞。『石內卜老早把它送到我古靈閣的地下金庫裡去了！』

『在他們的帳篷裡。』灰背嗄聲道，『我叫妳放開我。』

貝拉揮揮魔杖，狼人一躍站起，一副戒慎恐懼、不敢靠近她的模樣。他用一把扶手椅做屏障，骯髒捲曲的指甲緊扣著椅背。

『跩哥，把這批人渣弄到外面去。』貝拉指著倒了一地、失去知覺的人說，『如果你沒有膽子解決他們，就替我把他們丟到田野裡去。』

『不許妳這樣對跩哥說話──』水仙怒道。但貝拉尖聲大喊：『安靜！情況遠比妳所能想像的嚴重，仙仙！我們的麻煩大了！』

她站在那兒微微喘氣，低頭看著那把劍，檢查劍柄，然後轉身面對一群默不作聲的囚犯。

『如果眞的是波特，絕對不能傷害他。』她喃喃道，比較像是自言自語。『黑魔王希望親自對付波特……但要是他發現……我必須……我必須知道……』

她又轉身對著妹妹。

『先把俘虜關在地窖裡，等我想出個對策！』

『這是我的房子，貝拉，妳不能在我家發號施令——』

『叫妳做就去做！妳不知道我們多麼危險！』貝拉尖叫。她看起來非常害怕，幾乎要瘋了。她的魔杖發出一道細細的火焰，把地毯燒出了一個洞。

水仙遲疑了一會兒，然後對狼人說：『把俘虜帶到地窖去，灰背。』

『等一下，』貝拉立刻說，『留下……留下那個麻種。』

灰背高興的哼了一聲。

『不要！』榮恩喊道，『留下我好了，留下我！』

貝拉給了榮恩一巴掌，響亮的聲音讓滿房間都是回音。

『如果她熬不過訊問而送了命，接下來就是你。』她說，『在我的名單上，純種叛徒比麻種好不到哪裡去。把他們帶到樓下，灰背。把他們關好，但不要有進一步行動——時候還沒到。』

她把灰背的魔杖擲回給他，然後從袍子底下取出一把銀色小刀。她割開妙麗的繩子，讓她脫離其他俘虜，然後扯著她的頭髮，把她拖到房間中央。灰背則押解其他俘虜，蹣跚的穿過另一扇門，走進一條黑暗的走廊，他把魔杖舉在面前，展示無法抵抗的無形力量。

『她用完那女孩，大概會讓我咬上一口吧？』灰背趕著他們往前走，一路自得其樂的說，『我應該可以咬到一、兩口吧，你怎麼說，紅毛小子？』

哈利感覺到榮恩在發抖。他們被迫走下一道陡峭的樓梯，大家仍然背對背綑綁在一起，一個不小心滑倒，隨時會有摔斷脖子的危險。樓梯下面是一扇沉重的門。灰背用魔杖輕敲，開了門，然後把他們推進一個潮濕有霉味的房間，把他們留在全然的黑暗裡。地窖門砰的一聲關上，回音還沒有消失之際，就有一聲可怕、悠長的慘叫，從他們正上方傳來。

『妙麗！』榮恩痛苦的大吼，他開始扭動、掙扎，試圖掙脫把他們綑綁在一起的繩索，哈利被拖得搖搖欲倒。『妙麗！』

『安靜！』哈利說，『閉嘴，榮恩，我們得一起想個辦法——』

『妙麗！妙麗！』

『我們要有計畫，不要亂嚷嚷——先把繩子解開——』

『哈利嗎？』黑暗中有人輕聲問，『榮恩，是你嗎？』

『哈利？榮恩？』

榮恩停止喊叫，附近有移動的聲音，然後哈利感覺到一個人影靠了過來。

『露娜？』

『是的，是我！哦，不好，我不希望你們被抓住！』

『露娜，妳能幫我們解開繩子嗎？』哈利說。

『哦，是啊，我想可以……有根舊釘子，要破壞東西就用它……等一下……』

樓上再次傳來妙麗的尖叫，他們也聽見貝拉高聲叫罵，但聽不清楚她說了些什麼，因為榮恩又開始喊：『**妙麗！妙麗！**』

『奧利凡德先生？』哈利聽見露娜說，『奧利凡德先生，釘子在你那兒嗎？請你移動一下好嗎……我想它是在水罐旁邊……』

她很快就回來了。

『你們不要動。』她說。

哈利感覺到她用什麼東西刺進繩索粗糙糾結的纖維裡，設法把繩結弄開。樓上傳來貝拉的聲音。

『我再問妳一遍！這把劍從哪兒弄來的？哪兒？』

『我們找到的——我們找到的——求求妳！』妙麗又開始尖叫。榮恩更加奮力掙扎，生鏽的釘子滑到哈利手腕上。

『榮恩，拜託不要動！』露娜低聲道，『我看不見耶——』

『我的口袋！』榮恩說，『我口袋裡有熄燈器，有很多光線！』

幾秒鐘後喀的一聲，熄燈器從帳篷裡的燈吸得的一團團光線，就飛進了地窖，這些光圈無法結合，只能像幾個小太陽般懸掛空中，照得地下室一片通明。哈利看見露娜蒼白的臉上只剩兩隻大眼睛，還有魔杖製造師奧利凡德一動也不動的蜷縮在角落裡。哈利伸長脖子四下張望，看見一起被囚禁的同伴：神志不太清醒的妖精拉環和丁綁在一起，繩索纏得拉環只能直挺挺的站著。

『哦，這樣好多了，謝謝你，榮恩。』露娜說道，然後又開始破壞繩索。『哈囉，丁！』

樓上傳來貝拉的聲音。

『撒謊，妳這骯髒的麻種，我知道！妳偷進我古靈閣的金庫！說實話，說實話！』

又一聲淒厲的慘叫——

『妙麗！』

『妳還拿了什麼？妳還拿了什麼？告訴我眞相，否則，我發誓，我要用這把刀刺穿妳！』

『好了！』

哈利覺得繩索掉落，轉過身搓揉著手腕，就看見榮恩在地窖裡繞圈遊走，抬頭望著低矮的天花板，找尋有沒有活門。臉上滿是瘀青和血跡的丁，向露娜說聲謝謝，就站在那兒發抖。但拉環一屁股坐在地板上，顯得軟弱無力、茫無頭緒，黝黑的臉上有許多道傷痕。

榮恩開始嘗試不靠魔杖消影。

『出不去的，榮恩。』露娜看他白費力氣，便開口說，『這間地窖防範嚴密，根本逃不出去。我開始的時候也試過。奧利凡德先生在這兒已經待了很久，所有的方法他都試過了。』

妙麗又在慘叫，那慘叫聲就像身體上的痛楚一樣，刺穿了哈利。他對疤痕的強烈刺痛幾乎已沒有感覺，也開始在地窖裡繞室奔走，爲他自己也不了解的原因試探牆壁，但心裡明白這麼做是沒有用的。

『你們還拿了什麼？還有什麼？**回答我！咒咒虐！**』

妙麗的慘叫聲在樓上四壁間迴盪，榮恩啜泣著用拳頭搥打牆壁。哈利在全然絕望中，取下脖子上海格送的小袋子，在裡面摸索。他掏出鄧不利多的金探子，搖搖它，不知道該期望什麼——什麼也沒有發生。他揮動斷成兩截的鳳凰魔杖，但它們一片死寂。鏡子的碎片落到地面，冒出一蓬火花，接著他看見一片耀眼藍光——

鄧不利多的眼睛從鏡子裡看著他。

『幫助我們！』他在瘋狂的絕望中對著鏡子喊道，『我們在馬份莊園的地窖裡，幫助我們！』

眼睛眨了一下，就消失了。

哈利甚至不確定它是否眞的曾經出現。他把鏡子碎片拿起來左右端詳，除了這座監獄的地面和天花板，什麼也看不見。樓上妙麗的慘叫聲越來越慘不忍聞，榮恩在他身旁不斷嘶喊著：『**妙麗！妙麗！**』

『你們怎麼進入我的金庫的？』他們聽見貝拉大叫，『是不是地窖裡那個骯髒的妖精幫助你們？』

『我們今晚才第一次見到他！』妙麗啜泣道，『我們從來沒有進過妳的金庫……那把劍又不是眞的！是仿製品！』

『仿製品？』貝拉尖聲說，『哼，說得像眞的一樣！』

『我們很快就可以查清楚！』魯休思的聲音說，『跩哥，去把那妖精找來，他可以告訴我們，這把劍是眞的還是假的！』

哈利衝向地窖對面，跑到瑟縮在地板上的拉環身旁。

『拉環，』他湊在這妖精尖尖的耳朵旁邊低聲說，『你必須告訴他們，那把劍是贗品，不能讓他們知道劍是眞的。拉環，求求你。』

他聽見有人快步下了地窖樓梯。不一會兒，跩哥顫抖的聲音從門後傳來。

『退後！到對面牆腳下排隊站好。別想搗鬼，否則我殺了你們！』

他們照他的命令做。開鎖時，榮恩按了一下熄燈器，所有光線都被收進他口袋，地窖恢復了黑暗。門砰的一聲打開，馬份快步走進來，魔杖舉在面前，臉色蒼白但表情很堅決。他抓著小妖精拉環的手臂，拖著他離開。門轟隆一聲關上，在這同時，地窖裡也傳出響亮的啪答一聲。

榮恩打亮熄燈器。三個光球從他口袋飛回空中，突然他們看見家庭小精靈多比剛消影來到他們中間。

『多——』

哈利打一下榮恩手臂，不讓他叫出聲，榮恩意識到自己差點鑄成大錯，也嚇壞了。頭頂的天花板傳來腳步聲，踋哥已把拉環帶到貝拉面前。

多比像兩顆網球似的大眼睛瞪得比平常更大，他從腳尖到耳朵尖都在發抖。再度回到從前老主人的家，他顯然很害怕。

『哈利波特。』他用最低的音量尖聲說，『多比來救你了。』

『但你怎麼會——』

一陣淒厲的叫聲蓋過哈利的問話，妙麗又遭受酷刑了，他決定只問重點。

『你能消影離開這地窖嗎？』他問多比。多比點點頭，拍動著大耳朵。

『可以帶人類一起離開嗎？』

多比又點點頭。

『很好，多比，我要你抓住露娜、丁和奧利凡德先生，帶他們——帶他們去——』

『比爾和花兒的家。』榮恩說，『亭沃茲市郊的貝殼居！』

小精靈第三度點頭。

『然後回到這裡。』哈利說，『你能辦到嗎，多比？』

『當然，哈利波特。』小精靈低聲說。他匆匆走到只有意識還算清醒的奧利凡德先生身旁，握住這位魔杖製造師的一隻手，另一隻手伸向露娜和丁，但他們兩人都沒有動。

『哈利，我們想幫助你！』露娜低聲說。

『我們不能把你丟在這裡。』丁說。

『你們兩個快走！我們到比爾和花兒的家裡碰面。』

哈利說話時，疤痕感到前所未有的劇痛。有好幾秒鐘他低下頭，看見的不是奧利凡德，而是另一個同樣蒼老、瘦弱，卻正在輕蔑的哈哈大笑的老人。

『那就殺死我吧，佛地魔。我歡迎死亡！但我縱然死了，你也還是得不到你要找的東西……有太多事你不了解……』

他能感受到佛地魔的憤怒，但妙麗再次尖叫，關閉了這一幕，使他回到地窖和自己當前的恐懼不安。

『走吧。』哈利懇求露娜和丁，『走吧！我們會跟來的，快走！』

他們握住小精靈伸出的手指。又一聲響亮的啪答，多比、露娜、丁和奧利凡德就消失了。

『那是什麼？』樓上的魯休思‧馬份大聲問，『你們聽見了嗎？地窖裡怎麼有那麼大的聲音？』

哈利和榮恩面面相覷。

『踱哥——不對，去叫蟲尾！叫他去查看！』

腳步聲傳過頭頂的房間，然後一片寂靜。哈利知道客廳裡的人，在監聽地窖裡是否會有更多的聲響。

『我們得設法對付他。』他悄聲對榮恩說。他們別無選擇，任何人走進牢房，發現少了三名囚犯，他們就完了。『留著燈光。』哈利又補充一句。他們聽見有人走下樓梯來到門口，就退往門的兩旁貼著牆壁。

『退後。』蟲尾的聲音道，『離開門口，我要進來了。』

門轟然打開，蟲尾探頭只見地窖裡空空如也，三顆浮懸空中的小太陽，將它照耀得光明無比。電光石火之間，哈利和榮恩撲到他身上，榮恩抓住蟲尾持魔杖的手臂，強迫它上舉；哈利一手摀住他的嘴，使他不能出聲。他們在沉默中搏鬥，蟲尾的魔杖爆出火星，銀製的假手緊扣住哈利的咽喉。

『怎麼回事，蟲尾？』魯休思．馬份在樓上喊。

『沒事，』榮恩回答，模仿蟲尾喘吁吁的聲音很逼真，『一切都很好。』

哈利幾乎不能呼吸。

『你要殺我嗎？』快要窒息的哈利試著扳開金屬手指，『我救過你，你欠我一條命，蟲尾！』

純銀手指放鬆了。哈利大喜過望，連忙掙脫它的掌握，訝異之下哈利的手仍按著蟲尾的嘴。他看見那個老鼠似的小矮個兒，水汪汪的小眼睛裡滿是恐懼和驚訝，他好像跟哈利一樣，沒料到自己的手會有這種反應，會有這種一念之仁的小衝動，他使出更大的力量繼續掙扎，好像要彌補方才的錯誤。

『這就交給我們吧。』榮恩低聲說，從蟲尾的另一隻手中奪走魔杖。

沒有魔杖，全然無助的佩迪魯，瞳孔在恐懼中渙散。他的眼睛從哈利的臉轉到另一件東西上，他的銀手指無情的撲向自己的喉嚨。

『不──』

哈利來不及思考就試著拉回那隻手，卻無法阻止它。佛地魔交給他最懦弱僕人的純銀工具，對它已經被解除武裝、失去作用的主人展開反撲。佩迪魯因一時的遲疑、一時的憐憫得到了報應，他要當著他們的面被勒死了。

『不！』

榮恩也放開了蟲尾，他跟哈利一起試著把致命的金屬手指從蟲尾脖子上扳開，卻徒勞無功。佩迪魯的臉變成了藍色。

『嘶嘶退！』榮恩用魔杖指著那隻銀手，但什麼事也沒有發生。佩迪魯跪倒在地，同時上方又傳來妙麗一聲絕望的尖叫。蟲尾的眼睛在他的紫色臉龐上往上一翻，最後抽搐一下，就不動了。

哈利和榮恩互望一眼，把蟲尾的屍首留在地板上，一起跑上樓梯，回到通往客廳的陰暗走廊。他們步步爲營的悄悄向前走，來到客廳門口，門半掩著。現在他們可以清楚看見貝拉低頭看著拉環，而拉環修長的手指正托著葛來分多寶劍。妙麗躺在貝拉腳邊，動也不動。

『怎麼樣？』貝拉問拉環，『這把劍是眞的嗎？』

哈利屏住呼吸等待，努力壓抑疤痕傳來的痛楚。

『不。』拉環說，『是假的。』

『你確定嗎？』貝拉喘著氣，『非常確定嗎？』

『是的。』妖精說。

貝拉顯然鬆了口氣，所有緊張的表情都消失了。

『很好。』她說，漫不經心一揮魔杖，又在妖精臉上畫出一道很深的割傷，他慘叫一聲，倒在她腳下。她把妖精踢到一旁。『現在，』貝拉用充滿勝利的口吻說，『我們來召喚黑魔王！』

她拉起袖子，用食指碰觸黑魔標記。

頓時，哈利的疤痛得好像被重新割開一般。周遭的眞實景物消失了，他是佛地魔，面前那個瘦如骷髏的魔法師，張開無牙的口對他哈哈大笑。被召喚的通知使他勃然大怒──他警告過這班傢伙，他告訴過他們，除非抓到波特，不准召喚他。這次要是他們搞錯……

『殺了我吧！』老人要求，『你不會贏，你不可能贏！那根魔杖永遠、永遠不會屬於你——』

佛地魔怒火爆發！一片綠光充滿囚室，那具蒼老脆弱的身體從硬邦邦的床上飛起又墜落，沒有了生命。佛地魔轉向窗口，氣得幾乎失去控制……如果他們召喚他的理由不夠充分，一定要重重懲罰……

『我想，』貝拉的聲音說，『這個麻種可以解決了。灰背，你要她，就請便吧。』

『不——不——！』

榮恩衝進客廳，貝拉驚訝的四下張望，她立刻舉起魔杖，轉而面對榮恩——

『去去，武器走！』他用蟲尾的魔杖指著貝拉吼道。她的魔杖飛入半空，被緊跟著跑進去的哈利接個正著。

魯休思、水仙、跩哥和灰背都急忙轉過身來，哈利喊道：『咄咄失！』魯休思・馬份便向壁爐倒去。幾道光芒從跩哥、水仙和灰背的魔杖噴出，哈利撲倒在地上，滾到沙發背後躲避攻擊。

『停下，否則她死定了！』

哈利喘著氣，從沙發邊緣望過去，貝拉手中挾持著似乎已失去知覺的妙麗，用小銀刀抵著妙麗的脖子。

『放下魔杖！』她低聲說，『放下，要不然我們就來看看，她的血究竟多麼骯

髏！』

榮恩緊握著蟲尾的魔杖，不能動彈。哈利站起身，仍抓著貝拉的魔杖。

『我說，丟下魔杖！』她尖聲說，刀鋒緊貼著妙麗咽喉，哈利看到細細的血珠湧現。

『好吧！』他喊道，把貝拉的魔杖扔在腳邊地板上，榮恩也丟下蟲尾的魔杖。兩人都把手舉到肩膀的高度。

『很好！』她冷笑著說，『跩哥，把它們撿起來！黑魔王就要到了！哈利波特！你的死期到了！』

哈利很清楚，他的疤不斷劇痛，他感覺到佛地魔從遠方飛越天空，穿過一片波濤洶湧的黑色海洋，不久，他就會接近到可以用現影術來到他們面前，哈利找不到任何出路。

『現在，』跩哥捧著魔杖匆匆走回去後，貝拉柔聲說，『仙仙，我想我們該先把這幾位小英雄綁起來，同時讓灰背處置那位麻種小姐。就憑你今晚的功勞，我相信黑魔王不會吝惜那個女孩的，灰背。』

她說最後幾個字的時候，頭頂上方傳來一陣奇怪的嘰嘎聲。所有人都抬頭望去，正好看見水晶吊燈晃動，接著喀嚓一聲，帶著一陣很不妙的叮噹怪聲墜落，往站在正下方的貝拉身上砸去，貝拉驚呼一聲，放開妙麗之後跳向一旁。水晶吊燈砸碎在地板上，炸裂成一地的碎玻璃和鐵鍊，紛紛落在妙麗和仍緊握著葛來分多寶劍的妖精身上。亮閃閃的水晶碎片向四面八方飛散，踋哥彎下腰，用手摀住血淋淋的臉。

榮恩跑上前去，把妙麗救出險境。哈利也把握機會，跳過一張扶手椅，一把搶走踋哥手中的三根魔杖，接著全都指著灰背喊道：『咄咄失！』狼人被三重惡咒的威力拎到空中，撞上天花板之後摔在地上。

水仙拉著踋哥閃到一旁，以免受到更大傷害。貝拉跳起身，披頭散髮的揮舞銀刀。這時水仙卻用魔杖指著門口。

『多比！』她喊道，就連貝拉也僵住了。『你！是你把水晶吊燈弄下來的？——』

瘦弱的小精靈跑到房間中央，用顫抖的手指指著過去的女主人。

『你們不可以傷害哈利波特！』他尖聲喊道。

『殺死他，仙仙！』貝拉尖叫，但又是一聲響亮的啪，水仙的魔杖也飛入半空，掉到房間另一頭。

『你這隻骯髒的小猴子！』貝拉破口大罵，『你膽敢奪取女巫的魔杖？你膽敢違抗主人？』

『多比沒有主人！』小精靈叫道，『多比是自由的小精靈。多比來救哈利波特和他的朋友！』

哈利的疤痛得他眼睛幾乎睜不開。他隱約知道他們沒有時間了，再過幾秒鐘，佛地魔就會趕到。

『榮恩，接住——**我們走！**』他大喊，把一根魔杖扔過去，然後彎腰把拉環從吊燈底下拖出來，把這個緊握寶劍不放、連聲呻吟的妖精架上肩膀，另一手抓緊多比，當場施展消影術，開始旋轉。

轉進黑暗之際，他瞥了客廳最後一眼：那兩個蒼白、靜止的身影是水仙和跩哥；一線紅光是榮恩的頭髮；一片模糊的銀光飛舞，是貝拉將銀匕首從房間另一頭擲向他消影的位置——

比爾與花兒的家……貝殼居……比爾與花兒的家……

他消失在未知之中。哈利所能做的，就是一再重複目的地的名稱，希望這麼做就足夠達成目標。額頭的痛楚刺穿他整個人，妖精的體重沉甸甸壓著他，他感覺葛來分多寶劍碰撞著他的背。多比的手在他手中抽動，他不知道這個小精靈是否企圖主導，把他拉到正確的航向，他捏捏他的手指，表示同意這麼做……

然後他們撞上堅實的地面，嗅到帶有鹹味的空氣。哈利雙膝落地，放開多比的手，試著把拉環輕輕放在地上。

『你還好嗎？』他問。妖精動了一下，但只發出幾聲嗚咽。

哈利瞇起眼睛，張望周遭的黑暗。遼闊的星空下，似乎有座小木屋就在不遠的地方，他彷彿看見屋外有人走動。

『多比，這兒就是貝殼居嗎？』他輕聲問，抓緊從馬份家帶來的兩根魔杖，準備在必要時挺身作戰。『我們來對地方了嗎？多比？』

他環望四周。小精靈就站在幾呎外。

『多比！』

小精靈搖晃了幾下，星星映在他亮晶晶的大眼睛裡。他跟哈利同時低下頭，看著他起伏不已的胸膛上突出的銀色刀柄。

『多比——不——**救命呀！**』哈利朝著小木屋以及走過來的那群人大吼，『**救命呀！**』

他不知道、也不在乎他們是巫師或麻瓜，是朋友或敵人。他唯一在乎的，是胸前有一片深色污漬不斷擴大的多比，以懇求的表情向哈利伸出細瘦手臂的多比。哈利抱住他，讓他側躺在濕涼的草地上。

『多比，不要，不要死，不要死——』

小精靈的視線找到了他，嘴唇顫動，努力想形成字句。

『哈利……波特……』

接著小精靈輕輕顫抖了幾下，就完全靜止不動了。他的兩顆大眼珠變成了又圓又大的玻璃球，灑滿了它們再也看不見的點點星光。

24. 魔杖製造師

那就像落入了過去的夢魘之中，瞬間哈利又回到了霍格華茲高塔下，跪在鄧不利多的屍體旁。

然而實際上他定睛看著的，卻是蜷縮在草地上的一具小小身體，貝拉的銀匕首插在他的胸前。哈利仍不停喚著：『多比……**多比……**』即使他知道小精靈不在了，再也喚不回他了。

過了一會兒，他才醒悟他們畢竟沒有跑錯地方，因爲比爾與花兒、丁和露娜都往他跪在小精靈的地方聚攏。

『妙麗呢？』哈利突然問，『她人呢？』

『榮恩帶她進屋去了。』比爾說，『她不會有事的。』

哈利回頭俯視多比，伸手拔出小精靈身體上的銳利匕首，又脫下外套當作毛毯蓋住了多比。

附近某處傳來海水拍岸聲，哈利聆聽著海濤，其他人則在談話，討論一些他絲毫提不起興致，也無法做決定的事情。丁把受傷的拉環帶到屋裡，花兒匆匆跟上，而比爾則說著安葬小精靈的建議。哈利點頭附和，但並不是眞的知道他說了些什麼。他一面點頭，一面俯視那具小小的軀體，額頭上的疤又灼痛起來，而在心底的一角，他看見佛地魔在馬份莊園懲罰那些被他們甩下的人，畫面模模糊糊的，好像望遠鏡拿反了一樣。佛地魔的怒火令人不寒而慄，然而似乎被哈利對多比的哀痛抵銷了不少，因此這一刻他的憤怒有如遙遠的風暴，隔著遼闊寧靜的海洋吹向哈利。

『我要照傳統來做。』這是哈利第一句意識清楚的話，『不用魔法。有沒有鏟子？』

不出多久，他就依照比爾的指示，在花園盡頭的灌木叢間，一個人開始挖掘墓穴。他起勁的挖著，盡情體驗著勞動的滋味，為了不使用魔法而感到自豪，因為每一滴汗、每一個水泡，都像是獻給救命恩人小精靈的禮物。

他的傷疤灼燙，但他是疼痛的主宰；他感覺到痛楚，但卻又與之脫離。他終於學會了控制，學會了向佛地魔關閉心靈，而這正是鄧不利多要他從石內卜那裡學習到的能力。

正如同哈利為天狼星之死而哀痛不已時，佛地魔無法宰制哈利一樣，此刻佛地魔也無法滲透到哈利的心中，因為他正在為多比哀悼。悲傷，似乎能驅逐佛地魔……當然，或許鄧不利多會說，那是愛……

哈利不停挖掘，越來越深入堅硬冰冷的土壤，將悲傷化為汗水，不理會額頭上的痛楚。四周是一片黑暗，唯有他自己的呼吸聲以及洶湧的波濤聲與他作伴，馬份家發生的一幕又浮現眼前，他聽見的一字一句又鑽入耳裡，而在漆黑之中，理解之光也漸漸綻放……

手臂的動作與他的思緒一起打著拍子。聖物……分靈體……聖物……分靈體……但是他已經不再因為那種怪誕的著魔渴望而熱血沸騰。失落與恐懼已將渴望消滅，他覺得像是有人一巴掌打醒了他這個夢中人。

哈利將墓穴越挖越深，而他也知道了佛地魔今晚去了何處，在諾曼加最頂層的牢房殺了誰，又是為了什麼……

他也想到了蟲尾，只因為一點點下意識的慈悲之心就丟了性命……鄧不利多已預見了這一點……他究竟還知道多少？

哈利挖得忘了時間，只知道一片漆黑的天色變得稍微亮了一些，這時榮恩與丁也加入了他。

『妙麗怎麼樣了？』

『好多了。』榮恩說，『花兒在照顧她。』

哈利已想好了說辭，等他們問起他爲什麼不索性用魔杖挖出一個完美的墓穴時，他就要以此反駁。但是他想好的話卻沒派上用場，因爲丁和榮恩只是帶著自己的鏟子跳下洞來，三人合力默默挖掘，一直挖到墓穴夠深了爲止。

哈利用外套將小精靈包得更緊。榮恩坐在墓穴邊緣，脫下了鞋襪，穿在小精靈的光腳上。丁拿出一頂羊毛帽，哈利小心的給多比戴上，蓋住了他蝙蝠似的大耳朵。

『我們應該闔上他的眼睛。』

哈利沒聽見其他人穿過夜色而來。比爾披上了旅行斗篷，花兒繫著白色大圍裙，口袋中露出半個瓶子，哈利認出是生骨藥。妙麗裹著借來的晨褸，臉色蒼白、顫巍巍的走過來，榮恩伸出手臂摟住了她。露娜包著花兒的大衣，蹲下來用手指溫柔的撫上小精靈的眼皮，蓋住了他無神的瞪視。

『好了。』她柔聲說，『現在他可以安息了。』

哈利將小精靈抱入墓穴，擺好他小小的四肢，讓多比看起來就像在安睡一樣。之後他爬出墓穴，最後一次凝視那小小的屍體。他想起了鄧不利多的葬禮，那一排又一排的黃金椅子，前排坐著魔法部部長，有人朗誦鄧不利多的諸多成就，白色的大理石陵墓看起來莊嚴肅穆。他覺得多比也該有那麼隆重的葬禮，然而小精靈卻葬身在灌木叢間一個隨便挖出來的洞。

『我覺得我們應該說點什麼。』露娜高聲說，『我先來，好嗎？』

每個人都看著她，她對著墓穴中的小精靈開口。

『非常感謝你，多比，把我從地牢救出來。你那麼好，那麼勇敢，可是你卻死了，實在太不公平了。我一輩子都不會忘記你爲我們做的事。我希望你現在很開心。』

她轉身，期待的看著榮恩。榮恩清清喉嚨，用濃濁的聲音說：『咳……謝謝你，多比。』

『謝謝。』丁喃喃說道。

哈利吞了口口水。

『再見了，多比。』他說。他只能說出這幾個字，但露娜已爲他道盡了一切。比爾舉起魔杖，墓穴旁的一堆土飛起，俐落的掩住了墳墓，堆出了一小丘泛紅的土堆。

『你們介意我留下一會兒嗎？』哈利問其他人。

大夥喃喃的說了些什麼，但他沒聽懂，他感到背上有人輕拍，隨即大家三三兩兩走回小屋，留下哈利一個人陪著小精靈。

哈利環顧四周，花床邊緣圍著些白色的大石頭，被海浪磨得很平滑。他拾起最大的一塊，放在多比頭頂的位置，就像一顆枕頭似的。接著他伸手到口袋去找魔杖。

口袋內有兩根魔杖。他都忘了，他想不起這些魔杖是誰的，只隱約記得是從某人的手上硬搶下來的。他挑了較短的那支，握起來挺順手的，然後指著石頭。

在他喃喃的指示下，石面上緩緩出現了深深的刻痕。他知道換妙麗來會做得更乾淨俐落，說不定速度也更快，但他想要自己來，就像他想徒手挖墓穴一樣。等哈利站起身，石頭上已經多出了一行字：

多比，一名自由的小精靈，安眠於此。

他低頭望著自己的筆跡幾秒鐘，然後轉身走開，額上的疤痕仍然刺痛，而他的心也充滿了他在挖墓穴時想到的事，充滿了在黑暗中成形的主意，既驚人又恐怖的主意。

哈利走入小小的玄關，發現大家都坐在客廳裡，目光注視著正在說話的比爾。客廳的色調淡雅，壁爐中一小段浮木劈啪燃燒。哈利不想把地毯弄得到處都是泥巴，所以就站在門口傾聽。

『……幸好金妮放假。要是她在霍格華茲，他們就會在我們去接她之前先扣住她。現在我們知道她也安全了。』

他四下掃視，看見哈利站在門口。

『我把他們全都接出洞穴屋了。』他解釋，『送到牡丹姑婆那裡。現在食死人知道榮恩是跟你在一起的，勢必會鎖定我們全家——別道歉。』他看見哈利的表情，隨即又補上一句，『這不過是遲早的問題罷了，爸好幾個月前就料到了。我們可是史上最大的純種叛徒家族。』

『他們有什麼保護？』哈利問。

『忠實咒，爸是守密人。我也在這棟屋子下了忠實咒，我是這裡的守密人。我們大家都不能去上班，不過眼前這不是最重要的事。等奧利凡德和拉環恢復得差不多了，我們就會把他們倆也送到牡丹姑婆家去。這裡的房間不夠，她家倒是有很多房間。拉環的腿正在接受治療，花兒給了他生骨藥，應該再一個鐘頭左右就能送他們走——』

『不。』哈利插口，比爾一臉愕然，『我需要他們兩個留下，我需要跟他們談談。這事很重要。』

哈利聽見自己語氣中的權威、篤定，以及他在替多比挖墳時領悟的方向感。每一張臉都轉過來，茫然的看著他。

『我去洗洗手，』哈利跟比爾說，俯視自己的雙手，上頭仍然沾滿了泥巴及多比的血，『然後我就必須見他們，一分鐘都不能等。』

哈利走入小廚房，走向眺望海洋的那扇窗，窗下有洗手檯。黎明將臨，地平線上漸漸綻放出貝殼般的粉紅色與淡淡的金光，他一面洗手，一面循著在黑暗花園中悟到的思路……

多比已經無法告訴他們究竟是誰要他去地牢的，但哈利知道自己的眼睛看見了什麼。一隻犀利的藍眸曾從鏡子碎片向外望，不久後救援就抵達。只要發出求救信號，必然會有人對霍格華茲伸出援手。

哈利擦乾手，不管是窗外的美景，或是客廳中其他人的竊竊私語，他都不為所動。他眺望著海洋，覺得今天破曉時的他，比從前都要貼近事情的核心。

他的傷疤仍在刺痛，他知道佛地魔也將恍然大悟。哈利了解，卻又不了解。他的直覺說的是一件事，頭腦說的卻是另外一回事。鄧不利多在哈利腦海中微笑，指尖互觸，祈禱似的打量著哈利。

你給了榮恩熄燈器。你了解他……你給了他回來的方法……

你也了解蟲尾……你知道在他心底深處仍有一絲絲懊悔……

如果你了解他們……那麼你又了解我多少，鄧不利多？

我是否應該只要知道一切就好，而不是去追尋？你知道我吃了多少苦才明白這點嗎？所以你才讓這一切這麼棘手，好讓我有時間明白這一點？

哈利如雕像般矗立，眼神呆滯，看著地平線漸漸升起一輪金光炫目的朝陽。過了一會兒，他低頭看著乾淨的手，有那麼片刻驚訝的看見自己的手上抓著布。他將布放下，回到玄關，就在這個時候，他感覺傷疤激烈的跳動，如蜻蜓點水似的，心中掠過他極為熟悉的一棟建築物外觀。

比爾與花兒站在樓梯底。

『我需要和拉環與奧利凡德談談。』哈利說。

『不行。』花兒說，『你得等一等，阿利，塔們都病了，累了——』

『對不起，』哈利打斷她，語氣並不激烈。『可是我不能等，我必須現在就跟他們說話。私下說——而且是個別說。這件事很要緊。』

『哈利，究竟是怎麼回事？』比爾問，『你帶著一個死掉的家庭小精靈和一個神志不清的妖精出現，而妙麗則好像被折磨過的樣子，榮恩什麼也不跟我說——』

『我們不能告訴你們，我們在做什麼。』哈利淡淡的說，『你也是鳳凰會的人，比爾，你知道鄧不利多交給我們一項任務，我們對誰都不能說起和任務有關的事。』

花兒不以爲然的哼了一聲，但比爾並沒有看她，而是盯著哈利。他的臉上佈滿傷疤，難以分辨出表情。終於，比爾說：『好吧。你想先找誰談？』

哈利猶豫了。他知道自己的決定舉足輕重。他們剩下的時間不多了，眼前就是決定的時刻：分靈體或是聖物？

『拉環，』哈利說，『我要先跟拉環說話。』

他的心跳得飛快，彷彿他一直奔跑，而且還跳過了一道巨大的障礙。

『那就上來吧。』比爾說，帶路上樓。

哈利走了幾階，忽然停步回頭。

『我也需要你們兩個！』他朝榮恩和妙麗喊，他們兩人剛才在客廳門口探頭探腦的。

兩人一聽見立刻現身，露出終於鬆了一口氣的神情。

『妳覺得怎麼樣？』哈利問妙麗，『妳眞是太厲害了——她那樣傷害妳，妳還能編出那個故事——』

妙麗虛弱的一笑，榮恩用一隻手摟摟她。

『我們現在要做什麼，哈利？』榮恩問。

『等著瞧，來吧。』

哈利、榮恩、妙麗跟著比爾登上陡峭的樓梯，來到一處小平台。這裡一共有三扇門。

『在這裡。』比爾說，打開了他與花兒的房間。這裡也可以俯瞰海景，而此刻的海面上正閃爍著點點的金色晨光。哈利走向窗邊，背對著壯麗的美景，雙手抱胸等待著，疤痕依舊刺痛。妙麗佔了梳妝台旁邊的椅子，榮恩坐在椅臂上。

比爾再次出現，抱著矮小的妖精，小心翼翼的放到床上。拉環嘟囔著道謝，比爾隨即離開，順手帶上了房門。

『很抱歉打擾你休息。』哈利說，『你的腿還好嗎？』

『很痛。』妖精回答，『不過有好轉了。』

他仍然緊抓著葛來分多寶劍，臉上的表情很怪異，半兇猛、半迷惑。哈利注意到妖精蠟黃的皮膚、又細又長的手指，還有黑色的眼睛。花兒幫他脫掉了鞋子，他長長的腳丫子很髒。他比家庭小精靈的體型要大，但也大不了多少。他圓圓的頭顱則比人類大得多。

『你可能不記得──』哈利開口。

『──你第一次到古靈閣的時候，我是帶你到金庫的妖精？』拉環接口說完，『我記得，哈利波特。即使是在妖精的社會裡，你也非常有名。』

哈利與妖精看著彼此，互相打量對方。哈利的疤仍然刺痛，他希望能盡快結束與拉環的談話，但同時又生怕會走錯一步。他正在猶豫不決該用什麼方法提出要求時，妖精倒是先開口打破了沉默。

『你埋葬了那個小精靈。』他說，語氣出乎意料的怨恨。『我從隔壁臥室的窗子盯著你看。』

『對。』哈利說。

拉環用眼尾斜挑的兩隻眼睛注視他。

『你是個很不一樣的巫師，哈利波特。』

『哪裡不一樣？』哈利問，漫不經心的揉著疤。

『你親手挖墳。』

『所以呢？』

拉環並沒有回答。哈利覺得自己是因為表現得像麻瓜而遭到白眼，不過他並不在乎拉環是否贊同多比的墳墓。他打起精神，準備出擊。

『拉環，我必須問你——』

『你也救了一個妖精。』

『什麼？』

『你帶我來這裡，救了我。』

『你該不會是不高興吧？』哈利略微不耐的說。

『不，哈利波特，』拉環說，一根手指捲著下巴上稀疏的山羊鬍。『可是你眞的是個很奇怪的巫師。』

『沒錯。』哈利說，『我需要幫助，拉環，而你就是可以幫我的人。』

妖精毫無鼓勵的表情，逕自對著哈利蹙眉，好似從沒見過他這種生物。

『我需要闖進古靈閣的金庫。』

哈利其實無意說得這麼莽撞，而是因爲痛苦有如閃電般刺穿了他的疤，他又看見了霍格華茲的輪廓，所以才會一時脫口而出。他堅定的關閉心思，目前他必須先對付拉環。榮恩和妙麗瞪著哈利，好像他發瘋了。

『哈利——』妙麗開口，卻被拉環打斷。

『闖入古靈閣金庫？』妖精重複，在床上換個姿勢，卻痛得縮頭皺眉。『那是癡人說夢。』

『不，不是。』榮恩反駁他，『以前就發生過一次。』

『對。』哈利說，『就在我遇見你的那一天，拉環。我的生日，七年前。』

『當時被闖入的金庫是空的。』妖精不客氣的說，哈利立刻看出，雖然拉環離開了古靈閣，但聽到古靈閣的安全門禁出現紕漏，他還是覺得很不高興。『那個地方的保全程度非常低。』

『我們想進去的金庫並不是空的，我猜它的保全措施會相當的嚴密。』哈利說，『是雷斯壯家的金庫。』

他看見妙麗和榮恩對望了一眼，表情驚愕，不過等到拉環回答之後，他就會有足夠的時間向他們解釋。

『你一點機會也沒有。』拉環斷然說，『一點機會也沒有。「如果你意圖追求我們的地下金庫，一份永不屬於你的財富──」』

『「竊賊啊，你已受到警告，當心──」對，我知道，我沒忘記。』哈利說，『可是我不是要為自己追求什麼財富，我不是為了私利，意圖拿走什麼。你相信我嗎？』

妖精斜眼打量哈利，哈利額頭上的閃電形傷疤又開始刺痛，但他不理會，也不去承認它的疼痛或是它的誘惑。

『要是說有哪個巫師不是追求私利的話，』拉環最後說，『我相信那會是你，哈利波特。妖精和小精靈很少受到像你今晚表現出的保護及尊重。那不像耍魔杖的。』

『耍魔杖的？』哈利順口重複，他覺得這句話聽起來很怪。而在此時此刻，他的傷疤刺痛，佛地魔的思緒轉向了北方，而哈利則急著想詢問隔壁的奧利凡德。

『擁有魔杖的權力，』妖精靜靜的說，『許久以來就是巫師和妖精所互相爭奪的。』

『妖精不用魔杖就能施法啊。』榮恩說。

『這不是重點！巫師拒絕把魔杖學的奧秘和其他魔法生物分享，他們否決了我們拓展力量的可能！』

『妖精還不是不願意分享他們的魔法。』榮恩說，『你們不肯告訴我們，如何像你們那樣打造寶劍盔甲。妖精知道冶煉的技術，那是巫師從來不——』

『這件事不相干。』哈利說，注意到拉環的臉越來越紅。『我們談的不是巫師對抗妖精，或是其他具有魔法的生物——』

拉環發出刺耳的笑聲。

『我說就是，就是這麼一回事！黑魔王越是有力量，你們的種族就越高高在上，欺凌我的種族！古靈閣落入了巫師的掌握，家庭小精靈被屠殺，又有哪個耍魔杖的挺身而出？』

『我們啊！』妙麗說，眼睛明亮的坐得挺直。『我們提出反抗！而且我也跟其他的妖精和小精靈一樣被追捕，拉環！我是個麻種！』

『別這樣說妳自己——』榮恩喃喃說。

『有什麼不能說的？』妙麗反問，『我是麻種，而且我還引以為榮呢！在這個新的秩序之下，我的地位不比你們高出多少，拉環！在馬份家的時候，他們可是挑上我來拷問呢！』

她一邊說，一邊扯開晨褸的領口，露出貝拉劃下的傷口，傷口襯著她雪白的喉嚨，看起來十分的猩紅。

『你知道是哈利放多比自由的嗎？』她問，『你知道多年來我們一直努力要讓家庭小精靈自由嗎？』（榮恩坐在妙麗坐的椅子的椅臂上，不舒服的扭來扭去。）『你不會比我們更希望「那個人」失敗，拉環！』

妖精凝視妙麗，眼中帶著剛才看哈利同樣的好奇。

『你們想在雷斯壯家的金庫裡找到什麼？』他突然問，『裡頭的劍是假貨，這一把才是真的。』他輪流看了三人一眼，『我想這點你們早就知道了。在那邊的時候，你們要求我說謊。』

『可是，金庫裡不是只有假劍吧？』哈利問，『也許，你曾在裡面看到過其他的東西？』

他的心臟跳得更厲害，他也加倍努力忘掉傷疤的悸痛。

妖精又用手指絞著山羊鬍。

『我們的行規，禁止我們提起古靈閣的秘密。我們是稀世寶藏的守護者，對於委託我們照料的物品有一份責任，而這些物品常常都是我們自己打造出來的。』

妖精輕撫寶劍，黑色的眼珠飄向哈利、妙麗、榮恩，又轉了回來。

『這麼年輕，』他終於說道，『卻要打這麼多仗。』

『你願意幫我們嗎？』哈利說，『沒有妖精的協助，我們是不會有希望闖進古靈閣的。你是我們唯一的機會。』

『我會……考慮看看。』拉環說，他傲慢的語氣教人氣得牙癢癢。

『可是──』榮恩忿忿開口，妙麗卻用手肘戳了戳他的肋骨。

『謝謝。』哈利說。

妖精的大圓頭點了一下，算是答禮，隨即伸展他的短腿。

『我覺得，』他說，在比爾與花兒的床上躺得更舒適，『生骨藥的藥效退了，我總算可以好好睡一覺了。失陪了……』

『喔，當然。』哈利說，但在離開房間之前，他俯身抽走妖精身旁的葛來分多寶劍。拉環並未抗議，但哈利覺得在關門之前，他在妖精的眼中看見了憤慨。

『小兔崽子，』榮恩喃喃罵道，『故意吊我們胃口。』

『哈利，』妙麗壓低聲音說，將兩人拉到幽暗的樓梯平台中央，『你說的跟我想的一樣嗎？你是說雷斯壯家的金庫裡有個分靈體？』

『對。』哈利說，『貝拉以爲我們闖進去過，簡直可以說是嚇破了膽。爲什麼？她以爲我們會看見什麼嗎？她以爲我們還會拿走什麼嗎？一定是萬一「那個人」知道了，她鐵定吃不完兜著走的東西。』

『可是，我們不是應該要找那些「那個人」去過的地方嗎？他做過一些重要事情的地方？』榮恩問，一臉的困惑，『難道他進去過雷斯壯家的金庫？』

『我不知道他有沒有進去過古靈閣。』哈利說，『他年輕的時候不會在那裡存金子，因爲根本就沒有人留給他任何東西。可是他一定從外面看過古靈閣，也就是他第一次到斜角巷的時候。』

哈利的疤抽痛，但他不理會。在他們去找奧利凡德談話之前，他希望能讓榮恩與妙麗明白古靈閣的事。

『我想他會很嫉妒擁有古靈閣金庫鑰匙的人，我想他會把它看成是歸屬於魔法界的眞正象徵。別忘了，他很信任貝拉跟她丈夫，在他失敗之前，他們是他最忠心耿耿的僕人。在他消失之後，他們還去找過他。他在重生的那晚說的，我親耳聽見的。』

哈利揉著疤。

『不過我倒不認爲他會告訴貝拉那是分靈體。他就沒有對魯休思・馬份說明那本日記的眞相。他可能只是說那是個珍貴的物品，要求她放在她的金庫裡頭。海格說過，如果有什麼需要小心保管的東西，古靈閣是全世界最安全的地方……僅次於霍格華茲。』

哈利說完後，榮恩不斷搖頭。

『你眞的了解他。』

『只是一部分。』哈利說，『一部分……我只希望我也有那麼了解鄧不利多。唉，再說吧。來吧——輪到奧利凡德了。』

榮恩與妙麗的表情迷惑，卻充滿了欽佩。他們跟著哈利穿越小小的樓梯平台，敲了敲比爾和花兒房間對面的門。一聲虛弱的『請進』響起。

魔杖製造師奧利凡德躺在距離窗戶最遠的單人床上。他被禁錮在地牢長達一年多，吃足了苦頭，而且就哈利所知，他至少曾經受過一次的苦刑。他形容憔悴，臉上的骨頭突出，撐著泛黃的皮膚。一雙銀眼在深陷的眼窩中顯得大得不得了。擺在毛毯上的雙手眞像是骷髏的手骨。哈利在旁邊的空床坐下，榮恩妙麗也在他身旁坐下。這裡看不見朝陽，房間面向懸崖頂端的花園及剛挖的那座新墳。

『奧利凡德先生，很抱歉打擾您。』哈利說。

『親愛的孩子，』奧利凡德的聲音很虛弱，『你救了我們。我還以爲我們會死在那個地方，我再怎麼樣也無法表達我的感激之情於萬一……謝謝……謝謝……』

『您太客氣了。』

哈利的疤陣陣抽痛。他知道他的時間所剩不多，他必須盡快比佛地魔先一步抵達目標，或是設法阻撓。他不禁感到一陣恐慌……然而他選擇先和拉環談話時就已經做了決定。他強做鎮定，伸手到頸上的皮袋中翻找，拿出他斷成兩截的魔杖。

『奧利凡德先生，我需要幫忙。』

『只管開口，只管開口。』製杖師虛弱的說。

『您能修復這個嗎？可以修復嗎？』

奧利凡德伸出顫抖的手，哈利將兩截勉強連接在一起的魔杖遞過去。

『冬青木和鳳凰羽毛，』奧利凡德用顫抖的聲音說，『十一吋長，順手且柔軟靈活。』

『對。』哈利說，『您能不能？──』

『不能。』奧利凡德喃喃說，『我很抱歉，眞的非常抱歉，一支受損如此嚴重的魔杖，是沒辦法用我所知道的任何一種方法修復的。』

哈利早有心理準備，然而親耳聽見他這番話，仍是不小的打擊。他拿回兩截魔杖，放回掛在脖子上的皮袋。奧利凡德瞪著魔杖消失在皮袋中，視線始終沒有離開過，直到哈利從口袋中取出他從馬份家奪來的兩支魔杖。

『您認得出這兩支嗎？』哈利問道。

製杖師拿起第一支魔杖，舉到衰老的眼前，在骨節突出的指間轉動，微微彎曲魔杖。

『核桃木和龍的心弦。』他說，『十二又四分之三吋，剛硬、沒有彈性。這是貝拉．雷斯壯的魔杖。』

『這一支呢？』

奧利凡德重複同樣的檢查動作。

『山楂加獨角獸毛，剛好十吋長，彈性還可以。這曾是跩哥．馬份的魔杖。』

『曾是？』哈利接口說，『這支不是仍然屬於他嗎？』

『可能不是，如果是被你奪過來──』

『──是我奪過來的──』

『──那就很可能變成你的了。當然啦，取得魔杖的方法是有影響的，但大部分仍要看魔杖本身。一般來說，魔杖如果是贏來的，它的忠誠就會跟著改變。』

室內一片靜默，唯有遠處的波濤拍岸聲。

『聽您說的，好像魔杖有感覺似的，』哈利說，『好像它自己會思考。』

『魔杖選擇巫師。』奧利凡德說，『我們這些研究魔杖學的人，至少清楚這一點。』

『可是，一個人還是可以使用並沒有選擇他們的魔杖？』哈利問。

『哦，沒錯，只要你是巫師，你就能夠透過幾乎所有的器具傳輸自己的魔力。只不過最好的成果，仍然是來自於巫師與魔杖之間最強烈的結合。這種結合很複雜，一時也說不清。總之是要第一眼的吸引力，接著是對經驗的共同追求，魔杖從巫師身上學習，巫師也從魔杖身上學習。』

海潮來回拍打岸邊，聽來像極了哀悼。

『我從跩哥・馬份手裡硬搶來這支魔杖。』哈利說，『那麼我使用起來安全嗎？』

『我想是的。魔杖所有權的規範是很微妙的，不過被征服的魔杖通常都會向新主人輸誠。』

『那麼我該用這支魔杖了？』榮恩問道，從口袋中掏出蟲尾的魔杖，遞給奧利凡德。

『栗木和龍的心弦，九又四分之一吋。脆硬，沒有彈性。這支是我在受挾制的情況下做的，就在我被綁架之後為彼得・佩迪魯做的。是的，如果是你贏來的，那麼它很可能會聽從你的吩咐，而且比其他魔杖做得更好。』

『這道理可以適用在所有的魔杖上嗎？』哈利問道。

『我想是的。』奧利凡德回答，一雙凸眼緊盯著哈利的臉。『你的問題很深奧，波特先生。魔杖學是一門複雜又神秘的魔法。』

『那麼，要把一支魔杖據為己有，並不需要殺死前任主人囉？』哈利問。

奧利凡德嚥了口口水。

『需要？不，我想並不需要動用到殺戮。』

『有一些傳說，』哈利說，他心跳加快，額頭傷疤痛得更加劇烈，他很肯定佛地魔已經決定化想法爲行動了，『是有關一支魔杖——或是許多支魔杖。聽說那支魔杖是靠謀殺來代代相傳的。』

奧利凡德的臉刷的一下變白，在雪白的枕頭上，他的臉色顯得有點慘白，佈滿血絲的眼睛突出，瞪得有若銅鈴般大，眼底淨是驚恐。

『我認爲只有一支魔杖。』他低聲說。

『而「那個人」很感興趣，是不是？』哈利問。

『我——你怎麼？』奧利凡德啞著聲音問，懇求的看著榮恩、妙麗，希望他們出來打圓場，『你是怎麼知道的？』

『他要你告訴他，如何克服我們兩支魔杖的連結。』哈利說。

奧利凡德彷彿嚇壞了。

『他拷問我，你一定得了解這一點！是酷刑咒，我——我別無選擇，只能把我知道的、我臆測的部分都告訴他！』

『我了解。』哈利說，『你跟他解釋了「孿生杖芯」的事？你說他只需要借用其他巫師的魔杖？』

奧利凡德臉色駭然，呆若木雞，不敢相信哈利居然知道這麼多。他緩緩點頭。

『可是卻沒有用。』哈利往下說，『我的魔杖仍舊擊敗了借來的魔杖。您知道是爲什麼嗎？』

奧利凡德一如剛才，慢呑呑的搖頭。

『我從來……從來沒聽過這種事。你的魔杖那晚的表現獨一無二。孿生杖芯之間會起連結是絕無僅有的事，可是你的魔杖爲什麼能折斷借來的魔杖，我一無所知……』

『我們剛才提到的那支魔杖，那支靠謀殺換主人的魔杖。在「那個人」知道我的魔杖做出了奇特的事之後，他又回來問起那一支魔杖，是不是？』

『你是怎麼知道的？』

哈利沒有回答。

『對，他問了。』奧利凡德低聲說，『他想知道有關那支被稱爲「死神魔杖」、「命運魔杖」或是「接骨木魔杖」的一切知識。』

哈利斜眼看看妙麗，她看起來驚訝極了。

『黑魔王，』奧利凡德說，語氣沙啞驚恐，『一直很滿意我爲他製造的魔杖——紫杉木加鳳凰羽毛，十三又二分之一吋——可是後來他發現了孿生杖芯之間的連結。現在他想找另一支更強的魔杖，只有這個方法才能征服你的魔杖。』

『要是他還不知道的話，很快也會知道我的魔杖斷了，無法修復了。』哈利靜靜的說。

『不！』妙麗說，語氣驚惶，『他不可能會知道的，哈利，他怎麼可能？——』

『呼呼，前咒現！』哈利說，『我們把妳的魔杖跟那支黑刺李魔杖給掉在馬份家了，妙麗。只要他們好好的檢查一下，讓魔杖重複最近施用過的咒語，他們就會知道妳的魔杖折斷了我的，也會知道妳嘗試過卻無法修復那根魔杖，然後他們就會明白，我從那時開始就一直使用那支黑刺李魔杖。』

他們抵達這裡後，她臉上稍微恢復的紅潤又消失殆盡。榮恩投給哈利責難的一眼，說：『暫時先別擔心這個吧——』

但奧利凡德先生插口。

『黑魔王尋找接骨木魔杖，不再只是為了要毀滅你，波特先生。他決心要佔有它，是因為他相信那會讓他變成眞正的天下無敵。』

『眞的會嗎？』

『接骨木魔杖的主人必須時時刻刻提防有人會覬覦攻擊，』奧利凡德說，『可是死神魔杖落到了黑魔王手裡，我必須承認那會……讓人坐立不安。』

哈利猛然想起，他和奧利凡德初次見面時，就不是很確定他是否喜歡這個製杖師。即使是現在，奧利凡德雖曾遭到佛地魔的軟禁與折磨，但黑巫師佔有這根魔杖的想法，卻既魅惑他，又讓他感到厭惡不已。

『您眞的——眞的認為這支魔杖是存在的，奧利凡德先生？』妙麗問。

『喔，當然。』奧利凡德說，『它的蹤跡是絕對可由歷史去追溯的，當然其間會出現斷層，而且是漫長的斷層，那段時間它銷聲匿跡，暫時失去了蹤影或是被隱藏起來，但它總是會再重出江湖。它有些獨特的性質，深諳魔杖學的人一眼就認得出來。此外還有些文字紀錄，有些非常晦澀艱深，而我和其他的製杖師都致力於這項研究。這些紀錄都相當具有權威性。』

『所以您——您不認為那只是童話故事，或是神話？』妙麗滿懷希望的問。

『不。』奧利凡德說。『我不知道這支魔杖是否需要靠謀殺來代代相傳。它的歷史充滿血腥，不過那可能是因為它有太多人覬覦，迷惑了太多巫師的心。它的力量無法衡量，所遇非人的話會變得十分危險，而對我們這些研究魔杖力量的人來說，魔杖本身就是會讓人無法自拔的一件奇物。』

『奧利凡德先生，』哈利說，『你告訴「那個人」接骨木魔杖在葛果羅威那裡，是不是？』

奧利凡德的臉色蒼白得不能再蒼白了。他的嘴一張一闔，大驚失色。

『你是怎——你是怎麼——』

『不用管我是怎麼知道的。』哈利說，閉上眼睛一會兒，因為他的疤痕灼燙，而就在幾秒鐘的工夫，他看見了活米村的大街，因為那裡地處極北，天色仍未亮。『你告訴「那個人」，魔杖在葛果羅威手上？』

『那是謠傳。』奧利凡德喃喃說，『謠傳，流傳了許多年了，那時你還沒出生呢！我相信這謠傳是葛果羅威自己散佈出來的。你知道，那對生意的好處可大了，大家會以爲他在研究和複製接骨木魔杖的特質！』

『對，我能了解。』哈利說，站了起來，『奧利凡德先生，最後一個問題，問完之後我們就不再打擾了。你對「死神聖物」知道多少？』

『什——什麼？』製杖師問，大惑不解。

『死神聖物。』

『恐怕我不知道你說的是什麼，這也是和魔杖有關的嗎？』

哈利定睛細看奧利凡德瘦削的臉，相信他不是在演戲，他確實不知道什麼是死神聖物。

『謝謝。』哈利說，『非常謝謝您，那我們就不打擾您休息了。』

奧利凡德愁眉苦臉。

『他折磨我啊！』他高喊，『是酷刑咒啊……你根本不知道……』

『我了解，』哈利說，『我眞的了解。請休息吧，謝謝您告訴我這些事。』

他領著榮恩、妙麗下樓，哈利瞥見比爾、花兒、露娜、丁圍坐在廚房餐桌前，每個人面前都擺了杯茶。哈利一出現在門口，每個人都抬頭看，但哈利只是點個頭，沒有停下腳步，一直走到屋外的花園，榮恩和妙麗緊跟在後面。多比的紅土墳墓就在眼前，哈利走過去，他額上的疤痕痛得越來越劇烈。此刻他必須要咬緊牙關，才能封鎖住不斷湧入的影像，但他知道只需要再抗拒一會兒就行了。他很快就會屈服，因爲他必須知道自己的推論是否正確。他必須要再抗拒一下，好向榮恩和妙麗解釋清楚。

『在很久以前，葛果羅威曾經擁有接骨木魔杖，』他說，『我看見「那個人」千方百計要找到他。等他終於逮到他之後，他發現魔杖已經不在葛果羅威手上了，被葛林戴華德偷走了。葛林戴華德是如何打聽到魔杖在葛果羅威手上，我不知道——可是葛果羅威要是笨到散播這種謠言，那要打聽到消息也不會有多困難。』

佛地魔就在霍格華茲大門口，哈利能看見他站在那裡，也能看見燈火在黎明前的昏暗中上下跳動，越靠越近。

『葛林戴華德就是靠接骨木魔杖才變得所向披靡。就在他的權力達到巔峰時，鄧不利多知道自己是唯一能收拾他的人，於是他和葛林戴華德決鬥，擊敗了他，接骨木魔杖也到了鄧不利多手裡。』

『鄧不利多擁有接骨木魔杖？』榮恩說道。『可是——現在它在哪兒啊？』

『霍格華茲。』哈利說，盡全力在懸崖頂的花園裡保持清醒。

『那還等什麼，我們快走啊！』榮恩焦急的說，『哈利，我們得快點，免得他捷足先登啊！』

『來不及了。』哈利說，哈利緊抱著腦袋，想幫自己抵抗那讓人受不了的疼痛。

『他知道在哪裡，他已經在那兒了。』

『哈利！』榮恩忿忿說，『這件事你知道多久了——我們爲什麼一直在浪費時間？

你幹嘛還先找拉環說話？我們早就該去了——現在還來得及——』

『不。』哈利說，跪到草地上，『妙麗說得對。鄧不利多並不想讓我得到它，他不想讓我去拿。他要我去找分靈體。』

『那可是天下無敵的魔杖啊，哈利！』榮恩哀嘆。

『我不應該……我應該去找分靈體……』

此刻一切都清涼陰暗，地平線那端朝陽仍只是朦朦朧朧的，他朝湖邊滑行，身旁是石內卜。

『我很快就會到城堡裡找你。』他說，聲音高亢冷酷，『你先退下。』

石內卜鞠躬之後轉身走上小徑，黑斗篷在身後飛揚。哈利緩步走著，等待石內卜消失不見。不能讓石內卜或任何人看見他要往哪裡去。城堡的窗戶都沒有燈光，他可以掩飾自己的形跡……不到眨眼的工夫，他已在自己身上下了滅幻咒，連他都看不見自己。

他繼續前進，繞著湖岸，眼中映入他摯愛的城堡，他的第一個王國，他與生俱來的權利……

而它就在這裡，在湖畔，倒映在漆黑的湖水中。白色大理石陵墓，在這熟悉的景色中是一抹不必要的污漬。他再度感覺到那股大權在握的愉悅、那種一心一意旨在毀滅的感覺。他舉起老紫杉木魔杖，多恰當啊，以此爲它最後一次的偉大成就。

墳墓從頭到尾裂開。那裏著殮衣的軀體一如生前般修長瘦削。他再次舉起魔杖。

裹屍布如被利刃劃破。那張臉透明、蒼白、凹陷，卻幾乎與生前毫無二致。他們把他的眼鏡留在歪曲的鼻子上，他心頭浮起一股譏誚。鄧不利多雙手交握在胸膛上，手中就抓著它，隨他入土。

難道這老傻瓜以爲大理石或是死亡就能保護魔杖？難道他以爲黑魔王會膽怯畏縮，不敢侵犯他的墳墓？

蜘蛛似的手指倏然伸出，抽走了鄧不利多手中的魔杖。一握住魔杖，杖端就噴出一陣火花，灑落在它前任主人的屍身上，它已準備好要服侍新主人了。

25. 貝殼居

比爾與花兒的小屋獨自矗立在峭壁上，俯瞰著大海，小屋四壁嵌著貝殼，用石灰水粉刷過。這是個孤單美麗的地方。哈利無論是進入小屋內，或是站在花園裡，潮起潮落的聲音總是不絕於耳，好像是什麼蟄伏的巨大怪物在呼吸。接下來幾天，他常託辭離開擁擠的小屋，渴望著崖頂開闊的天空與一望無垠的大海，讓帶著鹹味的寒冷海風吹在臉上。

到現在，哈利仍對自己放棄早佛地魔一步取得魔杖，所下的這個重大決定，感到震驚不已。他從不記得自己有選擇過不去做任何行動。他心中充滿了疑問，而榮恩總忍不住會在他們獨處時大聲說出他的疑問。

『萬一鄧不利多是要我們及時解開符號之謎，找到魔杖呢？』『假如解開了符號之謎，就表示你「夠格」得到聖物呢？』『哈利，如果那眞的是接骨木魔杖，那我們還有什麼辦法能解決掉「那個人」？』

哈利什麼答案也沒有，有時他會懷疑是自己精神錯亂，才沒去阻止佛地魔打開墳墓。他甚至無法提出令人滿意的解釋，說明自己爲什麼會投下反對票。每次他在心中重建做出這個決定的理由時，都會覺得論點薄弱不堪。

最奇怪的是妙麗的全然支持，就如同榮恩的質疑一樣，讓他混亂迷惘。雖然妙麗被迫承認接骨木魔杖不是虛構的，但是她仍然堅稱它是邪惡的東西，而佛地魔取得的方式更是令人憎惡，不值得效法。

『你永遠也做不到的，哈利。』她反覆不停的說，『你不可能闖入鄧不利多的墳墓的。』

但是比起面對鄧不利多死後的遺體，哈利更害怕誤解了鄧不利多活著時的意圖。他覺得自己仍然是在黑暗中摸索，雖說他選擇了自己的道路，卻又不時回頭張望，胡思亂想自己是否誤判了徵兆，是否該選擇另一條路。他有時候會很氣鄧不利多，氣他沒有在死前把一切解釋清楚，而那股怒火就像小屋底下拍打峭壁的海浪一般激烈。

『可是他眞的死了嗎？』榮恩問。這是他們抵達小屋的三天後，榮恩和妙麗找到哈利時，他正坐在分隔小屋花園與懸崖的圍牆上，遙望圍牆外的風景。他希望榮恩和妙麗沒找到他，因為他一點也不想加入他們的論戰。

『對，他死了，榮恩，拜託別又來了！』

『看看事實吧，妙麗。』榮恩說，越過哈利講話，而哈利依然自顧自的瞪著地平線。『那頭銀色母鹿、寶劍，還有哈利在鏡中看見的眼睛──』

『哈利自己都承認，眼睛可能是他想像出來的！對不對，哈利？』

『很可能。』哈利說，看也沒看妙麗。

『可是你不認為是想像的，對不對？』榮恩問。

『對，我不認為。』哈利說。

『看吧！』榮恩搶在妙麗開口之前說，『要不是鄧不利多，多比怎麼會知道我們在地牢裡呢，妙麗？』

『我沒辦法解釋──可是你倒說說看，鄧不利多躺在霍格華茲的墳墓裡，他又要怎麼派多比過來救我們？』

『我不知道，搞不好是他的幽靈！』

『鄧不利多不會變成幽靈回來的。』哈利說。關於鄧不利多，他不確定的地方很多，但是他至少確定這一點。『他會一直走下去。』

『你說「一直走下去」是什麼意思？』榮恩問。但哈利還沒開口，他們身後就傳來聲音：『阿利？』

花兒從小屋出來，銀色長髮在微風中飛揚。

『阿利，拉環要跟你說話。塔在最小的房間裡，塔說不想讓別人偷挺。』很明顯的，她厭惡妖精派她來傳話，因爲她一臉惱怒的走回了小屋。

正如花兒所說，拉環在小屋三間臥室中最小的那間等他們，這間房也是妙麗與露娜晚上的寢室。他將紅色的棉布窗簾拉下來，遮擋明亮多雲的天空，所以房間多了一份火紅的光芒，與通風光亮的小屋格格不入。

『我已經決定了，哈利波特。』妖精說，盤腿坐在矮椅上，細長的手指敲著手臂。『雖然，古靈閣的妖精會認爲我這是低下的背叛，但我仍然決定要幫你——』

『太好了！』哈利說，立刻覺得心頭放下了一塊大石，『拉環，謝謝你，我們眞的——』

『——回報我，』妖精堅定的說，『我要報酬。』

哈利微微吃了一驚，猶豫起來。

『你要多少？我有金子。』

『不要金子。』拉環說，『金子我自己有。』

他的黑眼閃爍，眼睛看不見眼白。

『我要寶劍，高錐客·葛來分多的寶劍。』

哈利一顆心往下沉。

『不能給你。』他說，『很抱歉。』

『那麼，』妖精輕輕的說，『我們就有問題了。』

『我們可以給你別的。』榮恩焦急的說，『我敢打賭雷斯壯有不少好東西，等我們進了金庫，你可以隨便挑。』

他說錯話了。拉環憤怒的脹紅了臉。

『我不是小偷，小子！我可不是想偷取非分之財！』

『寶劍是我們的——』

『才不是。』妖精怒斥。

『我們是葛來分多學院的，劍又是高錐客．葛來分多的——』

『那在葛來分多之前，劍又是誰的？』妖精質問，坐得挺直。

『沒有人的，』榮恩說，『那是特地為他打造的，不是嗎？』

『才不！』妖精大喊，氣得頭髮倒豎，一根長手指指著榮恩，『又是巫師的自大！那把寶劍是妖精拉努克一世的，後來才被高錐客．葛來分多搶去了！那是件失去的珍寶，妖精的曠世巨作！是屬於妖精的！要我出力，代價就是寶劍，你們自己看著辦！』

拉環怒瞪著他們。哈利瞧了瞧其他兩人說：『拉環，可以的話，請讓我們討論一下。你能等我們幾分鐘嗎？』

妖精點頭，擺出了一張臭臉。

哈利下樓來到空盪盪的客廳，雙眉緊鎖的走向壁爐，設法思考該怎麼辦。在他身後，榮恩說：『愛說笑，我們不能把劍給他。』

『是眞的嗎？』哈利問妙麗，『寶劍是葛來分多偷的嗎？』

『我不知道。』她無助的說，『巫師的歷史裡，經常會省略掉巫師對其他的魔法種族所做的行爲，不過我從來沒看過有哪本書上提到葛來分多偷了那把劍。』

『一定又是那種妖精自己編出來的故事，』榮恩說，『說什麼巫師是如何想要佔他們的便宜啦。我看他沒要我們把魔杖給他，我們還應該覺得慶幸呢。』

『妖精不喜歡巫師，並不是沒有道理，榮恩。』妙麗說，『過去他們有過慘痛的經驗。』

『妖精可也不是什麼毛茸茸的可愛小白兔。』榮恩說，『他們殺了我們很多人，而且手段也不光明正大。』

『可是跟拉環爭辯誰的種族最陰險、最暴力，可沒辦法讓他更樂意幫助我們，不是嗎？』

三人苦苦思索一個解決的方案，客廳裡一片沉默。哈利望著窗外多比的墳墓，露娜正準備把海薰衣草插在墓碑旁的一個果醬罐裡。

『好吧。』榮恩說，哈利回頭看他，『這樣如何？我們跟拉環說，在進入金庫之前我們仍需要寶劍，等我們闖進去之後，寶劍就可以給他。裡頭不是有把假劍嗎？我們來個以假換眞，把假的給他。』

『榮恩，他比我們更會分辨眞假！』妙麗說，『他是唯一一個知道寶劍被掉包了的人！』

『沒錯，但是我們可以在他發現之前開溜——』

妙麗看榮恩的眼神，讓他畏怯的住了口。

『那麼做，』她靜靜的說，『太可恥了。要求他幫忙，然後又來個黑吃黑？你還覺得奇怪妖精爲什麼不喜歡巫師嗎，榮恩？』

榮恩羞得連耳根都紅了。

『好啦，好啦！我只能想出這個辦法！那妳說呢？』

『我們需要換別的東西給他，同樣價値的東西。』

『眞天才，我馬上就去找另一個古代妖精打造的兵器來，妳還可以把它包裝得漂漂亮亮的。』

沉默又彌漫室內。哈利很肯定妖精除了寶劍之外，不會接受第二件替代品，即使他們可以給他等値的東西。然而，寶劍是他們對付分靈體不可或缺的武器。

他閉上眼睛，傾聽著海浪聲。葛來分多寶劍是偷來的，這個想法讓他覺得很不舒服。他始終以身爲葛來分多的一員爲榮，葛來分多一直是保護麻種的鬥士，是與提倡純種的史萊哲林分庭抗禮的巫師……

『也許他說謊。』哈利說，睜開眼睛，『那個拉環。也許葛來分多沒有偷劍。我們怎麼知道妖精版的歷史是正確的？』

『正不正確有差別嗎？』妙麗問。

『我的感覺會有差別。』哈利說。

他做個深呼吸。

『我們要告訴他，在他幫助我們闖入金庫之後，寶劍可以歸他——不過我們要小心，不能說出究竟什麼時候要給他。』

榮恩的嘴慢慢咧開來，但妙麗卻是一臉驚訝。

『哈利，我們不能——』

『劍可以給他，』哈利繼續說，『但要等我們毀掉所有的分靈體之後，我會保證那時他就可以拿到寶劍，我會履行承諾。』

『可是，那可能得拖上好幾年啊！』妙麗說。

『我知道，可是不需要讓他知道。我並沒有說謊……不完全是。』

看著妙麗質疑的眼神，哈利的思緒混雜了叛逆和愧疚。他想起了鐫刻在諾曼加入口的字：爲了更長遠的利益。他立刻將這想法推開，他們還有別的選擇嗎？

『我不喜歡。』妙麗說。

『我也不怎麼喜歡。』哈利坦言。

『我倒覺得很天才。』榮恩說，又站了起來，『我們去告訴他吧。』

回到最小的臥室，哈利負責發言，謹慎的迴避交付寶劍的確切時間。他說話時，妙麗蹙眉望著地板，哈利很火大，生怕她露出了馬腳。不過拉環的一雙眼睛只盯住哈利，根本沒注意其他人。

『如果我幫助你，哈利波特，你就答應把葛來分多寶劍給我？』

『對。』哈利說。

『那就握手成交。』妖精說，伸出了手。

哈利與他握手，心裡納悶那雙黑眼是否在他自己眼中看出了不安？接著拉環放開他，雙手緊握，說：『那好，我們開始吧！』

一切就如計畫闖入魔法部一樣，他們在最小的臥室裡開始沙盤推演，而房間裡總是依照拉環的偏好，弄得昏暗不明的。

『我曾到過雷斯壯家的金庫一次，』拉環告訴他們，『奉命去放那把假劍。那是最古老的庫房之一。最古老的巫師家族把他們的寶物存放在最深的一層，那裡的金庫最大，保護得也最周延……』

他們每次都會在這間櫥櫃大小的房間裡關上幾小時。一天天過去、一週週過去，他們有一個接一個的問題需要克服，而其中一個問題就是他們的變身水儲量急待補充。

『僅有的藥水只夠我們其中一個人使用了。』妙麗說，斜拿著瓶子，就著燈光打量泥巴似的濃稠藥水。

『那就夠了。』哈利說，他正在研究拉環手繪的地下最底層通道地圖。

貝殼居其他的人很難不去注意哈利、榮恩和妙麗只有在吃飯時間才出現，他們也料到必然是有什麼事情正在進行，但是沒有人發問，倒是哈利常常感覺比爾的目光落在他們三人身上，若有所思，擔憂關心。

他們花越多的時間在一起，哈利就越發現自己不怎麼喜歡拉環。拉環出乎意料的嗜血，對於次等生物的痛苦大加嘲笑，對於他們可能必須傷害其他巫師才能進入雷斯壯家的金庫更是雀躍不已。哈利看得出，討厭拉環的不只他一個人，但是他們並沒有討論這一點，因為他們需要拉環。

妖精總是老大不情願的跟大家一塊吃飯。即使在他的腿傷痊癒後，他仍然要求大家仿照身子仍然虛弱的奧利凡德，把他的餐點用托盤端上樓給他。後來還是比爾（在花兒發了一頓脾氣之後）上樓告訴他客房服務到此為止。之後，拉環就和他們一起在擁擠的餐桌上用餐，只是他仍然拒絕吃同樣的食物，堅持要吃大塊大塊的生肉、根莖類和各種菌類。

哈利覺得自己必須負起責任。畢竟，是他堅持要讓妖精留在貝殼居，好讓他問問題；而整個衛斯理家族必須東躲西藏的，也是他的錯；比爾、弗雷、喬治和衛斯理先生不能上班，也都是他的錯。

『對不起。』哈利對著花兒說。這是四月一個狂風暴雨的傍晚，他在幫她準備晚餐。『我不是有意害你們家這樣亂糟糟的。』

她剛剛施展魔法讓幾把刀子開始工作，爲拉環和比爾切牛排，比爾自從被灰背攻擊之後，就喜歡吃血淋淋的肉。刀子在她身後切下一片片的牛肉，她略帶惱怒的表情軟化了。

『阿利，你救了窩妹妹的命，窩並沒有忘記。』

嚴格說起來並不眞的是這樣，可是哈利思考再三，還是決定別去提醒她，那時佳兒其實並沒有眞正的危險。

『反正啊，』花兒接著說，魔杖指著爐子上的一鍋醬汁，醬汁立刻就咕嚕嚕的冒泡，『奧利凡德先生今捺晚上就要到牡丹姑婆那兒去了，之後就輕鬆多了。那個妖精，』一提到他，她就微微皺眉。『可以搬到樓下來，你、榮恩和丁就可以睡那個房間了。』

『我們不介意睡在客廳。』哈利說。知道讓拉環睡沙發，他一定又會鬧情緒，目前在他們的計畫中最核心的重點就是讓拉環開心。『別擔心我們了。』一見花兒想抗議，他立刻接著說：『我們也很快就要走了，榮恩、妙麗跟我，我們不會在這裡待太久了。』

『你是什麼意思？』她說，皺著眉頭，魔杖指著懸浮在半空中的砂鍋菜，『你們當然不能離開，你們在這裡很安全！』

她說話時的表情眞像衛斯理太太，哈利很高興後門恰好在這個時候打開，露娜和丁進來了，被外面的雨淋濕了頭髮，兩人都抱了滿懷的浮木。

『……還有小小的耳朵，』露娜正在說，『爸爸說，有點像河馬，只不過是紫色的，又毛茸茸的。要是你想叫他們，你得哼歌，他們比較喜歡華爾滋，旋律不能太快……』

丁一臉的不自在，經過時朝哈利聳聳肩，跟著露娜走入了與客廳相連的餐廳，榮恩與妙麗正在擺餐具。哈利逮住機會，逃離花兒的詢問，抓起兩瓶南瓜汁，跟著他們離開廚房。

『……要是你到我家來，我可以帶你去看角，爹地寫信告訴我，可是我還沒看見，因爲食死人把我從霍格華茲快車上帶走了，我沒能回家過聖誕節。』露娜一邊說，一邊和丁重架柴火。

『露娜，我們跟妳說過了。』妙麗朝她大聲說，『那個角爆炸了。那是爆角怪的角，不是犄角獸的——』

『不，那絕對是犄角獸的角。』露娜平靜的說，『爹地告訴我的，現在可能已經重生了，妳知道，它們會自行痊癒的。』

妙麗搖搖頭，繼續擺叉子。這時比爾出現了，帶著奧利凡德先生下樓來。魔杖製造師仍是弱不禁風的模樣，緊攀著比爾。比爾一手攙扶老人，一手還提著大行李箱。

『我會想念你的，奧利凡德先生。』露娜說，向老人走去。

『我也會想妳，親愛的。』奧利凡德說，輕拍她的肩膀，『在那個可怕的地方，妳是我無法形容的安慰。』

『那麼再會了，奧利凡德先生。』花兒說，親吻他兩頰。『不知道能不能麻煩你，代窩送個包裹給牡丹姑婆？窩都還沒把塔借窩的頭冠還給塔呢。』

『這是我的榮幸，』奧利凡德先生微微鞠躬說。『我至少可以回報一下你們的慷慨款待。』

花兒拉出一個舊天鵝絨盒子，打開讓製杖師看。低垂的燈光下，頭冠熠熠生輝。

『月長石與鑽石。』拉環說，他在哈利沒注意時側身進入了房間。『妖精做的吧？』

『而且巫師已經付過錢了。』比爾靜靜的說，妖精立刻朝他射去既鬼祟又挑釁的目光。

比爾與奧利凡德先生沒入夜色中，一陣強風吹襲小屋。大家在餐桌前開始吃飯，擠得手肘碰手肘，幾乎沒有移動空間。他們身旁的爐火劈啪作響。哈利注意到花兒只是撥弄著食物，每隔幾分鐘就瞧一眼窗戶，幸好比爾在他們吃完第一道菜之前就回來了，長髮被風吹得糾結成一團。

『平安順利。』他對花兒說。『奧利凡德安頓好了。爸媽問候妳；金妮要我送上她對你們大家的愛；弗雷和喬治快把牡丹逼瘋了，他們仍然用貓頭鷹郵購在她的密室裡做生意。牡丹的頭冠送回來了，倒是讓她很高興，她說她還以為我們想把它據為己有了呢。』

『喔，塔可眞可愛啊，你的姑婆。』花兒沒好氣的說，邊揮舞魔杖，髒盤子立刻浮起在空中疊好，她伸手接住之後，大步離開房間。

『爹地也做了個頭冠。』露娜高聲說。『啊，其實比較像是皇冠。』

榮恩看見妙麗的眼神，咧嘴而笑；哈利知道他是想起了他們在贊諾家看見的那頂荒唐的頭飾。

『對，他是想要複製出雷文克勞遺失的王冕。他覺得他已經辨認出最重要的幾個特點。加上旋舞針的翅膀眞的就有很大的差別——』

前門響起砰的一聲，每個人的頭都轉了過去。花兒從廚房跑出來，一臉的驚嚇；比爾跳了起來，用魔杖指著門，哈利、榮恩、妙麗也一樣。拉環悄悄溜到桌子底下。

『誰？』比爾高喊。

『是我，雷木思．約翰．路平！』一個人扯開嗓門壓過呼嘯的狂風，哈利頓時害怕得全身顫慄。出了什麼事？『我是個狼人，娶了小仙女．東施為妻，而你，貝殼居的守密人，告訴了我地址，要我在緊急事件發生時過來！』

『路平。』比爾喃喃說道，奔向門口，打開了門。

臉色雪白的路平踉蹌跨過門檻，身上緊裹著旅行斗篷，漸灰的頭髮被狂風吹亂。他挺直腰環顧室內，確定在場的人是誰，隨即大聲宣布：『是個男孩！我們叫他泰迪，以紀念小仙女的父親！』

妙麗尖叫。

『什麼？——東施——東施生了？』

『對，對，她生了！』路平大喊。環立在餐桌旁的人都發出喜悅的叫聲以及鬆了口氣的嘆息。妙麗和花兒高聲尖叫：『恭喜！』榮恩則說：『哇噻，生了孩子！』彷彿他從沒聽說過生孩子這種事。

『對——對——是個男孩。』路平又說了一次，似乎是快樂得頭暈眼花。他大步繞過餐桌，擁抱哈利，好像已經盡釋前嫌，古里某街地下室的那一幕從來沒有發生過。

『你願意當教父嗎？』他問，放開哈利。

『我——我？』哈利結結巴巴。

『對，當然是你——小仙女也同意，沒人比你更適合——』

『我——好——我的天啊——』

哈利是既驚又喜，一時間亂了手腳。比爾趕去拿酒，花兒正在勸路平留下來喝一杯。

『我不能久留，得快點回去。』路平說，朝大家露出燦爛的笑容。看起來比哈利見過的他年輕了好幾歲。『謝謝，謝謝，比爾。』

比爾很快就斟滿了每個人的高腳酒杯，大家站起來，高舉酒杯祝賀。

『敬泰迪．雷木思．路平，』路平說，『未來的偉大巫師！』

『塔長得像誰啊？』花兒問。

『我覺得他像小仙女，可是她說像我。沒多少頭髮。他剛出生的時候頭髮是黑黝黝的，可是過了一個鐘頭又變成薑黃色的，等我回去搞不好已經變成金髮了。美黛說，東施的頭髮也是從出生那天開始就一直在變顏色。』他一口飲盡杯中的酒，『喔，管他的，再來一杯。』他滿面笑容的說，比爾又幫他斟滿酒杯。

強風吹襲小屋，爐火跳動燃燒，沒多久比爾又開了一瓶酒。路平的好消息似乎讓大家開心得忘了情，暫時忘記了他們是坐困愁城，新生命的降臨總是教人振奮。只有妖精似乎完全不受突如其來的歡樂氣氛影響，沒多久就偷偷溜回樓上那間他獨佔的臥房了。哈利認為他是唯一一個注意到妖精的人，但他隨即發現比爾的目光也一直跟著妖精上樓。

『不……不……我真的該回去了。』路平終於說，婉拒了另一杯酒。他站起身，拉攏旅行斗篷。『再見了，再見了——過幾天我再帶幾張相片過來——他們知道我見到了你們一定很高興——』

他繫好斗篷，向大夥道別，擁抱了女士們，和男士們緊緊握手，然後笑容可掬的走入了風狂雨驟的夜色中。

『教父耶，哈利！』比爾說，兩人幫忙收拾餐桌，端著碗盤走入廚房。『這可眞是莫大的榮幸呢！恭喜了！』

哈利放下端著的空酒杯，比爾乘機關上了身後的門，阻隔了仍然不絕於耳的嬉笑聲，雖然路平已離去，但大家仍然繼續慶祝。

『其實我是想私下找你談談，哈利，小屋裡擠滿了人，實在很難找到機會。』

比爾欲言又止。

『哈利，你正在和拉環計畫什麼。』

這不是問句，而是肯定的陳述，哈利也沒有費事否認，只是看著比爾，等待著。

『我了解妖精。』比爾說，『我從霍格華茲畢業後就在古靈閣工作。巫師與妖精間也可以有友誼存在，我有我的妖精朋友——至少是我比較熟，也比較喜歡的妖精。』比爾又是一副難以啓齒的模樣，『哈利，你找拉環做什麼？你又答應了他什麼回報？』

『我不能告訴你。』哈利說，『對不起，比爾。』

廚房門打開來，花兒端著更多的空杯子要進來。

『等一下。』比爾告訴她，『一下子就好。』

她退回去，比爾又關上了門。

『那我不得不說了。』比爾往下說，『要是你和拉環敲定了什麼交易，尤其是牽涉到寶藏，你就必須要格外小心。妖精對於所有權、償付、報酬等等的概念，和人類不一樣。』

哈利覺得微微的不安，好像有隻小蛇在他體內蠕動。

『你是什麼意思？』他問。

『我們說的可是一個不同的種族。』比爾說，『幾個世紀以來，巫師與妖精之間有許多恩恩怨怨——這點你從魔法史上就會知道。事實上兩邊都有錯，我不會說巫師始終是無辜的。不過，妖精間流傳一種想法，而古靈閣的妖精尤其相信這種說法。他們深信事關黃金與寶藏，巫師就絕對靠不住，因爲巫師對妖精的所有權毫不尊重。』

『我尊重——』哈利張口，但比爾搖頭。

『你不明白，哈利，沒有人會明白，除非他們和妖精共同生活過。對妖精而言，任何物件的眞正主人就是製造者，而不是購買者。在妖精的眼中，所有妖精製造的東西都應當是屬於他們的。』

『可是既然被買下了——』

『——那麼他們就會當作是租給了那個付錢的人。但是他們對於妖精製造的物品，從一名巫師傳到另一名巫師手中這種事，卻是無論如何也想不通的。你也看見拉環在頭冠經過他面前時的表情了。他很不以爲然。我相信他的想法就跟那些最激進的妖精一樣：一旦原始買主死亡，頭冠就應該要歸還給妖精。在他們眼中，我們把妖精製造的物品代代相傳，卻不再支付妖精租金，這種行爲與偷竊其實差不了多少。』

哈利現在有種不祥的感覺了，他猜想比爾知道的恐怕不只他透露的這一些。

『我這番話的意思是，』比爾說，一手按住通往客廳的門，『哈利，無論你答應了妖精什麼事，一定要格外小心。對妖精食言而肥，比闖入古靈閣還要危險。』

『好。』哈利在比爾打開門時說，『呃，謝謝，我會記在心裡。』

他跟著比爾回到客廳，心裡忽然閃過一個諷刺的想法，想必是因爲喝了酒的緣故。他似乎是有樣學樣的踏上了天狼星·布萊克的後塵，天狼星這位教父是怎麼樣的魯莽輕率，他這位小泰迪的教父就是怎麼樣的魯莽輕率。

26. 古靈閣

哈利和妙麗的計畫擬定了，一切都準備妥當。在那間最小的房間內，一根黑頭髮（從妙麗在馬份莊園時穿的毛衣上取下來的）捲曲的躺在壁爐上的一個小玻璃瓶內。

『妳就用她的魔杖，』哈利說，朝那根胡桃木魔杖點頭示意，『我想這樣妳就很像了。』

妙麗拿起魔杖，一臉害怕的樣子，彷彿怕它會刺她或咬她一口。

『我討厭它，』她低聲說，『真的討厭。總覺得不對勁，用起來很不順手……它有點像她……』

哈利不得不想起，當初妙麗對他討厭那根黑刺李魔杖的態度是多麼的不以爲然，堅持說他認爲那根魔杖沒有自己原來的好用，純粹是想像過度，只要多練習就好了。但他決定還是不要用同樣的態度對她，明天就要潛入古靈閣了，他覺得還是不要惹她生氣爲妙。

『但它說不定有助於妳融入她的性格，』榮恩說，『想想看那根魔杖殺過多少人！』

『我就是這個意思！』妙麗說，『這根魔杖虐待過奈威的爸媽，誰知道還有其他多少人？這根魔杖還殺了天狼星！』

哈利倒是沒想到這一點，他低頭望著魔杖，忽然有股衝動想把它拿起來，用擱在一旁牆上的葛來分多寶劍把它砍成兩半。

『我懷念我的魔杖，』妙麗黯然的說，『眞希望奧利凡德也能爲我再做一根新的。』

奧利凡德那天早上送了露娜一根新的魔杖，此刻她正在後面的草地上，在夕陽下測試它的功效。魔杖被『死拿錢』奪走的丁，悶悶不樂的在一旁觀看。

哈利望著那一度屬於跩哥．馬份的山楂木魔杖，他倒是很驚訝自己用起來很順手，至少和妙麗的魔杖一樣好用。他想起奧利凡德對他說過魔杖的神奇功能，他知道妙麗的問題出在哪，這根胡桃木魔杖不是她從貝拉那裡奪來的，所以她並沒有贏得魔杖對她的忠誠。

臥室的門開了，拉環進來。哈利本能的將寶劍拉近他身邊，但立刻有點懊悔，他知道拉環注意到他的動作了。爲了掩飾這尷尬的一刻，他說：『我們正在做最後的檢查，拉環，我們已經告訴比爾和花兒，明天一早就離開，請他們不要起來送我們。』

他們非常堅持這一點，因爲妙麗必須在他們離開以前變身成貝拉，比爾和花兒對他們的行動知道或懷疑得越少越好。他們同時也表明不會回來了。由於他們在『死拿錢』抓到他們的那晚，弄丟了薄京的舊帳篷，所以比爾又另外借他們一頂，現在已經打包好裝在珠珠包裡面。『死拿錢』抓到他們時，妙麗情急之下把她的珠珠包塞在襪子底下，哈利因而對珠珠包的表現更加欽佩不已。

雖然他會想念比爾、花兒、露娜和丁，更別提過去幾個星期他們在這個家所享受到的溫暖，但哈利卻想早點離開貝殼居，他實在不想再擔心會被竊聽、不想再關在那個又小又暗的房間。

但更重要的是，他希望早點擺脫拉環。然而，他不知道什麼時候能夠擺脫拉環，卻又能不把葛來分多寶劍交給他，至今仍然想不出個解決之道。他們根本無法商量這件事，因爲這個妖精很少離開哈利、榮恩與妙麗超過五分鐘。

『我媽眞該跟他討教幾招。』當拉環的長指頭不斷出現在門口時，榮恩抱怨的說。比爾的警告言猶在耳，哈利不由得懷疑拉環是在監視他們，以防他們欺騙他。妙麗強烈反對這種預謀欺騙的做法，所以他也不想再度挑起這個話題，免得被她嘮叨說這樣做怎樣不對；榮恩也只會在幾次拉環難得不在的時刻，提出於事無補的建議說：『咱們就見機行事吧，夥伴。』

那天晚上哈利睡得很不安穩，就寢之後遲遲無法入睡。他想起他們滲透到魔法部的前一晚，他是如何的意志堅定，甚至是興奮不已，可是現在他卻充滿焦躁和疑慮，他無法擺脫可能會一敗塗地的恐懼。他不斷告訴自己，他們的計畫周詳，拉環知道他們會面臨哪些問題，他們對於即將遭遇的一切困難，都已做好充分的準備，但他還是感到不安。他有一、兩次聽到榮恩在翻身，知道他也一樣睡不著，但他們和丁一起睡在客廳，所以哈利沒作聲。

到了六點，總算可以鬆一口氣。他們離開睡袋，在半明半暗的光線下換衣服，然後悄悄來到花園與妙麗和拉環會合。黎明時分的空氣涼颼颼的，但因爲是五月了，所以並沒有風。哈利抬頭，看見暗沉的天空還有幾顆星閃耀著微光，聆聽海水來回拍打崖岸，他知道他會想念這種聲音。

多比的紅土墳上已經長出小小的綠色新芽，一年後這座小土堆就會蓋滿鮮花。鐫刻著多比名字的白石墓碑已經有點風吹日曬的痕跡，他明白再也沒有比這裡更美的地方可以讓多比安息，但想到要把他留在這裡，哈利仍然感到心痛。

他低頭望著墳墓，仍然不明白，這個家庭小精靈怎麼會知道該去那裡拯救他們。

他的手指漫不經心的摸著依舊掛在他脖子上的蜥皮袋，感覺到裡面的鏡子碎片，他曾經十分篤定自己透過碎片看到了鄧不利多的眼睛。然後他聽到開門的聲音，他回頭看。

貝拉・雷斯壯穿過草地邁開大步朝他們走來，一旁跟著拉環。她一面走一面把珠珠包塞進另一件他們從古里某街帶出來的舊長袍內袋。哈利雖然明知她其實是妙麗，但仍然忍不住感到一陣厭惡的顫慄。她的身材比他高大，黑色的長髮披在背後，一雙深凹的眼睛鄙夷的看著他；但是她開口說話時，哈利從貝拉低沉的嗓子裡聽出妙麗的聲音。

『她的味道眞噁心，比鍋底根還噁！好了，榮恩，你過來，我幫你……』

『好，但是要記得，我不喜歡鬍子太長──』

『喔，拜託，又不是看帥不帥──』

『不是啦，是那樣不方便！不過我喜歡我的鼻子短一點，試試看妳上回變的那樣。』

妙麗嘆口氣，一面嘀咕一面開始動手爲榮恩變了幾個樣子。他們替他捏造出一個全新的身分，希望靠貝拉的惡形惡狀來保護他。同時，哈利與拉環將躲在隱形斗篷底下。

『好了，』妙麗說，『他看起來如何，哈利？』

僞裝之下仍然可以看出是榮恩，但哈利心想，那是因爲他太了解他的緣故。榮恩現在的頭髮又長又亂，長了一臉濃密的棕色鬍鬚，沒有雀斑的臉上，有著短短的寬鼻子和一對濃眉。

『嗯，他不是我喜歡的那一型，不過還過得去啦，』哈利說，『那，我們可以走了吧？』

三個人都回頭再看一眼默默矗立在黯淡晨星下的貝殼居，然後轉身走向圍牆外忠實咒消失的那個定點，之後他們就可以消影了。出了大門後，拉環開口。

『我可以爬上去了嗎，哈利波特？』

哈利彎腰，妖精爬到他背上，雙手攀住哈利的脖子。他不重，但哈利不喜歡他，也不喜歡拉環將他摟得那麼緊。妙麗從珠珠包內拉出隱形斗篷，蓋在他們兩人身上。

『好極了，』她說，彎腰察看哈利的腳，『我什麼都看不到。走吧。』

哈利肩上扛著拉環原地轉身，全神貫注的默唸斜角巷入口的『破釜酒吧』。他們進入令人窒息的黑暗中時，拉環把他的脖子摟得更緊了。幾秒鐘後，哈利感覺到自己的腳站在人行道上，他張開眼睛，發現他們已經抵達查令十字路口。幾個麻瓜從旁匆匆走過，臉上帶著大清早懶洋洋的模樣，絲毫沒有察覺這個小店的存在。

『破釜酒吧』幾乎是空的，駝背缺牙的老闆湯姆正站在吧台後面擦玻璃杯；兩名男巫坐在遠處的角落小聲談話，看見妙麗之後立刻躲到暗處。

『雷斯壯夫人。』湯姆喃喃的說。妙麗從他面前經過時，他立刻把頭垂下。

『早安。』妙麗說。哈利扛著拉環在隱形斗篷的掩護下從旁悄悄走過時，看見湯姆臉上驚訝的表情。

『太有禮貌了，』他們經過酒吧進入小小的後院時，哈利在妙麗的耳邊小聲說，『妳必須把人當渣滓看待！』

『好啦，好啦！』

妙麗拔出貝拉的魔杖，在他們面前一堵不起眼的磚牆上敲一下，磚牆立刻旋轉，中間出現一個洞，越來越寬，最後形成一道拱門，拱門後便是狹窄的圓石路，也就是斜角巷。

街道上很安靜，還不到商店開門營業的時間，所以也沒有逛街的人。彎曲的圓石路已經整修過，和多年前哈利在霍格華茲的第一個學期來的時候不太一樣了。更多的商店被木板封起來，但也新開了幾家專營黑魔法的商店。許多店面的窗口貼著印有哈利照片的海報，他自己的臉凝視著他，海報底下的標題寫著頭號不受歡迎人物。

許多衣衫襤褸的人蜷縮在店門口，他聽到他們向路過的行人乞討黃金，說他們其實是巫師。其中一個人的一隻眼睛還蒙著血跡斑斑的繃帶。

他們走到街道。乞丐們一看見妙麗就一哄而散，並拉起帽兜紛紛走避。妙麗好奇的望著他們，直到那個臉上有繃帶的人步履蹣跚的擋在她前面。

『我的孩子！』他指著她大聲說，他的聲音沙啞、尖銳，精神似乎有些錯亂，『我的孩子在哪裡？他把他們怎麼啦？妳知道，妳知道！』

『我——我真的——』妙麗結結巴巴的說。

那個人衝向她，掐住她的喉嚨，然後砰的一聲，紅光一閃，他被往後拋到地上，不省人事。榮恩站在那裡伸出他的魔杖，鬍鬚後面一臉的驚愕。街道兩旁的窗戶出現許多面孔，幾個剛好目睹這一幕的路人撩起長袍，急忙以小跑步匆匆離開現場。

他們進入斜角巷不可能不引起注意，哈利心想他們或許最好先離開，另外再想辦法。但還沒來得及商量，他們就聽到背後傳來叫喊。

『嘿，雷斯壯夫人！』

哈利轉身，拉環立刻抓緊哈利的脖子。一個身材高瘦、白髮亂蓬蓬、鼻子又尖又長的巫師大步朝他們走來。

『那是崔佛。』拉環在哈利的耳邊小聲說，但哈利一時想不起崔佛是誰。妙麗這時已經回過神來，儘可能用最傲慢的語氣說：『什麼事？』

崔佛停下腳步，顯然不是很高興。

『他也是食死人！』拉環小聲說，哈利悄悄走到妙麗旁邊轉告她這個情報。

『我只是想跟妳打個招呼，』崔佛冷冷的說，『不過，要是我的出現不受歡迎……』

現在哈利認出他的聲音了，崔佛就是被召喚到贊諾家的食死人之一。

『不，不，一點也不，崔佛，』妙麗立刻說，試圖掩飾她的過錯，『你好嗎？』

『啊，我承認看到妳出來外面我有點驚訝，貝拉。』

『眞的？爲什麼？』妙麗問。

『這個，』崔佛咳嗽，『我聽說住在馬份莊園內的人都禁止外出，在……呃……逃出以後。』

哈利希望妙麗能保持鎭定，假如這個消息屬實，貝拉確實不應該出來——

『黑魔王原諒那些過去對他最忠誠的僕人，』妙麗模仿貝拉最傲慢的語氣說，『你的信用也許沒有我的好，崔佛。』

崔佛雖然有些不悅，但減了幾分懷疑。他再看看剛才被榮恩用昏擊咒擊昏的人。

『他怎麼冒犯妳了？』

『無所謂，不會再有第二次了。』妙麗冷冷的說。

『這些沒有魔杖的人有些還眞愛惹麻煩，』崔佛說，『他們乞討也就罷了，我不反對，但是上個星期有個女的竟然央求我在魔法部爲她辯護。「我是個女巫，先生，我是個女巫，我可以證明給你看！」』他用尖銳的聲音模仿，『好像我會把我的魔杖給她似的——妳現在用的，』崔佛好奇的說，『是誰的魔杖，貝拉？我聽說妳的魔杖——』

『我的魔杖在這裡，』妙麗冷冷的說，舉起貝拉的魔杖，『我不知道你哪裡聽來的謠言，崔佛，但你好像消息很不靈通。』

崔佛似乎有點詫異。他轉向榮恩。

『妳的朋友是誰？我不認識他。』

『這位是拽哥米．德斯巴，』妙麗說。他們決定讓榮恩假扮成外國人比較安全，

『他不太會說英語，但他認同黑魔王的目標，他從外西凡尼亞來這裡觀摩我們的新政權。』

『眞的？你好嗎，拽哥米？』

『逆好？』榮恩說，伸出他的手。

崔佛伸出兩根指頭和榮恩握手，彷彿怕被他弄髒一樣。

『那麼，什麼風把妳和妳這位——啊——認同的朋友這麼早就吹來斜角巷？』崔佛問。

『我要去古靈閣。』妙麗說。

『啊，我也是，』崔佛說，『黃金，骯髒的黃金！我們不能沒有它！但我承認我很遺憾不得不和我們的長指朋友打交道。』哈利感覺拉環摟著他脖子的手忽然拉緊了。

『請吧？』崔佛說，示意妙麗往前走。

妙麗別無選擇，只好和他並肩走上蜿蜒曲折的圓石路，一起往高聳於其他店鋪之上的雪白古靈閣走去，榮恩走在他們旁邊，哈利和拉環跟在後面。

他們最不希望看到的就是最有防人之心的食死人，而更糟的是，崔佛和假冒的貝拉並肩走在一起，哈利根本沒辦法與妙麗和榮恩說話。他們很快便來到通往青銅大門的

大理石台階底下。拉環早已警告他們，往常看守大門的制服妖精已被兩名巫師取代，他們都拿著細長的金色棍子。

『啊，誠實探針，』崔佛誇張的說，『做法太粗糙——但是有效！』

他走上台階，朝左右兩個巫師點頭示意，他們舉起金色棍子在他身體上下揮了幾下。哈利知道誠實探針是在偵測隱藏的符咒和魔法物品，他知道他只有幾秒鐘的時間，於是他以跩哥的魔杖朝兩名巫師點了一下，口中喃喃唸了兩遍『糊糊迷！』崔佛沒注意到，他正望著青銅大門裡面的大廳。魔咒擊中兩名守衛時，兩人都微微抖了一下。

妙麗走上階梯，黑色的長髮在背後飄動。

『等等，夫人。』守衛說，舉起他的探針。

『你剛剛偵測過了！』妙麗用貝拉高傲、命令的語氣說。崔佛回頭，抬抬眉毛。守衛大惑不解，他看看他手上細長的探針，又看看他的同伴，他的同伴以略帶恍惚的聲音說：『是啊，你剛剛偵測過了，馬流斯。』

妙麗大步向前，榮恩走在她旁邊，哈利和拉環隱身跟在後面。進入大門後哈利回頭看他們，發現兩名巫師都在搔頭。

兩名妖精站在內門前面。內門由純銀打造，上面刻著詩句，警告竊盜的可怕報應。哈利抬頭看，猛然想起一段往事：他十一歲生日那天，他這輩子最棒的一個生日，他就站在這裡，海格站在他身旁說：『我可以告訴你，除非你是瘋了，才會想去搶他們。』那天的古靈閣似乎充滿神奇，有一堆他不知道屬於他自己的黃金寶藏，而他也絕沒有想到有一天他會回來偷……但轉眼間，他們已經站在銀行的大理石大廳內。

一長列櫃台後面的高凳上坐著幾個妖精，正在為早來的顧客服務。妙麗、榮恩與崔佛走向一個年老的妖精，他正透過一片眼鏡檢查一枚很厚的金幣。妙麗藉口向榮恩介紹大廳的特色，先禮讓崔佛。

妖精將他手上的金幣拋開，隨口說一句『矮妖』，然後歡迎崔佛。崔佛遞給他一支金色的小鑰匙，他檢查過後又還給他。

妙麗走向前。

『雷斯壯夫人！』妖精說，明顯吃了一驚，『我的天！我──我今天能為妳做什麼服務？』

『我要進我的金庫。』妙麗說。

老妖精似乎畏縮了一下。哈利看看四周，不僅崔佛嚇了一跳呆望著她，就連其他幾個妖精也都放下手上的工作抬頭望著妙麗。

『妳能……證明嗎？』妖精問。

『證明？我──我以前從來沒有被要求提出證明！』妙麗說。

『他們知道了！』拉環在哈利的耳邊說，『他們一定已經接到警告，可能會有人來假冒！』

『妳的魔杖就行了，夫人。』妖精說。他伸出微微顫抖的手，哈利突然心頭一驚，明白古靈閣的妖精知道貝拉的魔杖被偷了。

『趕快行動，趕快行動，』拉環在哈利耳邊小聲說，『蠻橫咒！』

哈利在隱形斗篷底下舉起山楂木魔杖，對著老妖精小聲說出他有生以來的第一句『噩噩令！』

一種奇異的感覺從哈利的手臂射出，一股刺刺的暖意彷彿從他的心傳到肌腱和血管，再連接魔杖和它剛射出的惡咒。妖精取過貝拉的魔杖，仔細檢查，然後說：『啊，妳換了一根新的魔杖，雷斯壯夫人！』

『什麼？』妙麗說，『不，不，這是我的──』

『一根新的魔杖？』崔佛靠近櫃台說，附近的妖精仍在觀望，『怎麼可能，哪個製杖師幫妳做的？』

哈利不假思索，魔杖指著崔佛，口中再度喃喃唸出：『噩噩令！』

『喔，對了，我明白了，』崔佛看著貝拉的魔杖說，『是的，非常棒，它好用嗎？我常覺得魔杖也需要多用才能順手，不是嗎？』

妙麗一臉莫名其妙，但她很快接受這個怪異的轉變，不再多說。哈利鬆了口氣。

坐在櫃台後的老妖精拍拍手，一名年輕的妖精過來。

『我需要「叮叮噹」。』他對那名年輕的妖精說，年輕的妖精立即離開，一會兒後回來時手上多了一個皮袋，皮袋內似乎裝滿叮噹響的金屬物品，他把皮袋交給上司。『好，好！麻煩妳，請跟我來，雷斯壯夫人。』老妖精說完，跳下凳子不見了，『我帶妳去妳的金庫。』

他從櫃台後面繞出來，愉快的走向他們，皮袋內的東西依舊叮噹響。崔佛靜靜的站著，張大嘴巴。榮恩困惑的望著崔佛怪異的神態。

『等等——波羅！』

另一名妖精急忙從櫃台追出來。

『我們接獲指示，』他說，向妙麗一鞠躬，『原諒我，雷斯壯夫人，上面對雷斯壯金庫有特別的交代。』

他在波羅耳邊急促的說悄悄話，但被下了蠻橫咒的妖精搖頭。

『我知道上面的指示，雷斯壯夫人要進她的金庫……他們是非常古老的家族……老客戶……這邊……請……』

於是他依舊叮叮噹噹的快步走向大廳的許多出口中的一道門。哈利回頭看崔佛，他表情茫然的仍然呆立在原地，於是他做了個決定，他魔杖一揮，讓崔佛也走過來，順從的跟在他們後面，一同進入一條粗石鋪成的石廊，石廊中點著燃燒的火炬。

『我們有麻煩了，他們起了疑心。』哈利說。門砰的一聲關上，他拉下隱形斗篷。拉環從他肩膀跳下來，崔佛和波羅看見哈利突然現身一點也不驚訝。『他們被下了鑽橫咒。』他又說，回答了妙麗與榮恩困惑的眼神。崔佛與波羅依舊茫然的站在原地。

『我想力道可能有點不夠，我不知道……』

這時他又忽然想起一件事，當他第一次用不赦咒時，眞的貝拉・雷斯壯曾經對他厲聲說：『你必須眞有心，波特！』

『我們怎麼辦？』榮恩問，『要不要趁現在還可以的時候出去？』

『如果出得去的話。』妙麗望著背後通往大廳的門說，誰也不知道那邊會有什麼狀況。

『都走到這步田地了，我看我們繼續吧。』哈利說。

『好！』拉環說，『那，我們需要波羅來控制推車，我已經沒有權利了。不過那個巫師坐不下。』

哈利用魔杖指著崔佛。

『噩噩令！』

崔佛轉身，踢著正步往黑暗的走道走去。

『你叫他做什麼？』

『躲起來。』哈利說。他用魔杖往波羅一指，波羅立即吹口哨召來一部小推車，小推車從黑暗中出現，一路滾過來。他們爬進推車時，哈利確定他聽到後面大廳內有人在大呼小叫。波羅和拉環坐在推車前面，哈利、榮恩與妙麗一起擠在後面。

推車震動一下往前開，逐漸加速。他們很快的從崔佛旁邊通過，見他正用力擠進牆上的一處裂縫。然後推車開始扭來扭去穿過迷宮似的隧道，一路下坡奔馳而去。在推車滾動的嘈雜聲中，哈利聽不到其他聲響，他的頭髮往後飛，推車迂迴曲折的快速穿梭在鐘乳石間，直奔地心。但他不斷往後看，怕他們說不定留下了巨大的腳印。他越想越覺得叫妙麗假扮貝拉、帶著貝拉的魔杖是個愚蠢的主意，因爲食死人知道是誰偷走魔杖的——

他們一直往下滑，比哈利以前去過的地方都還深。他們在高速中急轉彎，看見前方車道上有一片瀑布發出轟隆的水聲。哈利聽到拉環大叫一聲『不好了！』但推車沒有煞車，他們從瀑布底下穿過去，水灌進哈利的眼睛和嘴巴，使他看不見也不能呼吸。然後，一陣劇烈的搖晃，推車翻覆了，他們都被摔出車外。哈利聽見推車撞上石壁四分五裂的聲音，聽見妙麗尖叫，結果自己卻彷彿無重量似的輕飄飄滑到地上，一點也不痛的落在石廊地上。

『軟——軟墊咒！』榮恩拉著妙麗站起來時，她急促的說。但哈利驚駭的發現，她不再是貝拉了，只見全身濕透的妙麗穿著不合身的寬大長袍，已經完全恢復原狀；榮恩也恢復了他的紅頭髮，鬍鬚也不見了。他們望著彼此，摸摸自己的臉，心中已經明白。

『現形瀑布！』拉環說著從地上爬起來，回頭望著車道上的一大片水漬。哈利知道它不只是水而已。『它會洗掉所有魔咒，洗掉一切隱藏的魔法！他們知道古靈閣有冒牌竊賊，所以啓動防護來制止我們！』

哈利見妙麗檢查她的珠珠包還在不在，趕緊把手也伸進外套內，看他有沒有遺失隱形斗篷，然後他看見波羅滿臉困惑的搖著頭，現形瀑布似乎也解除了蠻橫咒。

『我們需要他，』拉環說，『沒有古靈閣的妖精，我們無法進入金庫，而且我們需要「叮叮噹」！』

『噩噩令！』哈利又說，他的聲音在石廊內發出回音，他又再度感覺從大腦傳到魔杖那一股令人暈眩的控制力。波羅又一次順從他的命令，迷惑的表情立刻轉爲冷淡的禮貌。榮恩急忙撿起裝著金屬物品的皮袋。

『哈利，我好像聽到有人來了！』妙麗說完，用貝拉的魔杖指著瀑布，大聲說：『破心護！』他們看見屏障咒射入石廊，截斷了現形瀑布。

『好主意，』哈利說，『帶路，拉環！』

『我們要怎麼出去？』他們加快腳步跟著拉環走進黑暗中時，榮恩問道。波羅喘著氣，像條老狗似的跟在他們背後。

『等必要時再來傷腦筋，』哈利說。他側耳聆聽，覺得好像聽到附近有東西移動的聲音，『拉環，還有多遠？』

『不遠了，哈利波特，不遠了……』

他們轉一個彎，哈利看見他預期的東西了，但幾個人還是都嚇了一大跳，而停下腳步。

他們的前方有一頭巨龍被縛在地上，擋住了通往四、五座最深的金庫的去路。巨龍的鱗片因長期被禁錮在地下，顏色已經變淡，表面也有些剝落；牠的一雙眼睛是混濁的粉白色，兩條後腿都戴著粗重的腳鐐，腳鐐上的鐵鍊和釘在岩盤上的巨大釘子扣在一起。牠巨大尖銳的兩翼摺疊起來貼在身上，一旦張開足以覆蓋整個空間。牠將醜陋的頭朝向他們，一聲怒吼震動了四周的岩壁，牠又張嘴吐出一團火，逼得他們不得不往後退。

『牠有點瞎了，』拉環喘著氣說，『可是也因此變得更兇殘。不過我們有東西可以治牠。「叮叮噹」可是牠最怕的東西。』

榮恩把袋子交給拉環，拉環從袋子裡拉出一堆小小的金屬物品，搖晃一下就會發出叮噹巨響，有如一堆小鐵鎚敲在鐵砧上。拉環把叮叮噹遞給波羅，波羅卑躬屈膝的接了過來。

『你們知道該怎麼做，』拉環對哈利、榮恩和妙麗說，『牠聽了這個聲音就會怕痛，然後就會撤退，波羅必須把他的手掌放在金庫門上。』

他們再度繞到角落，搖晃著叮叮噹，聲音在岩壁間產生回音，被放大了好幾倍，哈利的頭幾乎被叮噹聲震得顫動起來。巨龍又發出一聲怒吼才撤退。哈利看出牠在發抖，他又更接近時，發現巨龍的臉上有多處割傷，他猜想可能是在訓練牠服從叮叮噹的聲音時用利劍砍傷的。

『叫他把手放在門上！』拉環催促哈利，哈利再度把魔杖指向波羅，波羅聽從命令，將手掌壓在木框上，金庫的門立刻消失，露出一個洞穴般的入口，裡面從地上到天花板都堆滿了金幣和金杯、銀盔甲，以及奇珍異獸的毛皮，有的有長長的脊椎，有的有下垂的雙翼，還有裝在珠寶瓶內的魔藥，和一個戴著皇冠的骷髏頭。

『搜，快！』哈利說，一行人匆匆進入金庫。

他已經向榮恩和妙麗形容過赫夫帕夫的金杯，但假如金庫內的分靈體不是金杯，他就不曉得會是什麼東西了。只不過他沒空查看四周，因爲他聽到背後傳來砰一聲沉重的聲音，金庫的門又出現了，把他們關在裡面，陷入一片伸手不見五指的黑暗中。

榮恩發出一聲驚叫。『不要緊，波羅會放我們出去！』拉環說，『點亮你們的魔杖，好嗎？然後快一點，我們沒有多少時間了！』

『路摸思！』

哈利用點亮的魔杖照亮金庫，光束落在亮晶晶的珠寶上，他看見那把仿冒的葛來分多寶劍和一堆瓷器，一同擱在一個高高的架子上。榮恩與妙麗也都點亮他們的魔杖，查看四周一堆堆的物品。

『哈利，會是這個嗎——啊啊！』

妙麗痛得大叫，哈利轉身看見一個鑲著珠寶的金杯從她手上掉下來，但它一邊落下一邊分裂複製，變成一堆從天而降的金杯，不一會兒，地上已經鋪滿一模一樣的金杯到處滾動，原來那個已混在其中無法辨認。

『它把我燙傷了！』妙麗呻吟，吸吮她起泡的手指。

『它們被施了「複製咒」和「辣辣燃咒」！』拉環說，『你碰到的每樣東西都會燙手，同時也會複製，但那些複製品毫無價值——假如你一直去拿寶藏，最後你會被越來越多、越來越重的黃金壓死！』

『好，那麼都不要碰！』哈利絕望的說。但他雖然這樣說，榮恩還是不小心踩到一個掉下的金杯，正當他在原地跳腳時，立即又多冒出二十個金杯來。榮恩的鞋子因爲接觸到滾燙的金屬而被燒掉一小塊。

『站好，不要動！』妙麗抓著榮恩說。

『用看的就好！』哈利說，『記住，那個杯子小小的，是金子做的，上面刻有徽章，有兩個握把——再不然看看其他地方有沒有雷文克勞的象徵，老鷹——』

他們小心翼翼站在原地，將魔杖指向每個角落和隙縫。不碰觸到任何東西實在不可能，哈利又弄出一大堆假的金杯，現在他們幾乎沒有立足之地了，而且閃亮的金杯散發灼熱，使得金庫內熱得像火爐。哈利的魔杖光芒掃過陳列在架子上的盾牌與妖精製造的盔甲，再移到天花板。光束一直往上移，直到他忽然發現一個東西，他的心怦然一跳，手開始發抖。

『在那裡！它在上面！』

榮恩與妙麗也把魔杖往上指，小金杯在三束光源的照射下閃閃發亮。這個金杯原屬於海加・赫夫帕夫，後來傳到花奇葩・史密手中時被湯姆・瑞斗偷走。

『我們到底要怎樣才能不碰到任何東西而拿到它？』榮恩問。

『金杯，速速前！』妙麗大聲說，她在情急之下顯然忘了拉環在策劃期間對他們說過的話。

『沒有用啦，沒有用！』拉環大聲說。

『那我們怎麼辦？』哈利瞪著拉環說，『拉環，如果你要寶劍，你就要多幫一點忙──等等！我可以用寶劍碰東西嗎？妙麗，寶劍拿來！』

妙麗從長袍裡面掏出珠珠包，撈了一會兒才拉出閃亮的寶劍。哈利抓住鑲了紅寶石的劍柄，用劍尖碰一下附近的一只銀酒瓶，它沒有分裂複製。

『如果我能用劍勾住杯子的握把──可是我要怎麼上去那裡？』

他們根本搆不到陳列金杯的架子，連身高最高的榮恩也搆不到。被施了魔咒的寶物散發出一波波熱浪，哈利在苦思取得金杯的辦法時，汗水不停的從他的臉上與背上流下來。他又聽到巨龍在金庫門外怒吼，叮噹的聲音越來越大聲。

現在他們眞的走投無路了，除了那扇門以外沒有任何其他出口，門外又似乎有一大群妖精正在逼近。哈利看看榮恩與妙麗，看見他們臉上的憂懼。

『妙麗，』叮噹聲越來越大聲，哈利說，『我必須上去，我們一定要除掉它——』

她舉起魔杖，對著哈利唸唸有詞說：『倒倒吊！』

哈利頓時頭下腳上倒吊在半空中，他的身體撞到一套盔甲，立刻冒出一堆熾熱的複製品塞滿空間。榮恩、妙麗和兩名妖精紛紛發出尖叫，被推倒在其他物品上，這些物品又立刻變出更多的複製品。他們的身體半埋在堆得越來越高的熾熱寶物中，一面掙扎、喊叫，哈利乘機將寶劍用力穿進赫夫帕夫的金杯握把，用劍身把它勾住。

『止止，不透！』妙麗拉高嗓門喊，試圖保護自己、榮恩和兩名妖精不受滾燙的金屬傷害。

但最可怕的一聲尖叫使哈利不由得往下看，榮恩與妙麗站在及腰的寶物中，正努力設法阻止波羅滑到越來越高的寶物底下，但拉環已經被淹沒，只看得見幾根細長的手指。

哈利抓住拉環的手指用力往上拉，燙出許多水泡的拉環大聲慘叫著，一點一點被拉出來。

『退退降！』哈利大喊一聲，只聽到一聲重擊，他和拉環雙雙掉落在逐漸升高的寶物堆上，寶劍從哈利手上飛出去。

『抓住！』哈利忍著灼熱大喊。拉環又再度爬上哈利的肩膀，說什麼也要避開越來越多的滾燙的物品，『寶劍在哪裡？上面有金杯！』

門的另一頭發出震耳欲聾的聲音——太遲了——

『在那裡！』

拉環看見寶劍了，立刻往前衝。這一刻哈利才明白，拉環根本就不指望他們信守承諾。拉環一手緊緊抓住哈利的一撮頭髮，免得再度跌落在火燙的黃金上，另一手抓住劍柄，舉得老高，連哈利都搆不著。

小小的金杯掛在寶劍的劍身上，寶劍一揮，金杯立刻飛上半空。拉環仍然騎在哈利肩上，但哈利身子一矮，接住了金杯。儘管他可以感覺到它在灼燒他的皮膚，他也不放手。數不盡的赫夫帕夫金杯從他的拳頭冒出，如雨點般落在他身上。這時金庫的門再度開啓，他發現自己不能自制的隨著山崩似的滾燙黃金、白銀往下滑，和榮恩、妙麗一起滑出金庫外面。

哈利這時候已經無暇顧及覆蓋全身的灼痛，拚命隨著排山倒海、不斷複製的寶藏往外衝。他將金杯塞進他的口袋，伸手又想搶回寶劍，但已不見拉環的蹤影。拉環從哈利的肩膀伺機滑下來後，縱身一躍跳向包圍他們的妖精尋求庇護，揮舞著寶劍高喊：『小偷！小偷！救命！小偷！』然後消失在手拿短刀進攻的妖精群中，他們不假思索的接納了他。

哈利在熾熱的金銀器中奮力站起來，他知道唯一的出路是衝出重圍。

『咄咄失！』他用力一吼，榮恩與妙麗跟進，幾束紅光飛進妖精群中，有幾個倒下去，但其他妖精仍持續進攻。哈利看見有幾個巫師警衛也從轉角的地方衝過來。

受縛的巨龍發出怒吼，一道烈焰飛過妖精頭上，巫師們紛紛走避退回來處。哈利突發奇想，又或者是出於瘋狂，他用魔杖指著把巨龍縛在地上的粗腳鐐，大聲吆喝：

『嘶嘶退！』

腳鐐發出砰的一聲巨響爆開了。

『這邊！』哈利高喊，一面朝進攻的妖精發射昏擊咒，一面跳到盲眼的巨龍身上。

『哈利——哈利——你在幹嘛？』妙麗大叫。

『上來，爬上來，快——』

巨龍並不知道牠已經得到自由，哈利的腳踩在巨龍後腿彎曲的地方，往上爬到牠的背上。牠的鱗片硬得像鋼鐵，似乎沒有察覺哈利騎在牠身上。他伸出一隻手，妙麗抓住順勢跳上去，榮恩也跟在後面爬到巨龍背上。片刻之後，巨龍才知道牠脫困了。

隨著一聲嘶吼，牠以後腿站立。哈利弓起膝蓋，儘可能緊緊抓住牠的翅膀，巨龍像踢球瓶般將尖叫的妖精一腳踢開，並展開雙翼。哈利、榮恩與妙麗匍匐在牠背上，與天花板擦身而過，巨龍往石廊的出口衝過去，在後面追趕的妖精拋出手中的短刀，但都只從牠的身體兩側擦過。

『我們出不去了，牠太大！』妙麗尖聲大叫，但巨龍張嘴又吐出火焰，將石廊炸開，地板與天花板應聲裂開倒塌。巨龍奮力往外爬。哈利的兩眼緊閉，避開熱浪與塵土。崩裂的岩石與巨龍的怒吼聲聲震耳，他只能緊緊攀附在牠背上，等著隨時被震下來，然後他聽見妙麗大喝一聲：『洞洞鑿！』

她在協助巨龍挖開石廊，清出天花板掉落的石礫，奮力往上尋找新鮮的空氣，遠離狂叫呼嘯和弄出叮噹響聲的妖精。哈利與榮恩也學她，用更多的鑿洞咒語炸開天花板。

他們飛過地下湖泊，張牙舞爪的巨龍似乎意識到前方就是自由與天空。在他們背後，通道上塞滿了巨龍不斷拍打的尖尾巴、大塊的岩石、斷裂的巨型鐘乳石，而妖精發出的叮噹聲響似乎越來越模糊了。在他們前方，巨龍依舊奮力吐出火焰，清除前進的障礙——

最後，在他們的咒語與巨龍的蠻力雙重輔助下，他們終於衝出重圍，殺入大理石大廳。妖精與巫師尖叫著走避，巨龍總算有足夠的空間展翅。牠頭角尖銳的腦袋朝向門外牠可以嗅到的清涼空氣，然後一個衝刺，牠背上載著哈利、榮恩與妙麗衝出青銅大門，把那兩扇大門撞得歪七扭八，只剩下鉸鍊顫巍巍的掛在那裡，然後牠蹣跚的闖進了斜角巷，最後一飛沖天。

27. 最後一個藏匿地點

巨龍根本無法駕駛，因爲牠看不見前方。哈利知道，萬一牠突然轉身或在半空中翻滾，他們就無法再攀附在牠寬闊的背上。然而，當他們越飛越高，倫敦像一幅灰綠交雜的地圖鋪在底下時，哈利對於能在千鈞一髮時幸運逃出，還是懷有無比的感恩。

他匍匐在龍背上，緊緊抓著金屬似的鱗片，清涼的微風舒緩了他起水泡的灼熱皮膚，巨龍的雙翼彷彿風車的風帆拍打著空氣。在他的背後，不知是高興或恐懼，榮恩不停扯開嗓門胡亂叫罵，而妙麗則好像在低聲飲泣。

大概五分鐘之後，哈利就不那麼擔心巨龍會把他們拋下去了，因爲牠似乎只想儘

可能遠離禁錮牠的地底囚籠，一直往前飛。但他們要如何下來以及何時下來，仍然教人擔心。他不知道一般的龍能在空中飛多久，也不知道這隻幾乎盲眼的巨龍要怎麼找個好地點降落。他不時看看地面，覺得他的疤痕好像又在刺痛……

佛地魔要多久才會知道他們闖入了雷斯壯的金庫？古靈閣的妖精要多久才會通知貝拉？他們幾時才會知道被偷了什麼東西？還有，他們何時才會發現金杯不見了？佛地魔終究會知道他們在獵捕分靈體……

巨龍似乎渴求更清涼新鮮的空氣，牠穩定的往上飛升，直到他們穿過一片片冷冽的雲層，哈利再也看不見汽車進出倫敦的彩色小點。他們繼續往前飛，越過鄉村與平疇綠野，越過蜿蜒曲折、有如一片片踏墊與光滑閃亮緞帶的道路與河流。

『你想牠在找什麼？』他們不停往北飛時，榮恩大聲喊。

『不知道。』哈利也大聲喊回去。他的手因為冰冷而發麻，但他不敢亂動。哈利已經想了好一陣子，萬一他們發現海岸就在底下，萬一巨龍還要一直往海上飛，那麼他們該怎麼辦？他冷得發麻，更別提飢渴交迫了。他突然想到，巨龍上回吃東西是什麼時候？牠一定得吃東西才有力氣繼續飛吧？萬一牠發現背上坐著三個美味可口的人類呢？

太陽低低斜掛在天空，天色已轉成靛藍，巨龍還在飛。都市與小鎮陸續從他們底下溜過，消失不見，牠巨大的身影有如一片龐大的烏雲掠過地面。哈利用力攀附在龍背上，已經全身痠痛。

沉默了好一陣子之後，榮恩大吼：『是我的想像，還是我們眞的在下降？』

哈利往下望，看見深綠色的山脈與湖泊在夕陽下散發出古銅色。他從巨龍的側邊望去，地上的景物似乎逐漸變大，他懷疑巨龍是否從一閃而過的夕陽折射察覺到新鮮的水源。

巨龍發出長鳴，逐漸繞著巨大的圈子盤旋降低高度，看樣子牠好像要降落在小湖上。

『我說等牠再飛低一點時，我們就跳！』哈利朝身後大聲說，『趁牠沒發現之前直接跳進水中！』

他們都同意，但妙麗有點膽怯。現在哈利看見巨龍的黃色大肚子掠過水面。

『**跳！**』

他從龍背上滑到旁邊往下跳，兩腳朝著湖面。落水的力道超過他的預期，他重重墜入水中，有如石塊般沉入長滿蘆葦的冰冷綠色世界。隨後他兩腳用力一蹬浮出水面，看見榮恩與妙麗落水處形成的巨大漣漪。巨龍似乎沒有察覺到任何異樣，牠已在五十呎外的湖面上，垂下傷痕累累的嘴準備喝水。榮恩與妙麗掙扎著浮出水面時，巨龍又已經往前飛升，牠巨大的翅膀用力拍打，最後在另一頭的湖岸邊降落。

哈利、榮恩與妙麗往巨龍對面的湖岸游去。湖水似乎不深，但他們很快便發現要奮力游過蘆葦與泥巴的問題更大，好不容易，他們終於氣喘吁吁、全身濕透、筋疲力竭的爬上濕滑的草地。

妙麗倒在地上咳嗽發抖。哈利雖然很想躺下休息，但他還是掙扎著站起來，拔出他的魔杖先在四周施行保護咒。

施完咒後，他過去和榮恩、妙麗坐在一起。這是逃出金庫後他第一次仔細瞧著看他們，他們的臉上和手上都是紅色的燙傷痕跡，衣服也有多處燒焦。他們把白鮮液塗在傷處時都痛得齜牙咧嘴。妙麗將白鮮液遞給哈利後，又抓出三瓶她從貝殼居帶出來的南瓜汁，以及乾淨的乾衣服給他們。三人換了衣服後大口把南瓜汁喝下。

『往好處想，』榮恩坐著邊看他手上新長的皮膚說，『我們拿到分靈體了。往壞處想——』

『——寶劍沒了。』哈利齜牙咧嘴的說，一面把白鮮液往他牛仔褲的破洞上滴一些，破洞底下是被嚴重灼傷的皮膚。

『寶劍沒了，』榮恩跟著他又說一遍，『這個食言而肥的無賴……』

哈利從他剛脫下的濕外套口袋裡掏出分靈體，放在面前的草地上。他們大口喝著南瓜汁，分靈體在陽光下閃閃發亮，吸引著他們的目光。

『至少這次我們不用把它戴在身上了，那東西掛在脖子上看起來會有點怪。』榮恩用手背擦著嘴說。

妙麗望著湖的另一邊，巨龍還在喝水。

『你們想，牠會怎麼樣？』她說，『牠應該會沒事吧？』

『妳的口氣就像海格，』榮恩說，『牠是龍，妙麗，牠會照顧自己，我們才需要擔心自己。』

『什麼意思？』

『啊，我不知道該如何向妳解釋才好，』榮恩說，『但我想他們說不定已經發現我們闖進古靈閣了。』

三個人都笑起來，這一笑便不可收拾。哈利笑到肋骨都發疼了，他餓得頭昏眼花，但他還是躺在草地上，對著漸漸變紅的天空笑到喉嚨痛。

『那我們怎麼辦？』妙麗笑過之後正色說，『他會知道，不是嗎？「那個人」會知道我們已經曉得他有分靈體！』

『說不定他們會因爲太害怕而不敢告訴他？』榮恩滿懷希望的說，『說不定他們會瞞著他——』

天空、湖水的氣味、榮恩的聲音忽然消失了，哈利的頭痛得有如被寶劍戳刺。他站在一個陰暗的房間內，幾個巫師圍成半圓形坐在他面前，他的腳下有個小小的、渾身顫抖的人跪在地板上。

『你剛才說什麼？』他的聲音高亢而冷漠，但他的內心雜纏著憤怒與恐懼。他最怕的一件事——但這不可能是眞的，他想不透他們如何……

妖精瑟瑟發抖，不敢回看高高在上的那雙紅眼睛。

『再說一遍！』佛地魔喃喃的說，『再說一遍！』

『主——主人，』妖精結結巴巴的說，害怕得瞪大了黑眼睛，『主——主人……我們拚——拚命——攔——攔阻那些……騙——騙子，主人……闖——闖進——進雷斯壯的金——金庫……』

『騙子？什麼騙子？我還以爲古靈閣有辦法使騙子現出原形，他們是誰？』

『是……是……波——波特——小——子和兩——兩個同黨……』

『那他們拿走了什麼？』他的聲音上揚，極度的恐懼，『告訴我！他們拿走了什麼？』

『一……一個小——小金杯——杯——主人……』

他發出難以置信的憤怒長嘯，那聲音彷彿出自陌生人之口。他快氣瘋了，這不可能是眞的，不可能，沒有人會知道，這男孩怎麼可能知道他的秘密？

接骨木魔杖對空一揮，一道綠光劃過房間，跪在地上的妖精往地上一滾，死了。旁觀的巫師嚇得紛紛奪門而逃，貝拉和魯休思・馬份跑得比誰都快，搶先衝出門外。他一次又一次揮動魔杖，那些沒來得及逃的人都當場斃命，他們都是帶來這個壞消息的人，都是聽到有關金杯消息的人——

他一個人在屍體中走過來、走過去，往事歷歷在目。他的寶物、他的護身之物，他賴以長生不死的東西——日記被摧毀了、金杯又被偷了。萬一，萬一，這個男孩還知道其他那些分靈體呢？他有可能已經知道，有可能已經採取行動，已經在追蹤其他的分靈體嗎？這件事實際上是鄧不利多在主使嗎？鄧不利多始終懷疑他，鄧不利多已經死在他的命令之下，鄧不利多的魔杖現在屬於他了，但是他卻還從不光彩的死亡中，透過這個男孩施展他的影響力，這個男孩——

但是，如果這個男孩已經摧毀了任何一個分靈體，他——佛地魔王——一定會知道，一定會有感覺吧？他是世上最偉大的巫師，他是能力最強的人，他殺死了鄧不利多以及其他許多沒用的無名小子。假如高高在上、舉世無雙的佛地魔王被攻擊、被殘害，他怎麼可能會不知道？

沒錯，他的日記被摧毀時他毫無感覺，但他認爲那是因爲當時他沒有身體可以感覺，連鬼魂都不如……不，其餘的一定都很安全……其他的分靈體一定都完好無缺……

但他必須知道，他必須確認……他在房間裡來回踱步，一路踢開擋路的妖精屍體，騷動不安的大腦隱約出現一些畫面：湖泊、小屋、還有霍格華茲——

現在他稍稍平靜下來了，那個男孩怎麼可能知道他把戒指藏在剛特的小屋裡？沒有人知道他和剛特家族有血緣關係，他隱瞞了這層關係，沒有人找他追查殺戮事件。戒指，當然是安全的。

還有那個男孩，或其他任何人，怎麼可能知道那個洞穴，或是穿透它的保護網？小金匣被偷的想法太可笑……至於學校，只有他才知道分靈體藏在霍格華茲的什麼地方，因為只有他才完全了解那個地方最隱晦的秘密……還有娜吉妮，現在他必須把她留在身邊，不再派她去執行任務了，只在他的保護之下……不過，為了確認，確認得清清楚楚，他必須重回每一個藏匿地點，他必須在他的每一個分靈體四周再加強保護……和搜尋接骨木魔杖一樣，這是他必須單獨執行的任務……

應該先去看哪一個？哪一個最危險？長久以來隱藏在他內心深處的不安，再度若隱若現。鄧不利多早已知道他的中間名……鄧不利多說不定已經知道他和剛特的血緣關係……他們久已廢棄的老家或許是他最不安全的藏匿地點，他應該先去那裡……

那座湖，絕對不可能……不過，鄧不利多或許從那所孤兒院，知道了他過去的一些惡行。

還有霍格華茲……但他知道他的分靈體在那裡是安全的，波特不可能神不知鬼不覺的進入活米村，更別提進入學校了。但他還是應該謹慎一點，警告石內卜那個男孩可能會企圖進入霍格華茲……當然，告訴石內卜那個男孩為何會回去是件愚蠢的事。他犯了個大錯，太相信貝拉和馬份，他們的愚昧和疏忽，不就證明了相信他們是不智之舉？

那麼，他應該先去看剛特小屋，並且帶著娜吉妮，他再也不要和這條蛇分開了……他邁開大步離開房間，穿過大廳進入黑暗的噴泉花園，然後用爬說語叫喚那條蛇。她緩緩爬到他身邊，彷彿一條長長的影子……

哈利猛然回到現實，睜開眼睛，他躺在夕陽下的湖岸邊，榮恩與妙麗正注視著他。從他們臉上憂慮的表情，以及持續疼痛的疤痕，他知道他們已經發現他突然進入佛地魔的心緒中。他掙扎著坐起來，全身發抖，有些驚訝的發現自己又全身濕透了，然後他看見金杯躺在他面前的草地上，深藍湖面在西斜的夕陽下閃著金色光芒。

『他知道了，』在佛地魔高亢的叫囂之後，他自己的聲音顯得陌生而低沉，『他知道了，他要去查看其他的分靈體。還有，最後一個分靈體，』他站起來，『藏在霍格華茲。我就知道，我就知道。』

『什麼？』

榮恩張大了嘴巴望著他，妙麗也一臉擔憂的坐起來。

『你看到了什麼？你怎麼知道？』

『我看到他發現金杯的事，我——我在他的腦袋裡面，他——』哈利想起了他可怕的殺戮，『他非常震怒，而且害怕，他不明白為什麼我們會知道，現在他要去查看其餘的分靈體是否安全。第一個要查看的是戒指。他認為霍格華茲最安全，因為石內卜在那裡，因為那裡守衛森嚴，我想他會最後一個檢查學校，但他也有可能在幾小時內就過去——』

『你看到在霍格華茲的什麼地方嗎？』榮恩問。他也站起來。

『不知道，他專心一意想要警告石內卜，沒有想它藏匿的地方——』

榮恩拿起分靈體，哈利也再次掏出隱形斗篷時，妙麗大聲說：『等等，等等！我們不能就這樣去，我們還沒有計畫，我們必須——』

『我們必須立刻動身。』哈利堅決的說。他也很想睡覺，很想住進新的帳篷，但現在根本不可能。『萬一他發現戒指和小金匣不見了，妳能想像會怎麼樣嗎？萬一他發覺分靈體藏在霍格華茲不安全，把它給移走呢？』

『那我們要怎麼進去？』

『我們去活米村，』哈利說，『等我們弄清楚學校四周有什麼保護措施，再來想辦法。到隱形斗篷裡面來，妙麗，這次我要我們三個都守在一起。』

『可是斗篷沒有辦法完全遮住——』

『天黑了，沒有人會注意我們的腳。』

巨大雙翼撲動的聲音響徹黑色湖面，巨龍喝足了水後振翅飛上天空。他們停了下來，目送牠越飛越高，在迅速變暗的天上只見一團黑影，直到牠消失在附近的山巔。然後妙麗走過去站在他們兩人中間，哈利將隱形斗篷盡量往下拉，三人同時從原地進入令人窒息的黑暗中。

28. 遺失的鏡子

哈利的雙腳踩在道路上，他看到十分熟悉的活米村大街。黑漆漆的店面、村外黑色山脈的輪廓、前方通往霍格華茲的迂迴道路，還有從『三根掃帚』窗口透出的燈光。他突然心裡一痛，想起一年前他扶著虛弱不堪的鄧不利多降落在這裡。這一切都在他落地的一瞬間突然襲上心頭——然後，就在他鬆開榮恩與妙麗的手臂後，事情發生了。

空氣中傳來一聲尖叫，很像佛地魔發現金杯被偷時發出的尖叫聲。這聲音拉扯著哈利的每根神經，他立刻知道這是因為他們的出現所造成的。就在他看著斗篷底下的另外兩人時，『三根掃帚』的門突然砰的一聲打開，十幾個穿著斗篷、戴起兜帽的食死人高舉著魔杖衝出街道。

榮恩舉起魔杖，哈利抓住他的手腕。對方人數太多，不容易擊昏，輕舉妄動反而會暴露形跡。其中一個食死人揮動魔杖，尖叫聲停止了，但仍在遠處的山中迴響。

『速速前，斗篷！』一名食死人大吼一聲。

哈利抓住斗篷的縐褶，但它沒有移開，召喚咒沒有對它產生作用。

『這麼說你沒有躲在你的斗篷底下了，波特？』發射召喚咒的食死人說，然後對他的同黨喊道，『散開，他在這裡。』

六個食死人朝他們這邊跑來，哈利、榮恩與妙麗盡速往後退，躲進最近的一條巷子內。食死人差點發現他們。他們躲在暗處靜聽奔跑的腳步聲，光線從食死人的魔杖射出，掃過街道。

『我們快離開吧！』妙麗悄聲說，『現在就消影！』

『好主意。』榮恩說。但哈利還沒來得及回答，一名食死人就大喊：『我們知道你們在這裡，波特，你們逃不掉的！我們會找到你們！』

『他們早就等著我們，』哈利小聲說，『他們下的那個咒語會通知他們，我們來了，我想他們一定會設法把我們扣在這裡，困住我們──』

『催狂魔呢？』另一名食死人大聲回答說，『把放牠們出來，牠們很快就能找到他們！』

『黑魔王要親手殺死波特──』

『——催狂魔殺不死他的！黑魔王要波特的命，不要他的靈魂，如果他先被催狂魔吻過，殺起來容易些！』

食死人們紛紛附和。哈利開始擔心，要驅退催狂魔就必須叫出護法，這樣就會立刻洩漏他們的形跡了。

『我們要想辦法消影了，哈利！』妙麗小聲說。

她剛說完，哈利便感覺街道上籠罩著一股不自然的寒冷。光線忽然被吸到天上的星星裡，最後連星星也消失了。在一片漆黑之中，他察覺妙麗抓著他的手，和他一起在原地轉身。

但是他們面前的空氣似乎變成了固體，他們無法消影，食死人同時也施了防止消影的咒語。寒氣逐漸逼進哈利的皮膚底下，他、榮恩與妙麗退到巷子裡，貼著牆緩緩移動，儘可能不出聲。然後，在轉角處催狂魔無聲無息的飄過，看得出大約有十個或更多，因為牠們比四周的背景色更深，都穿著黑色斗篷，手上長滿疥瘡和化膿的爛瘡。牠們能夠察覺周邊的恐懼嗎？哈利十分確定，因為牠們好像加快速度過來了，發出他最憎惡的粗啞深沉呼吸聲，品嘗著空氣中瀰漫的絕望，逐漸逼近——

他舉起魔杖，他不能忍受，也不願意讓催狂魔吻，他才不管接下來會怎麼樣。他想著榮恩與妙麗，口中喃喃說：『疾疾，護法現身！』

銀色雄鹿從他的魔杖射出，往前衝刺。催狂魔四下奔逃，附近看不見的地方傳來勝利的歡呼。

『是他，在這裡，我看到他的護法了，是頭雄鹿！』

催狂魔退下，星星又出現了。食死人的腳步聲越來越大，但哈利在驚慌中還沒來得及想出對策，這時旁邊傳出拉門閂的聲音，左邊的窄巷內有扇門打開了，一個人粗聲說：『波特，進來，快！』

他毫不遲疑的聽從他的話，三人急忙進門。

『上樓，穿著隱形斗篷，不要出聲！』一個高大的身影用低沉的嗓音說，然後從他們旁邊踏出門口走上街道，並隨手把門用力關上。

哈利本來不知道他們身在何方，但現在藉著一根搖曳的燭光，他看出這裡是髒兮兮又滿地鋸木屑的『豬頭酒吧』。他們跑到櫃台後面，進入第二道門，門後有座搖搖晃晃的木梯，他們盡速爬上樓梯。樓梯盡頭是間客廳，地上鋪著快磨穿的地毯，還有一座小型壁爐，壁爐上掛著一幅很大的油畫，畫中的金髮女郎以一種茫然的美凝視著房間。

底下的街道傳來一陣叫囂，他們仍然罩著隱形斗篷，悄悄挨到髒兮兮的窗口往下看。哈利認出他們的救命恩人就是『豬頭酒吧』的酒保，他是唯一沒有戴兜帽的人。

『那又怎樣？』他正對著其中一個戴兜帽的人大吼，『那又怎樣？你們派催狂魔到我這條街上，我就叫出護法還以顏色！我不要牠們靠近我，我早就對你們說過了，我不要！』

『那不是你的護法！』一名食死人說，『那是頭雄鹿，是波特的護法！』

『雄鹿！』酒保怒吼，拔出魔杖，『雄鹿！你這個白癡——疾疾，護法現身！』

一頭巨大長角的東西從魔杖射出，頭朝下衝向大街，剎那間不見蹤影。

『我看到的不是這個——』食死人說，但他似乎也不是很肯定。

『有人違反宵禁，你聽到聲音了，』另一名食死人對酒保說，『有人違規出來街上——』

『如果我想把我的貓放出來，我就放出來，管你的宵禁！』

『是你觸動了「貓叫春咒」？』

『是我又怎樣？要把我送進阿茲卡班嗎？就因爲我走出自己的家門就要殺我嗎？殺啊，要殺就殺！不過爲了你們好，但願你們沒按你們的小黑魔標記把他叫來，他可不喜歡在這個時候，爲了我和我的老貓被叫過來，不是嗎？』

『你用不著替我們擔心，』其中一個食死人說，『替你自己擔心吧，你違反了宵禁！』

『我的酒店如果關門，你們這些傢伙要把魔藥和毒藥運到哪裡？你們的小小副業又該怎麼辦？』

『你這是在威脅？——』

『我的口風很緊，所以你們才會來，不是嗎？』

『我還是覺得我看到的護法是雄鹿！』先前的食死人大聲說。

『雄鹿？』酒保怒吼，『那是頭山羊，白癡！』

『好吧，我們弄錯了，』第二個食死人說，『再違反宵禁，我們可沒那麼好說話！』

食死人慢慢走回大街。妙麗鬆了一口氣，從斗篷底下鑽出來，坐在一張搖搖欲墜的椅子上。哈利把窗簾拉緊，從自己和榮恩身上拉下隱形斗篷。他們聽見酒保在樓下拴上酒店的門，然後爬上樓梯。

壁爐上的一個東西吸引了哈利的目光，一面長方形的小鏡子立在壁爐上，就在少女油畫的正下方。

酒保進入房間。

『你們這些笨蛋，』他粗聲說，輪流看著他們，『你們在動什麼腦筋，怎麼會來這裡？』

『謝謝你，』哈利說，『我們感激不盡，你救了我們。』

酒保嘀咕了一下。哈利靠近他，想從他一頭平直的鐵灰色長髮和鬍鬚之中看清他的臉。他戴著眼鏡，骯髒的鏡片後面是雙能把人看穿的湛藍眼珠。

『我在鏡子裡，看到的是你的眼睛。』

房內沉默了下來，哈利和酒保凝望彼此。

『是你派多比去救我們。』

酒保點頭，轉頭找多比。

『我以爲他會和你們在一起，你把他放在哪裡了？』

『他死了，』哈利說，『貝拉·雷斯壯殺了他。』

酒保臉上沒有任何表情，一會兒後他說：『我很難過，我喜歡那個家庭小精靈。』

他轉身走開，用他的魔杖把燈點亮，不再看他們。

『你是阿波佛。』哈利對著那個人的背後說。

他不承認也不否認，只是彎腰點火。

『你是怎麼拿到這個的？』哈利問，走到天狼星的鏡子前面。這面鏡子和他兩年前打破的那面鏡子一模一樣。

『大約一年前向阿當買的，』阿波佛說，『阿不思告訴我它的作用，想用來保護你。』

榮恩張口結舌。

『那頭銀母鹿！』他興奮的說，『也是你的？』

『你在說什麼？』阿波佛說。

『有人派了一頭母鹿的護法給我們！』

『有這種腦袋，你可以去當食死人了，孩子。我剛才不是證明我的護法是頭山羊嗎？』

『喔，』榮恩說，『是啊……啊，我餓了！』他趕快又說，肚子咕嚕咕嚕大聲叫起來。

『我有食物。』阿波佛說。於是他走出房間，一會兒之後再度出現，帶來一大條麵包、一些乳酪和一大罐蜂蜜酒。他把食物放在壁爐前的一張小桌上，幾個人便狼吞虎嚥吃喝起來，好一陣子大家都默默的進食，房中只有劈啪的火聲、酒杯的碰撞聲和咀嚼食物的聲音。

吃飽喝足了，哈利和榮恩懶洋洋的靠在椅子上，幾乎打起瞌睡來，這個時候阿波佛說：『現在我們要想辦法讓你們離開這裡。晚上不行，你們都聽到了，假如有人夜裡在外走動，就會觸動「貓叫春咒」，他們會像小樹精找黑妖精的蛋一樣追殺你們。我想我沒辦法再叫出一頭山羊來假裝是雄鹿。等到天亮吧！等宵禁解除，你們就可以披上隱形斗篷走出去，馬上離開活米村到山上去，你們可以在那裡消影。說不定還會見到海格，自從他們開始追捕他以後，他和呱啦就一直躲在山上的洞穴內。』

『我們不走，』哈利說，『我們必須進入霍格華茲。』

『別傻了，孩子。』阿波佛說。

『我們不去不行。』哈利說。

『你們該做的是，』阿波佛說，身體往前傾，『離開這裡越遠越好。』

『你不明白，沒有多少時間了，我們必須進入霍格華茲。鄧不利多——我是說，你哥哥——要我們去——』

火光使阿波佛臉上骯髒的鏡片一時間變成了亮白色，讓哈利想起巨型蜘蛛阿辣哥的盲眼。

『我哥哥阿不思要的東西可多了，』阿波佛說，『他在執行他的偉大計畫時，總是有人受傷。你最好離他的學校遠遠的，波特，可以的話甚至出國，忘了我哥和他聰明的計謀。他已經去了再也沒有任何東西能傷害他的地方，你什麼也不欠他。』

『你不明白。』哈利又說。

『喔，我不明白？』阿波佛平靜的說，『你以爲我不了解我哥哥？你以爲你比我更了解阿不思？』

『我不是這個意思，』哈利說，他的大腦因爲太疲倦又吃飽喝足了而變得遲鈍，『這是……他留給我的一個任務。』

『是嗎？』阿波佛說，『但願是個好的任務。愉快嗎？輕鬆嗎？是不是那種不夠格的小巫師不需要太辛苦就能完成的任務？』

榮恩苦笑，妙麗一臉緊張。

『是——是不輕鬆，』哈利說，『但我必須——』

『必須?爲什麼「必須」?他已經死了，不是嗎?』阿波佛滿不在乎的說，『算了吧，孩子，免得你步上他的後塵!救救你自己吧!』

『我不能。』

『爲什麼?』

『我──』哈利很窘，他無法解釋，因此他改採攻勢，『你也在對抗呀!你加入鳳凰會──』

『我以前是，』阿波佛說，『但鳳凰會結束了，「那個人」獲勝了，大勢已去，任何人如果還要假裝一切都和以前一樣，那就是在欺騙自己。你在這裡絕對不安全，波特，他急著想逮到你。所以出國吧!去躲起來，救救你自己。最好把他們兩個也一起帶去。』他伸出大拇指朝榮恩和妙麗指了一下，『現在大家都知道他們和你在一起，他們的生命也有危險。』

『我不能離開，』哈利說，『我有任務──』

『交給別人去做!』

『不行，一定要我自己，鄧不利多說過了──』

『喔，是嗎?他什麼都告訴你了嗎?他對你誠實嗎?』

哈利很想說『是的』，但這麼簡單的兩個字卻說不出口。阿波佛似乎知道他在想什麼。

『我了解我哥哥，波特，他從小就在我媽跟前學會保密。保密和說謊。我們都是這樣長大的，而阿不思……他在這方面很有天分。』

老人的視線落在壁爐上方的少女油畫上，哈利現在看清楚了，它是房間內唯一的一幅畫，這裡沒有阿不思‧鄧不利多或其他任何人的照片。

『鄧不利多先生？』妙麗怯生生的說，『那是你的妹妹嗎？亞蕊安娜？』

『是的，』阿波佛簡短的回答，『妳在讀麗塔‧史譏的書嗎，小姐？』

即便旁邊有嫣紅的火光，還是可以明顯看出妙麗的臉紅了。

『艾飛‧道奇跟我們提起過她。』哈利說，幫妙麗解圍。

『那個老笨蛋，』阿波佛嘀咕說，又喝了一口蜂蜜酒，『他覺得我哥哥身上的每個毛孔都會發光，他就是這樣認爲。啊，許多人都這樣，看來你們三個也是。』

哈利不作聲，他不想說出他對鄧不利多的懷疑與不確定。這個問題已經困擾他好幾個月，但他在挖多比的墓穴時已經做了選擇，他要繼續朝阿不思‧鄧不利多指引他的這條崎嶇危險的道路走下去，接受鄧不利多沒有告訴他所有他想了解的眞相，只要單純的相信它。他不想再去懷疑了，他不想再聽任何會使他偏離目標的話。

他迎上阿波佛的目光，他的眼睛多像他的哥哥，那雙湛藍的眼珠彷彿是能把人看穿的X光。哈利覺得阿波佛知道他心中在想什麼，而且因此輕視他。

『鄧不利多教授關心哈利，非常關心。』妙麗低聲說。

被他關心還慘。』

『是嗎？』阿波佛說，『奇怪了，有多少被我哥哥關心的人，最後的下場都比不

『你是什麼意思？』妙麗吃驚的問。

『這妳就不用管了。』阿波佛說。

『但你這種說法很嚴重！』妙麗說，『你是——你是在說你妹妹？』

阿波佛瞪著她，他的嘴唇在蠕動，彷彿在咀嚼他不想說出的話。然後他忽然開口。

『我妹妹六歲那年遭到三個麻瓜男孩的欺侮，他們從後花園的籬笆外偷看她，看見她施魔法。她那時還是個小孩子，不會控制，這種年齡的女巫或巫師都不會。我想，他們看了之後都很吃驚，於是他們翻過籬笆進來。當她做不出他們要求的把戲時，他們就會氣得給他們眼中的小怪胎一點教訓。』

妙麗的眼睛在火光中睜得老大，榮恩的表情看起來很難受。阿波佛站起來，他的身高和阿不思差不多，然後他忽然憤怒得激動起來。

『這件事毀了她，她再也沒有恢復正常。她不願意使用魔法，但又無法擺脫，於是魔法就悶在她的心裡，害她發狂，每當她無法控制時，它就爆發出來。有時她會變得古里古怪而且危險，但多半時候她都很可愛、很膽小，不會傷害別人。

『我父親去找那幾個傷害她的混蛋算帳，』阿波佛說，『攻擊他們。他們為此把

他關進阿茲卡班。他死也不肯說出原因，因爲假如魔法部知道亞蕊安娜變成這樣，就會把她送去聖蒙果醫院永遠監禁起來。他們本來就認爲她嚴重觸犯國際保密規章，因爲她很不穩定，失控的時候魔法就會爆發出來。

『我們只好保護她，讓她安靜過日子。我們搬了家，對外宣稱她生病。由我母親照顧她，設法讓她平靜快樂。

『我才是她最喜歡的人。』阿波佛說。他說這句話時，似乎有個髒兮兮的小男孩從阿波佛的皺紋和糾結的鬍鬚中偷偷往外看。『不是阿不思。阿不思回家後總是關在他的房間裡讀書，數他得到的獎項，和那些旗鼓相當的人角逐「當代最傑出的魔法師」。』阿波佛不屑的哼了一聲，『他才懶得管她。她最喜歡我。我母親叫她吃飯但她不肯吃時，只有我能哄她吃。她發怒時，只有我能讓她平靜下來。她總是幫我餵山羊。

『然後，她十四歲那年……那時候我剛好不在家，』阿波佛說，『如果我在家，我就能讓她平靜下來。那天她又發怒了，我媽已經年老力衰了，然後……那是個意外，亞蕊安娜無法控制，但我母親還是被殺死了。』

哈利有種既同情又厭惡的強烈複雜感覺，他不想再聽，但阿波佛滔滔不絕的說下去，哈利懷疑他有多久沒談起這件事，或者他根本就不曾說過。

『這件事破壞了阿不思和小道奇的環球之旅計畫，他們回來參加我母親的葬禮，然後道奇自己一個人去旅行，阿不思留在家中當一家之主，哈！』

阿波佛朝壁爐內的柴火呸一口痰。

『我跟他說，我來照顧她，我不在乎上學，我可以留在家裡照顧她。但他叫我一定要完成我的學業，他會接管我母親的工作。對傑出先生來說，這可委屈了，照顧半瘋癲的妹妹，每隔一天就要防止她把房子炸掉，這是沒有任何獎賞的工作，但他做了幾個星期，成果還不錯……直到那個傢伙出現。』

阿波佛臉上出現危險的表情。

『葛林戴華德。我哥哥總算有個旗鼓相當的對象可以交談了。這個人和他一樣聰明、才華洋溢。他們忙著醞釀新的魔法界秩序，找尋聖物，還有其他任何他們感興趣的事，照顧亞蕊安娜的事就退而求其次了。這是爲魔法界全體族群謀福利的偉大計畫，阿不思是在爲更長遠的利益而努力，一個小女孩被忽略了又有什麼關係？

『但幾個星期後，我受不了，我受不了了。這時差不多是我該回霍格華茲的時候，因此我告訴他們兩個，面對面的告訴他們，就像我現在和你們說話一樣。』阿波佛低頭注視哈利，哈利想像自己看見一個瘦削強壯的憤怒青少年對抗他哥哥。『我告訴他，你最好現在就打消這個念頭，你沒辦法移動她，她的狀況不好，你不能帶著她到處跑，不管你打算去哪裡，發表你那聰明的演說也好，煽動你的追隨者也好。但他聽了不高興。』阿波佛說。火光映照在他的鏡片上，鏡片又被反射成白茫茫的一片。『葛林戴華德更不喜歡，他非常生氣，說我是個愚蠢的小男孩，企圖阻攔他和我才華洋溢的哥哥……說難道我不明白，一旦他們改變世界，讓巫師出頭，給麻瓜一些教訓，我可憐的妹妹就不需要再被藏起來了？

『後來我們吵了起來……我拔出我的魔杖，他也拔出他的魔杖，我哥哥最要好的朋友對我用酷刑咒——阿不思想制止他，於是我們三個人互相決鬥，電光石火和爆炸聲把她逼瘋了，她受不了——』

阿波佛臉上失去血色，彷彿受到致命的創傷。

『——我猜她是想來幫忙，但她根本不知道她在做什麼，我也不知道到底是誰下的手，我們三個都有可能——結果她死了。』

他說出最後一個字後，在最近的一張椅子上頹然坐下。妙麗淚流滿面，榮恩的臉色也幾乎和阿波佛一樣蒼白。哈利只覺得十分厭惡，但願自己沒聽到這一切，但願能把剛才聽到的事情全部從記憶中洗掉。

『我眞……我眞抱歉。』妙麗悄聲說。

『過去了，』阿波佛啞著嗓子說，『都過去了。』

他用袖子擦擦鼻子，清清喉嚨。

『當然，葛林戴華德逃走了，他在他的國家本來就有些不良紀錄，現在更不願爲了亞蕊安娜再添幾項罪名。阿不思卻解脫了，不是嗎？卸下照顧妹妹的重擔，他就可以自由自在的成爲最偉大的巫師——』

『他從來沒有解脫過。』哈利說。

『對不起，你說什麼？』阿波佛說。

『從來沒有，』哈利說，『你哥哥去世那天晚上，他喝了一種會讓他失去理智的魔藥，他開始尖叫，向某個不在場的人求饒。「別傷害他們，求求你……讓我來代替他們受苦。」』

榮恩與妙麗都望著哈利，他始終沒有告訴他們在湖心小島上發生的一些細節。他與鄧不利多回到霍格華茲以後所發生的一切，使這件事顯得無足輕重。

『他以為他又回到你們和葛林戴華德決鬥的那一刻，我知道他是，』哈利說，想起鄧不利多哀求的模樣，『他以為他看到葛林戴華德在傷害你和亞蕊安娜……這件事折磨著他，如果你看到他當時的模樣，你一定不會說他解脫了。』

阿波佛緊握指節凸出、青筋遍佈的雙手，似乎迷失在自己的沉思中。過了好一會兒，他說：『波特，你怎麼能肯定，我哥哥對更長遠的利益不會比對你的興趣大？你怎麼能肯定你不是可有可無，像我妹妹一樣？』

哈利的心彷彿被一片尖銳的冰刺穿。

『我不相信。鄧不利多愛哈利。』妙麗說。

『那他為什麼不叫他去躲起來？』阿波佛反擊，『為什麼不叫他要保重，教他如何自保？』

『因爲，』妙麗還沒來得及回答，哈利便說，『除了自己的安危之外，有時你必須想得更多！有時你必須想到更長遠的利益！這是戰爭！』

『你才十七歲，孩子！』

『我成年了，而且就算你放棄，我也要繼續對抗！』

『誰說我放棄了？』

『鳳凰會結束了，』哈利複述他的話，『「那個人」獲勝了，大勢已去，任何人如果還要假裝一切都和以前一樣，那是在欺騙自己。』

『我沒說我喜歡這樣，但這是事實！』

『不，這不是事實，』哈利說，『你哥哥知道如何消滅「那個人」，他把這個計畫告訴了我，所以我要一直做下去，直到我成功——或者我死。別以爲我不知道這件事可能會有什麼結果，好多年前我就知道了。』

他等著阿波佛反唇相譏或提出辯解，但他沒有，他只是皺著眉頭。

『我們必須進入霍格華茲，』哈利又說，『如果你不能助我們一臂之力，我們就等到天亮，不再打擾你，我們會另外想辦法。如果你能幫我們——不如現在就提出來。』

阿波佛還是坐在椅子上，用跟他哥哥相似的那雙眼睛凝視著哈利。最後他清清嗓子站起來，繞過小桌來到亞蕊安娜的畫像前。

『妳知道該怎麼辦。』他說。

她微笑，轉身走開，但不像其他畫像那樣走出畫框，而是走進她背後一條長長的隧道。他們看著她纖細的身影逐漸走遠，最後終於消失在黑暗中。

『呃──怎麼？──』

『現在要進去只有一條路，』阿波佛說，『你要知道，他們把所有舊的秘密通道兩端都封鎖了，在學校圍牆四周部署了催狂魔，還定時巡邏校園。這是我的消息來源告訴我的。這個地方從來不曾如此被嚴密防守過。現在的校長是石內卜，卡羅兄妹是他的左右手，就算你進去了又能怎樣？……不過那正合你意，不是嗎？你說你準備赴死。』

『可是怎麼？……』妙麗皺著眉望著亞蕊安娜的畫像說。

畫中的隧道盡頭出現一個小白點，亞蕊安娜又朝他們走回來，越來越近，她的人像也越來越大。但是還有個人跟她在一起，一個比她高大的人，一跛一跛的，一臉興奮。他的頭髮比哈利以前見過的更長，臉上似乎有好幾道刀疤，衣服也撕裂了。兩個人影越來越大，直到畫面中只剩他們的頭和肩膀，接著牆上的油畫像一扇小門似的往前打開，現出眞正的隧道入口。然後，頭髮過長、臉上刀傷累累、衣服撕裂，眞正的奈威．隆巴頓從隧道爬出來。他興奮得大呼小叫，從壁爐上跳下來，大聲喊：『我就知道你會來！我就知道，哈利！』

29. 消失的王冕

『奈威——這是——怎麼？——』

但奈威已經發現榮恩與妙麗。他又一聲歡呼，接著擁抱他們。哈利越看奈威，越覺得他的外表傷得很嚴重：他的一隻眼睛是腫的，呈紫黃色；他的臉上有疤痕，整個人看起來有些邋遢，在在顯示他的日子並不好過，不過奈威飽經風霜的臉上閃耀著喜悅。他放開妙麗，又說：『我就知道你們會來！我一直告訴西莫，這是早晚的事！』

『奈威，你怎麼啦？』

『什麼？這個？』奈威搖頭，對他的傷勢毫不在意，『這沒什麼，西莫更嚴重，你們會看到。那我們走吧？喔，』他轉向阿波佛，『老波，說不定還有一、兩個人會到，他們已經在路上了。』

『還有一、兩個人？』阿波佛複述他的話，覺得有點不妙，『你什麼意思？還有一、兩個人，隆巴頓？整個村子都實施宵禁，還有貓叫春咒！』

『我知道，所以我叫他們直接現影到酒吧，』奈威說，『他們到了以後就把他們送進通道，好嗎？多謝了。』

奈威伸手扶妙麗爬上壁爐進入通道，榮恩跟在後面，奈威自己則是最後才上去。哈利對阿波佛說：『我不知道要如何感謝你才好，你救了我們，還救了兩次。』

『那就好好照顧他們吧，』阿波佛用粗嗄的聲音說，『我說不定沒辦法再救你們第三次了。』

哈利爬上壁爐，鑽進亞蕊安娜畫像後的洞口，洞內有平滑的石階，看來這條通道已經有一些年代了。旁邊的壁上掛著黃銅燈，泥地看得出歲月的痕跡，但還是平整的。他們走在通道內，影子散開成扇狀投射在石壁上。

『這條通道已經有多久了？』榮恩問，『它沒有顯現在劫盜地圖上，對不對，哈利？我還以為只有七條通道可以進出學校。』

『今年初那些通道就全被封鎖了，』奈威說，『現在不可能再從那些通道進出了，食死人和催狂魔都在出口守著。』他轉身倒著走，望著他們陶醉的笑著說，『不管那些了……是真的嗎？你們闖入古靈閣？你們騎在龍背上逃出來？到處都在談論這件事，泰瑞．布特晚餐時在餐廳高聲宣告這件事，結果被卡羅打了一頓！』

『是啊，是眞的。』哈利說。

奈威笑得很開心。

『你們如何處置那條龍？』

『把牠野放了，』榮恩說，『妙麗倒是很想把牠養來當寵物——』

『少在那裡誇大了，榮恩——』

『你們都在忙什麼？哈利，大家都說你們在逃亡，但我不相信，我認爲你們一定在忙什麼事。』

『你說得對，』哈利說，『不過，先告訴我們一些霍格華茲的事吧，奈威，我們什麼都不曉得。』

『它……唉，它現在已經不再是以前的霍格華茲了，』奈威說，笑容從他臉上退去，『你知道卡羅兄妹嗎？』

『那兩個在這裡教書的食死人？』

『他們不只是教書，』奈威說，『他們還掌管風紀。這對卡羅兄妹最愛處罰人了。』

『和恩不里居一樣？』

『不，和他們比，她算溫柔了。如果我們做錯事，其他教授就得把我們送去卡羅兄妹那裡。不過，他們都能免則免，看得出來教授們和我們一樣痛恨他們。』

『艾米克那個傢伙負責教從前的「黑魔法防禦術」，只不過這門課現在就叫做

「黑魔法」，我們要把被罰勞動服務的人當對象，來練習酷刑咒——』

『什麼？』

哈利、榮恩與妙麗異口同聲，整條通道都響起回音。

『是啊，』奈威說，『所以我才會有這個，』他指著臉上一條特別深的傷口，『我拒絕聽命，但是有人卻很喜歡，克拉和高爾就很愛。我想是因為這是他們第一次拿到優秀成績的一門課吧！

『艾朵，艾米克的妹妹，負責教「麻瓜研究」，這是每個人的必修課，我們都必須去聽她說麻瓜如何和畜牲一樣又笨又髒，說他們對待巫師有多壞，如何把他們逼得躲起來，以及要如何重建自然的秩序。這個，』他指著臉上另一道傷痕，『我問她，她和她哥哥有多少麻瓜血統，結果就多了這個東西。』

『我的天，奈威，』榮恩說，『你還真會挑時間頂嘴。』

『你人不在現場，』奈威說，『要是你聽她那樣說，一定也會受不了。問題是，起來對抗他們還是有用的，可以為大家多帶來一點希望。以前你每次這樣做的時候我都注意到了，哈利！』

『可是那樣他們會拿你來殺雞儆猴。』榮恩說。他們從一盞燈旁邊經過，奈威的傷痕看起來似乎更猙獰了，榮恩微微畏縮了一下。

奈威聳聳肩。

『無所謂，他們不願意灑太多純種血，所以我們如果多嘴，他們只會折磨我們，不會殺死我們。』

哈利不知道哪個讓他比較難受，是奈威所說的事，還是他談這些事的時候那種稀鬆平常的口氣？

『眞正有危險的人，是那些有家人、朋友在外惹禍上身的人。這種人會被抓去當人質，老贊諾就是因爲在《謬論家》發表的言論太過肆無忌憚，所以他們才會在露娜回去過聖誕節時，把她從火車上抓走。』

『奈威，她沒事了，我們已經見過她——』

『是啊，我知道，她有發訊息給我。』

他從口袋掏出一枚金幣，哈利認出那是以前『鄧不利多的軍隊』用來聯絡彼此時所使用的假加隆。

『這些東西太棒了，』奈威笑著對妙麗說，『卡羅兄妹始終沒有查出我們是如何溝通的，他們快氣瘋了，我們以前都是在晚上偷溜出去，在牆上塗鴉，寫「鄧不利多的軍隊，仍在招募中」這類的東西。石內卜恨死了。』

『你們以前？』哈利說，他注意到奈威用的是過去式。

『啊，現在越來越難了，』奈威說，『聖誕節之後少了個露娜，金妮在復活節過後也一直沒回來，這些本來是我們三個在帶頭的。卡羅兄妹好像知道我在幕後策劃，就開始注意我。後來麥可・寇那去救一個被他們用鍊子鎖起來的一年級生，結果被逮到，他們狠狠的修理了他一頓，這可把大家都嚇壞了。』

『這可不是開玩笑的。』榮恩咕噥說，此時通道的地勢開始變成上坡了。

『是啊，但我們不能教大家都以麥可爲榜樣，所以我們放棄這類招數了。不過我們還在奮鬥，改做地下工作，直到兩個星期以前，他們認爲只有一個辦法可以阻止我，於是他們找上我奶奶。』

『他們什麼？』哈利、榮恩與妙麗異口同聲的說。

『是啊。』奈威說，聲音有點喘，因爲現在通道的坡度變得很陡，『現在你們可以看出他們的想法了，而且眞的還滿有效，綁架小孩的確可以逼迫親人就範，我早就料到他們會來這套。問題是，』他面對他們，哈利看到他臉上居然還帶著笑容，覺得十分詫異，『他們在我奶奶那兒踢到了鐵板。小老女巫一個人獨居，他們也許認爲不需要派什麼高手過去。總之，』奈威笑著說，『鈍力還在聖蒙果醫院，我奶奶則在外逃亡，她送了一封信給我，』他伸手拍拍長袍胸部的口袋，『說她以我爲榮，不愧是我爸媽的孩子，還叫我不要放棄。』

『好酷。』榮恩說。

『是啊，』奈威愉快的說，『不過，他們一旦發現威脅不了我，就會決定不讓我待在霍格華茲了。我不知道他們到時會把我殺了，還是會把我送進阿茲卡班，不管是哪一個，我知道該是銷聲匿跡的時候了。』

『可是，』榮恩一臉困惑的說，『我們不是——我們不是要回霍格華茲嗎？』

『當然，』奈威說，『你等一下就知道。我們到了。』

他們轉了個彎，前方便是通道的盡頭，有幾級階梯通往一扇門，和隱藏在亞蕊安娜畫像後的那扇門一樣。奈威推門爬進去，哈利跟在後面，他聽見奈威對看不見的人喊道：『看誰來了！我不是告訴過你們嗎？』

哈利進入通道盡頭的房間後，立刻引發一陣尖叫歡呼——

『哈利！』

『是波特，是波特！』

『榮恩！』

『妙麗！』

他看到眼前這些五顏六色的吊飾、燈光和許多面孔，心中五味雜陳。下一刻，他、榮恩和妙麗就被一群人包圍、擁抱、拍背，還有人來揉揉他們的頭髮，和他們握手，人數不下二十位，情況就好像才剛剛贏得一場魁地奇決賽似的。

『好了，好了，安靜下來！』奈威大聲說，人群讓開，哈利這才有辦法看清楚他們。

這個房間對他來說十分陌生。房間很大，裡頭看起來很像豪華版的樹屋，或是一間大船艙。許多五顏六色的吊床從天花板和平台吊下來。平台沿著護牆板的無窗牆壁繞

了一圈，牆上還掛著一些鮮豔的刺繡旗幟，哈利看到了繡在猩紅色旗幟的葛來分多金獅、繡在黃色旗幟的赫夫帕夫黑獾，以及藍色襯底的雷文克勞褐鷹，唯獨少了銀色與綠色的史萊哲林旗幟。房間內還有些裝得滿滿的書櫃。幾根掃帚靠在牆上，角落則有一台大型的木製無線電收音機。

『這是什麼地方？』

『當然是萬應室囉！』奈威說，『比以前更有看頭了，不是嗎？那時候卡羅兄妹在追我，我知道只有一個地方能躲，所以我就想辦法進來，結果發現裡頭就是這個模樣！啊，我剛到的時候不是這樣，那時候小多了，裡面只有一張吊床和葛來分多的壁掛，但是越來越多ＤＡ成員進來，它就加大了。』

『卡羅兄妹進不來嗎？』哈利看著房門問。

『進不來，』西莫．斐尼干說，哈利這時才認出他來，因為他的臉上一片青腫，『這裡是很好的藏匿地點，只要我們有人在裡面，門就不會打開，他們就抓不到我們。這全都虧了奈威，是他把這間萬應室弄得這麼妥當的。你必須非常精確的告訴萬應室你的需要——比如說：「我不要任何支持卡羅兄妹的人進來」——然後它就會完全照你的意思做！你一定要說對要求，做到滴水不漏！這全都是奈威的功勞！』

『其實很簡單啦！』奈威謙虛的說，『我進來了大概一天半後，肚子餓得要命，就希望有東西可以吃，這時候通往「豬頭酒吧」的門開了，我走進去之後，遇到了阿波佛。他現在供應食物給我們，因為不知道什麼原因，萬應室唯獨這件事不靈。』

『是啊，「岡普基本變形定律」中有五種例外，食物是其中之一。』榮恩說，大家聽了都很驚訝。

『所以我們躲在這裡差不多兩個星期了，』西莫說，『每次有需要，吊床就會增加，女孩子開始住進來後，它甚至還變出一間很棒的浴室——』

『——它大概以為女生很喜歡洗澡。』文妲・布朗說。哈利這時才注意到她。現在他細看四周的人，認出許多熟面孔，巴提雙胞胎都在，還有泰瑞・布特、阿尼・麥米蘭、安東尼・金坦，和麥可・寇那。

『告訴我們你們都在忙些什麼，』阿尼說，『外面有許多謠言，我們也試著從「波特觀察」了解你們的行蹤。』他指著無線電說。『你們不會真的闖進古靈閣吧？』

『是的！』奈威說，『而且巨龍的事也是真的！』

在場的人都熱烈鼓起掌，還有人歡呼。榮恩朝大家一鞠躬。

『你們在找什麼？』西莫急切的問。

他們還沒來得及想出迴避這個問題的答案，哈利突然感到閃電疤痕如火燒般的劇痛。他急忙轉身背對這群好奇又興高采烈的面孔。萬應室突然消失，他站在一間廢棄的石屋裡面，腐爛的木地板在他腳下斷裂，洞的旁邊有個金色的盒子，蓋子打開了，裡面卻是空的。佛地魔憤怒的尖叫震動了哈利的腦子。

哈利費了很大力氣，再一次退出佛地魔的心緒，回到萬應室他剛才站的地方。他的身體搖搖欲墜，冷汗從他臉上不斷流下，榮恩趕緊扶他站好。

『你還好嗎，哈利？』奈威說，『要不要坐下來？我想你累了是吧？』

『不。』哈利說。他望著榮恩與妙麗，想暗示他們，佛地魔已經發現另一個分靈體不見了。時間越來越緊迫，假如佛地魔選擇下一站到霍格華茲，他們就會錯失良機。

『我們得開始行動了。』他說，大家露出了認同的表情。

『哈利，那我們要怎麼做？』西莫問，『有什麼計畫？』

『計畫？』哈利茫然的說。他正使盡全力阻止自己再度屈服於佛地魔的震怒之下，他的疤痕還在灼燒。『啊，榮恩、妙麗和我有點事必須去辦，然後我們就要離開這裡了。』

笑聲與歡呼聲立刻止息，奈威一臉不解。

『什麼意思，「離開這裡」？』

『我們沒有打算要回來住下，』哈利說，他揉著頭上的疤，想減少一些疼痛，『有件重要的事，我們必須去做──』

『什麼事？』

『我──我不能告訴你們。』

四周響起竊竊私語，奈威皺起了眉頭。

『為什麼不能告訴我們？這件事和對抗「那個人」有關，對吧？』

『這個嘛，沒錯——』

『那我們要幫助你。』

其他鄧不利多軍隊的成員都點頭，有些表情很熱切，有些一臉嚴肅，還有一、兩個甚至站起來表達他們的意願，希望能立即展開行動。

『你們不明白，』哈利覺得過去這幾個小時裡，這句話他似乎已經說了好幾遍，『我們——我們不能告訴你們，我們必須去執行——而且只能自己去。』

『為什麼？』奈威問。

『因為……』哈利急著去尋找另一個分靈體，或者至少和榮恩與妙麗私下商量應該從何處下手，一時竟無法集中心緒。他的疤痕還在灼燒。『鄧不利多留下一個任務給我們三個人，』他謹慎的說，『我們不可以說出去——我的意思是，他要我們去執行，只有我們三個。』

『我們都是他的軍隊，』奈威說，『鄧不利多的軍隊。我們一直很團結，你們三個不在的時候，我們都一直保持運作——』

『這不是在郊遊野餐，老兄。』榮恩說。

『我沒說它是，但我不明白你們為什麼不能相信我們。萬應室裡面這些人都在奮戰，而且都是因為被卡羅兄妹追捕，所以才躲進這裡。這裡每一個人都已經證明他們效忠鄧不利多——效忠你。』

『聽我說。』哈利實在不知該說些什麼，但已無關緊要，他們背後的通道門又打開了。

『我們接到你們的消息了，奈威！哈囉，你們三位，我就想你們一定在這裡！』進來的是露娜和丁。西莫大聲歡呼，衝上去擁抱他最要好的朋友。

『嗨，大家好！』露娜愉快的說，『喔，回來眞好！』

『露娜，』哈利心不在焉的說，『妳來做什麼？妳怎麼？——』

『是我叫她來的，』奈威說，秀出假的加隆，『我答應她和金妮，如果你們來了，我會通知她們。我們都認爲你回來就表示要革命了，我們要推翻石內卜和卡羅兄妹。』

『當然是這個意思囉，』露娜高興的說，『不是嗎，哈利？我們要把他們趕出霍格華茲？』

『聽我說，』哈利說，他的聲音有點慌，『我很抱歉，但我們不是爲這個回來的。我們有任務在身，然後——』

『在這種混亂的時刻，你們還要離開我們？』麥可．寇那問。

『不！』榮恩說，『我們要做的事將來對你們都有利，就是要設法除掉「那個人」——』

『那就讓我們也來助一臂之力吧！』奈威氣憤的說，『我們也要參加！』

他們背後又傳來一個聲音，哈利轉身，他的心跳似乎放慢了。金妮正穿過牆上的洞爬進來，緊接著是弗雷、喬治和李・喬丹。金妮對哈利露出燦爛的笑容，他都忘了，或者根本沒想到她是這麼漂亮，但哈利始終都很高興見到她。

『阿波佛有點火大，』弗雷說，舉手回應四周響起的歡呼聲，『他想睡覺，結果他的酒吧卻成了火車站。』

哈利接著張大嘴巴，在李・喬丹後面進門的是他的前女友張秋。她對他嫣然一笑。

『我接到消息了。』她舉起她的假加隆，然後走到麥可・寇那旁邊坐下。

『有什麼計畫，哈利？』

『沒有。』哈利說，他對突然來了這麼多人仍然有點不習慣。他的疤痕還在灼痛，無法迅速做出反應。

『那就見機行事囉？我最喜歡這樣。』弗雷說。

『你不要再這樣了！』哈利告訴奈威，『你把他們叫回來做什麼？這太荒唐了——』

『我們要抗爭，不是嗎？』丁拿出他的假加隆說，『這個訊息說哈利回來了，我們要抗爭！不過我得先找根魔杖——』

『你沒有魔杖？——』西莫說。

榮恩突然轉身對哈利說：『爲什麼他們不能幫忙？』

『什麼？』

『他們可以幫忙啊！』他壓低了聲音，除了站在他們中間的妙麗以外，其他人都聽不到，『我們又不知道它藏在哪裡，我們得快點找到它，我們用不著告訴他們那是分靈體。』

哈利看看榮恩又看看妙麗。妙麗小聲說：『我想榮恩說得對，我們甚至不知道我們要找的東西是什麼，我們需要他們。』看到哈利不以爲然的表情，她又接著說：『你用不著樣樣都自己來，哈利。』

哈利迅速動著腦筋，他的疤痕還在痛，腦袋快裂開了。鄧不利多曾經警告他，除了榮恩與妙麗外，不可以把分靈體的事告訴任何人。保密和說謊，我們都是這樣長大的，而阿不思……他在這方面很有天分……難道他也變成鄧不利多，自己一個人緊守著秘密，不敢相信別人嗎？可是鄧不利多相信石內卜，結果呢？在高塔上被他殺死……

『好吧。』他低聲回答兩人，然後對萬應室的每一個人大聲說：『好！』在場的人都靜了下來。弗雷和喬治本來在和身旁的人開玩笑，這時也都沉默下來，大家臉上都露出警覺與興奮的神情。

『我們要找一樣東西，』哈利說，『一樣——一樣可以幫我們推翻佛地魔的東西。它就在霍格華茲校園裡，但我們不知道在哪裡。它可能是屬於雷文克勞的東西。有沒有人聽說過這樣的一件物品？比如說，某個上面畫著雷文克勞老鷹記號的東西？』

他滿懷希望的看著那一小群雷文克勞學院的人，芭瑪、麥可、泰瑞和張秋，但回答他的人卻是坐在金妮椅子扶手上的露娜。

『啊，她有個消失的王冕，我告訴過你了，記得嗎，哈利？下落不明的雷文克勞王冕？爹地正在想辦法複製它。』

『是啊，但這個消失的王冕，』麥可・寇那翻著白眼說，『早就消失了，露娜，重點就在這裡。』

『什麼時候消失的？』哈利問。

『聽說是好幾個世紀以前，』張秋說，哈利聽了心一沉，『孚立維教授說這頂王冕隨著雷文克勞本人一起消失了，大家都在找，可是，』她轉向她的雷文克勞同學，『沒有人找到過，不是嗎？』

他們都搖頭。

『抱歉，王冕是什麼東西？』榮恩問。

『那是一種皇冠，』泰瑞・布特說，『這頂雷文克勞的皇冠據說附有魔法，可以讓戴上的人增加智慧。』

『是啊，爹地的黑黴氣虹吸管——』

但哈利打斷露娜的話。

『你們都沒見過類似這樣的東西？』

他們都再次搖頭，哈利望著榮恩與妙麗，他們臉上也現出和他一樣失望的神情。

一件物品失蹤了這麼久，而且一點線索都沒留，似乎不像是適合藏在霍格華茲城堡內的分靈體……但他還沒提出另一個問題，張秋又開口了。

『哈利，如果你想看這個王冕長什麼樣子，我可以帶你去我們的交誼廳指給你看，它就戴在雷文克勞的雕像上。』

哈利的疤痕又痛了，萬應室突然在他眼前飄動，他看到黑色的土地從他腳下呼嘯而過，又感覺那條巨蛇纏繞在他脖子上。佛地魔又在飛了，他不知道是飛往洞穴裡的地下湖或是霍格華茲這裡，總之，沒有時間了。

『他開始行動了。』他低聲對榮恩與妙麗說。他看看張秋，然後回頭對兩人說：『聽我說，我知道這不能算是線索，但我還是要去看看這尊雕像，至少看看這個王冕長什麼樣。你們在這裡等我，保護──你們知道──那個東西。』

張秋站起來，但金妮馬上說：『不，露娜會帶哈利去，可以吧，露娜？』

『喔喔喔，是的，我很樂意。』露娜高興的說，張秋又失望的坐下來。

『我們怎麼出去？』哈利問奈威。

『這邊。』

奈威帶領哈利和露娜來到一個角落，那裡有個小櫥櫃，打開來便是一個很陡的階梯。

『它每天的出口都不一樣，這樣才不會被發現，』他說，『唯一的麻煩是，我們永遠不知道出去後會通往哪裡。要小心，哈利，他們晚上都在走廊巡邏。』

『沒問題，』哈利說，『待會兒見。』

他和露娜匆匆爬上樓梯。樓梯很長，兩旁還有火炬照亮，而且總在令人意想不到的地方轉彎。最後他們終於看見一道看起來很堅固的牆壁。

『到這底下來。』哈利對露娜說，打開隱形斗篷，蓋住他們兩人。他在牆上輕輕一推。

牆壁被他一推，牆面立刻融化開來。他們悄悄出去，哈利回頭看見牆壁立刻又恢復原狀。他們現在站在一條黑暗的走廊上，哈利把露娜推進陰影中，從他脖子上的蜥皮袋裡摸出劫盜地圖，湊近他的鼻尖，終於找到他和露娜的小點。

『我們在六樓，』他小聲說，看到飛七從他們前方的走廊走開，『來，往這邊走。』

他們躡手躡腳的往前走。

哈利有過許多次深夜在校園內遊蕩的經驗，但從來沒有一次心跳得這麼快，也從來沒有覺得這麼身負重任過。他們走過映著片片月光的地板，經過一套又一套的盔甲。盔甲聽到他們輕柔的腳步聲時，頭盔便跟著轉頭而吱嘎作響。

他們又冒險轉過幾個彎，不曉得轉彎之後會不會遇上哪個鬼鬼祟祟的傢伙。哈利與露娜往前走，一面用魔杖尖端發出的微光察看劫盜地圖，途中還兩次停下腳步，讓一個幽靈過去，免得被它發現。他隨時等著遭遇阻擾，而他最擔心的就是皮皮鬼，每走一步便豎起耳朵，仔細聆聽這個搗蛋幽靈接近的前兆。

『這邊，哈利。』露娜小聲說，拉著他的袖子，拖著他走向一道螺旋梯。

他們爬上哈利以前從沒有來過、令人頭暈的狹窄樓梯，最後他們終於來到一扇門前。門上沒有手把，也沒鎖孔，只有一片平滑的古老木板，和一個老鷹形狀的青銅敲門環。

露娜伸出一隻蒼白的手，那隻手沒有連接在手臂或身體上，看起來好像飄浮在半空中，感覺非常詭異。她敲了一下門，寂靜中的敲門聲在哈利聽來彷彿是砲彈的轟隆聲。老鷹立刻開口說話，但不是鳥叫聲，而是一個輕柔悅耳的聲音：『先有鳳凰還是先有火？』

『嗯……你說呢，哈利？』露娜說，一臉沉思。

『什麼？沒有通關密語嗎？』

『喔，沒有，你一定要回答問題。』露娜說。

『萬一答錯呢？』

『噢，那你只好等別人答對了再跟著進門，』露娜說，『這樣你才有學習的機會，明白吧？』

『話是沒錯啦……但問題是，我們沒辦法等別人啊，露娜。』

『沒錯，我懂你的意思，』露娜一本正經的說，『好吧，我想答案是，沒有誰先誰後。』

『有道理。』那個聲音說，於是門開了。

空盪盪的雷文克勞交誼廳是個寬敞的圓形房間，比哈利在霍格華茲見過的任何交誼廳都要大。牆上有幾扇優雅的拱形窗戶，還掛著藍色與黃褐色的絲質吊飾。白天從雷文克勞交誼廳可以遠眺四周的山景，圓頂天花板畫著星星，與深藍色的地板相互輝映。房間內有桌子、椅子和書櫃，門對面有個壁龕，立著一尊高大的白色大理石雕像。

哈利看過露娜家中的半身像，所以認出這尊雕像就是羅威娜·雷文克勞。雕像旁有扇門，哈利猜想大概是通往樓上的學生宿舍。

哈利朝著大理石雕像直接走去，而雕像則似乎用揶揄的神情似笑非笑的看著他，美麗但也令人有些膽怯。她的頭上戴著一個大理石複製的精緻環形頭飾，和花兒結婚時戴的頭冠有點相似。頭飾上刻著幾個小字，哈利從斗篷底下走出來，站到雷文克勞的雕像基座上去讀那行字。

『無量的智慧是人類最大的財富。』

『會使你一無所有，精神錯亂。』一個沙啞的嗓子說。

哈利立刻轉身，跳下基座站在地板上，斜肩的艾朵·卡羅就站在他面前。儘管哈利已經舉起魔杖，但她還是伸出粗短的食指，按下手臂上那個烙印著骷髏頭與蛇的黑魔標記。

30. 石內卜去職

艾朵的手才碰到黑魔標記，哈利的疤痕就開始劇痛，充滿星光的房間消失不見了，他正站在懸崖下方裸露的岩石上，大海在四周澎湃激盪，心裡滿是勝利的歡愉——他們抓到那個男孩了。

砰的一聲巨響，把哈利喚回原來的站立之處，他一時回不過神，立刻反射性的舉起魔杖，但面前的女巫已向前倒下。她撞擊地面的力道很大，書架上的玻璃都震得叮噹作響。

『除了在ＤＡ的課程上，我從來沒有對任何人用過昏擊咒。』露娜的口吻聽來有點興奮，『發出的噪音比我預期的大。』

確實，天花板開始搖晃。通往宿舍的門後，可以聽見倉卒的腳步聲傳來，露娜的

咒語把睡在樓上的雷文克勞學生都吵醒了。

『露娜，妳在哪兒？我要躲到斗篷下面去！』

露娜的腳平空出現，他急忙跑到她身旁。她掀起斗篷，剛好來得及趁門打開之前把他們兩人遮住，一大群身穿睡衣的雷文克勞學生湧進交誼廳。他們看見艾朵昏迷不醒躺在那兒，不禁嘖嘖稱奇。大家慢慢走過來圍在她四周，彷彿她是頭兇暴的野獸，隨時會醒來攻擊他們。後來一個勇敢的一年級生跑到她旁邊，用大腳趾戳戳她的背。

『我猜她死了！』他興高采烈的喊道。

『哦，看啊。』露娜看著雷文克勞的學生把艾朵團團圍住，快樂的悄聲說，『他們很高興呢。』

『是啊……好極了……』

哈利閉上眼睛，疤痕抽痛時，他選擇再度沉入佛地魔的思緒……他沿著隧道進入第一個洞穴……他決定先去確認小金匣再來這裡……這不會花他太多時間……

交誼廳的大門傳來敲門聲，所有雷文克勞學生都僵住了。哈利聽見那個老鷹敲門環用輕柔悅耳的聲音問：『消失的物品都到哪兒去了？』

『我不知道，我怎麼知道？閉嘴！』一個粗魯的聲音怒吼道，哈利聽出他是卡羅兄妹中的哥哥艾米克。『艾朵？艾朵？妳在裡面嗎？抓到他了嗎？開門！』

雷文克勞的學生竊竊私語，但都嚇壞了。然後，毫無預警的傳來一連串響亮的乒乒、聲，好像有人對著門開槍。

『**艾朵！**要是他趕來，而我們沒有抓到波特——妳想要跟馬份那家人落得一樣的下場嗎？**回答我！**』艾米克大喊，使出全身力氣晃動大門，但大門說不開就不開。雷文克勞的學生紛紛後退，最膽小的人開始往樓梯跑，準備回床上去。哈利正猶豫著是否要打開門，在這個食死人做出什麼傷天害理的事之前把他擊昏，這時又響起另一個熟悉無比的聲音。

『能否請教你在做什麼，卡羅教授？』

『打——開——這——扇——該——死——的——門！』艾米克怒吼，『去叫孚立維！叫他來開門，馬上去！』

『但令妹不是在裡面嗎？』麥教授問，『今晚稍早，孚立維教授不是在你一再要求之下，放她進去了嗎？或許她可以替你開門，那樣你就不用把全校吵醒了。』

『她不應門，妳這老賤貨！妳來開門！快！現在就開！』

『當然，悉聽尊便。』麥教授極其冰冷的說。敲門環輕響一聲，那悅耳的聲音再次問道：『消失的物品都到哪兒去了？』

『進入不存在的狀態，也就是說，變成任何東西都有可能。』麥教授回答。

『說得好。』老鷹敲門環回答，隨即門開了。

艾米克揮舞著魔杖衝進來時，流連在後的少數幾個雷文克勞學生向樓梯飛奔而去。他跟他妹妹一樣駝背、小眼睛，蒼白的臉上滿是橫肉，一看到動也不動躺在地上的艾朵，就發出一聲充滿驚恐的怒吼。

『他們做了什麼，那些小混蛋！』他尖叫，『我要把他們通通抓來嚴刑拷打，直到他們招出是誰幹的——黑魔王會怎麼說呀？』他連聲哀叫，站在他妹妹身旁，用手掌敲打自己額頭，『我們沒有抓到他，他們跑了，還把她殺了！』

『她只不過是被擊昏罷了。』麥教授彎下腰察看過艾朵後不耐煩的回答說，『她沒事。』

『他媽的她才不會沒事！』艾米克大吼，『黑魔王找到她，她就完了！她已經召喚他了，我感覺我的黑魔標記在灼痛，他一定以爲我們抓到波特了！』

『抓到波特？』麥教授追問，『你說「抓到波特」是什麼意思？』

『他交代過，波特會嘗試侵入雷文克勞塔，一旦抓到波特，就要通知他。』

『哈利波特爲什麼要進入雷文克勞塔？波特是我學院的人！』

在麥教授滿是不信任和憤怒的聲音底下，哈利聽出了她那份自豪，心中湧起一股親切感。

『我們只聽說他可能到這兒來！』艾米克說，『我哪知道爲什麼，不是嗎？』

麥教授站起身，瞇起眼睛打量整個房間。她的眼光兩度掃過哈利和露娜站立之處。

『我們可以把責任推給學生……』艾米克說，他的豬臉忽然變得狡猾起來，『對啊，就這麼辦。我們說艾朵中了學生的埋伏，就是樓上那批小鬼。』他抬頭望著通往宿舍的星光天花板，『我們就說是他們強迫艾朵觸摸黑魔標記，害他收到假信號……他可以處罰他們。幾個小孩而已，有什麼不同？』

『真假不分、懦弱無能，』氣白了臉的麥教授說，『我想你和你妹妹就是這種人。但我要把話說清楚，你們別想把你們的無知、無能，推卸到霍格華茲的學生身上。我絕不允許。』

『妳說什麼？』

艾米克走上前，充滿攻擊性的逼近麥教授面前，他的臉距離她的只有幾吋遠。麥教授拒絕退讓，低頭看著他，好像他是被她發現黏在馬桶坐墊上的噁心東西。

『輪不到妳來允許，麥米奈娃。妳過氣了，現在輪到我們當家作主，妳不支持我，就會付出代價。』

他對著她的臉吐口水。

哈利掀開斗篷，舉起魔杖說：『你不該那麼做。』

艾米克轉身時，哈利喊道：『咒咒虐！』

食死人懸在半空中，身體扭曲像個即將溺斃的人，痛苦得拚命掙扎，連聲哀號，然後哐噹一聲，玻璃四濺，他迎面撞上一座書架之後，失去知覺的倒在地上。

『我現在懂得貝拉的意思了。』哈利說，血液在他腦子裡隆隆作響，『你必須眞有心。』

『波特！』麥教授撫著胸口低聲說，『波特——你在這裡！是什麼？——怎麼會？——』

她力持鎮定，『波特，這麼做太不明智了！』

『他吐妳口水。』哈利說。

『波特，我——這眞——你眞是見義勇爲——但你難道不知道——』

『我知道。』哈利安慰她。不知怎麼回事，驚慌反而使他鎮定了下來。『麥教授，佛地魔正在趕來的路上。』

『哦，我們獲准說那個名字了嗎？』露娜拉開隱形斗篷，帶著感興趣的表情說。第二個亡命之徒現身，麥教授顯得益發不知如何是好，她抓緊舊格子睡袍的領口，倒退幾步之後，跌坐在一旁的椅子上。

『我覺得怎麼稱呼他都無所謂，』哈利對露娜說，『反正他已經知道我在哪兒了。』

哈利腦子裡有個偏僻的角落，跟那個疼痛、燃燒的疤痕連接在一起，從中他看見佛地魔乘著那艘鬼魅似的綠色小船，快速掠過黑色的湖面……他即將抵達那座有石盆的小島……

『你們快逃。』麥教授低聲說，『馬上走，波特！盡快逃跑。』

『我不能。』哈利說，『我必須完成一些工作，教授，妳知道雷文克勞的王冕在哪兒嗎？』

『雷文克勞的王——王冕？當然不知道——不是已經失蹤幾百年了嗎？』她稍微坐直身子，『波特，這很瘋狂，太瘋狂了，你這樣到學校來——』

『我必須如此。』哈利道，『教授，這兒藏了一件東西，我非找到不可，可能就是那頂王冕——如果我能跟孚立維教授談談——』

接著傳來移動的聲音，還有玻璃撞擊聲，艾米克已經甦醒。哈利和露娜還來不及反應，麥教授就站起身，用魔杖指著那個昏頭昏腦的食死人說：『噩噩令！』

艾米克站起身，走到他妹妹身旁，撿起她的魔杖，然後馴服的走到麥教授面前，連自己的一起交出來。然後他在艾朵身旁躺下。麥教授再度揮動魔杖，空中出現一條閃閃發光的銀色繩索，纏住卡羅兄妹，把他們緊緊綁在一起。

『波特，』麥教授再次轉身面對他，絲毫不把卡羅兄妹的困境放在心上，『如果「那個不能說出名字的人」確實知道你在這裡——』

她說話的同時，一陣怒火像一道眞實的烈焰穿過哈利全身，他的疤痛得像著了火，他有一瞬間低頭看著石盆，裡面的魔藥已變爲清澈透明，他看見水面下沒有小金匣——

『波特，你還好嗎？』有個聲音問。哈利醒過來，他必須抓住露娜的肩膀才能站穩。

『時間不多了，佛地魔逼近了。教授，我奉鄧不利多的命令行事，我必須找到他要我找的東西！但我搜索城堡時，必須把學生都請出去——佛地魔要的是我，但他不在乎多殺幾個人，因爲現在——』現在他知道我在破壞分靈體，哈利在腦子裡把句子說完。

『你是奉了鄧不利多的命令行事？』她重複一遍，帶著恍然大悟的神情，然後挺身站起。

『我們會動員全校師生一起對抗「那個不能說出名字的人」，讓你能搜索這個——這個東西。』

『這辦得到嗎？』

『我想可以。』麥教授用就事論事的語氣說，『我們老師的魔法都很高強，這你是知道的。我相信只要大家全力以赴，絕對可以擋住他一段時間。當然，石內卜教授的問題必須先解決——』

『讓我——』

『——還有，霍格華茲會被包圍，黑魔王會守在門口，所以無關的人最好儘可能疏散出去。但是呼嚕網受到監視，校園裡又不可能消影——』

『有個法子。』哈利趕緊說，他說明有條密道通往豬頭酒吧。

『波特，我們說的是數以百計的學生——』

『我知道，教授，但如果佛地魔和食死人把注意力集中在學校範圍裡，應該就不會注意到有人從豬頭酒吧消影離開了。』

『說得有道理。』她表示同意。然後用魔杖一指卡羅兄妹，就有張銀色的網落在他們被綑綁的身體上自動收緊，並把他們吊到空中，懸掛在藍、金兩色的天花板下，像兩隻醜陋、巨大的海洋生物。『來吧，我們必須警告其他的學院導師。你最好把斗篷穿回去。』

麥教授高舉魔杖衝向門口，魔杖尖噴出了三隻銀貓，每隻銀貓的眼睛四周都有眼鏡狀的花紋。護法們步履輕盈的往前奔去，在迴旋梯上灑滿了銀色的光芒，麥教授、哈利和露娜回頭往樓下跑。

他們在走廊上狂奔，護法們一個個離開了他們。麥教授的花格子睡袍擦過地板，哈利和露娜披著斗篷快步跟在她身後。

他們下了兩層樓，就有另一個靜悄悄的腳步聲加入。疤痕還在作痛的哈利第一個聽見，他伸手到脖子上的小袋裡摸劫盜地圖，但還來不及取出，麥教授也察覺了有人同行。她停下腳步，舉起魔杖，擺出備戰姿勢，說：『誰在那兒？』

『是我。』一個低沉的聲音說。

石內卜從一套盔甲後走出來。

哈利一看見他，仇恨就在心中沸騰，他沒有因爲石內卜罪惡滔天，就忘記他外表上的細節，沒有忘記他油膩的黑髮像簾子般垂在臉頰周圍，還有他黑眼睛裡那種死硬、冰冷的神色。石內卜沒穿睡衣，而是穿著日常的黑袍，而且也高舉著魔杖，準備作戰。

『卡羅兄妹在哪裡？』他低聲問。

『你吩咐他們去哪兒，他們就在哪兒，應該如此吧，賽佛勒斯？』麥教授說。

石內卜走上前一些，眼睛越過麥教授，望著她身後的空氣，好像知道哈利在那兒。哈利也舉起魔杖，準備攻擊。

『我有個印象，』石內卜說，『艾朵好像抓到了一個闖入者。』

『眞的嗎？』麥教授說，『你怎麼會有這種印象？』

石內卜烙有黑魔標記的左臂，直覺的輕輕動了一下。

『哦，對啊。』麥教授說，『你們食死人有自己的聯絡方式，我倒忘了。』

石內卜假裝沒聽見。他一邊用眼睛探索麥教授周遭的空氣，一邊裝得若無其事似的，逐漸靠過來。

『我倒不知道今晚輪妳巡視走廊，米奈娃。』

『你反對嗎？』

『我很好奇，這麼晚了，是什麼事讓妳離開床舖？』

『我覺得好像聽見吵鬧聲。』麥教授說。

『眞的嗎？但好像很安靜呢。』

石內卜注視她的眼睛。

『妳見到哈利波特嗎，米奈娃？如果妳見到他，我堅持——』

麥教授動作之快，令哈利難以置信，她的魔杖瞬間劃過空中，哈利以爲石內卜一定會倒在地上，不省人事，但他的屛障咒發動得更快，麥教授差點被打倒。她立刻把魔杖指向牆上的火把。火把飛出托架，正打算詛咒石內卜的哈利，不得不拉著露娜閃避從天而降的火焰，烈焰隨即變成一個涵蓋整個走廊的大火圈，像套索般向石內卜飛去。

但火焰隨即又變成一條巨大的黑蟒蛇，被麥教授炸成煙霧，幾秒鐘內又聚集凝固，成爲一把把追逐的飛刀，石內卜趕忙把盔甲移到面前，才沒有被刺中。所有的飛刀一把接一把，哐啷啷插進甲冑的前胸，回音不斷。

『米奈娃！』一個尖細的聲音傳來，哈利一面替露娜擋住所有飛舞的咒語，一面回頭看，只見孚立維教授和芽菜教授穿著睡衣，沿著走廊快步跑來，體型龐大的史拉轟氣喘吁吁的跟在後面。

『不可以！』孚立維教授舉起魔杖尖聲喊道，『你不可以再在霍格華茲殺人。』

孚立維教授的魔咒擊中了那件石內卜用來做屛障的盔甲，喀啦一聲，它有了生命。石內卜掙脫了它強大有力的臂膀，並使它凌空飛起，向他的攻擊者還擊，哈利和露娜不得不往一旁躲避。盔甲撞上牆壁，七零八落的散了一地。哈利再抬頭看時，石內卜正在拚命逃跑，麥教授、孚立維、芽菜在後面全力追趕。石內卜衝進一間教室，沒多久就聽見麥教授大聲罵道：『懦夫！懦夫！』

『怎麼回事？怎麼回事？』露娜問。

哈利扶她站起，他們沿著走廊向前跑，隱形斗篷飛揚在身後，跑進那間空曠的教室。麥教授、孚立維和芽菜都站在一扇破碎的窗戶前面。

『他跳下去了。』哈利和露娜跑進去時，麥教授說。

『妳是說他死了？』哈利跑到窗口，無視孚立維和芽菜看到他突然出現時的驚呼。

『不，他沒有死。』麥教授怨恨的說，『可不像鄧不利多，他手中還有魔杖……而且他好像還跟新主人學了幾招。』

哈利心頭一顫，看到遠處暗影中，有個形似蝙蝠的巨大形體向校園圍牆飛去。

他們背後傳來沉重的腳步聲，還有一連串的喘息，史拉轟剛剛趕到。

『哈利！』他撫著翠綠眞絲睡衣下肥碩的胸膛喘道，『親愛的孩子……眞是意外……米奈娃，請解釋一下……賽佛勒斯……怎麼回事？……』

『我們的校長休假去了。』麥教授指著窗上那個石內卜形狀的破洞說。

『教授！』哈利用手按著額頭喊道。他看見那個滿是行屍的湖在腳下滑過，他感覺那艘綠色小船碰撞到地下湖的岸邊，還有佛地魔滿懷殺人的欲望，從船上跳下來。

『教授，我們必須在學校做好防禦措施，他快要來了！』

『好的，「那個不能說出名字的人」要來了。』麥教授告訴其他教授。芽菜和孚立維大吃一驚，史拉轟低低呻吟一聲，『波特奉鄧不利多之命，到學校來執行一些任務。我們必須盡力部署所有保護措施，讓波特完成他該做的事。』

『妳當然知道，我們所做的一切，不可能永遠擋住「那個人」吧？』孚立維尖聲說。

『但我們可以拖延時間。』芽菜教授說。

『謝謝妳，帕莫娜。』麥教授說，兩個女巫交換了一個陰鬱的眼色，『我建議在學校四周建立基本保護措施，然後召集全體學生在餐廳集合。大部分的人必須疏散，不過成年的人只要願意留下來作戰，我想都應該給他們機會。』

『同意。』已匆匆向門口走去的芽菜教授說，『我二十分鐘後會帶齊我學院的學生，在餐廳跟你們會合。』

她快步走出視線時，他們都聽見她喃喃說：『毒觸手、魔鬼網、食肉藤豆莢……是的，我眞想看看食死人怎麼跟它們作戰。』

『我在這兒就可以採取行動。』孚立維說。雖然他矮得幾乎看不見窗外的景色，但他還是揮著魔杖，透過那扇破窗，開始喃喃唸誦非常複雜的咒語。哈利聽見一陣奇怪的聲音奔流而過，好像孚立維把風的力量釋放到整個校區。

『教授，』哈利走到這位矮小的符咒學老師身旁，『教授，抱歉打擾你，但這件事很重要。你知道雷文克勞的王冕在哪兒嗎？』

『……破心護，強強厲威——雷文克勞的王冕？』孚立維尖聲說，『多一點智慧總是好的，波特，但我想在目前的狀況下，它也幫不上忙！』

『我的意思是——你知道它在哪兒嗎？你見過它嗎？』

『見過它？見過它的人都不在世了！失蹤很久了，孩子！』

哈利混雜著失望和驚慌。那麼，分靈體到底是什麼呢？

『請你帶著雷文克勞的學生，和我們在餐廳會面，菲力。』麥教授說，並示意哈利和露娜跟她離開。

他們剛走到門口，史拉轟就開始喋喋不休。

『說眞的，』臉色蒼白的他滿頭大汗，海象似的八字鬍不斷顫動，邊喘著氣說，『這眞是大手筆！我不確定此舉是否聰明，米奈娃。他一定會想辦法進來，妳知道的，任何人試圖拖延他，都會有重大危險——』

『我希望你跟史萊哲林的學生也在二十分鐘內趕到餐廳。』麥教授說，『如果你想帶學生離開，我們不會阻攔。但如果你們有任何人企圖破壞我們的反抗行動，或拿起武器在學校裡與我們對抗，赫瑞司，我們就以死相決。』

『米奈娃！』他震驚的說。

『史萊哲林選擇效忠對象的時刻到了。』麥教授打斷他，『去叫醒你的學生，赫瑞司。』

哈利沒有留下聽史拉轟分辯。他跟露娜跑步追上麥教授，她已經走到走廊中間，站定位置後舉起魔杖。

『雕像——哦，飛七，看在老天的分上，現在別來攪局——』

年老的管理員一拐一拐的剛走進眾人的視線裡，沿路大聲喊著：『學生離床！學生擅入走廊！』

『他們是奉命這麼做，你這嘮叨的老糊塗！』麥教授大吼，『快去找點有建設性的事做！把皮皮鬼找來！』

『皮——皮皮鬼？』飛七結結巴巴的說，好像從來沒聽過這名字。

『是的，皮皮鬼，老糊塗，皮皮鬼！你不是抱怨他抱怨了大半輩子嗎？去把他叫來，馬上去！』

飛七顯然認爲麥教授神志不清，但他還是縮著肩膀，低聲嘟囔的搖搖擺擺聽令走開了。

『好了——雕像，行行起！』麥教授喊道。

走廊兩旁所有的雕像和盔甲都從台座上跳下來，根據樓上、樓下傳來的隆隆回音，哈利知道它們在城堡裡所有的同伴，都同樣開始行動了。

『霍格華茲受到威脅！』麥教授大聲宣布，『保衛疆界，保護我們，爲學校盡責！』

一片鏗鏗鏘鏘的聲音和吶喊聲傳來，成群會走動的雕像從哈利面前走過；其中有的很小，也有的比眞人還大。此外也有動物，還有整套盔甲哐噹哐噹揮舞著寶劍和有刺釘的鍊球。

『去吧，波特。』麥教授說，『你和羅古德小姐最好回到你們的朋友那兒，帶他們去餐廳——我來叫醒其他的葛來分多學生。』

他們在下一座樓梯頂端分道揚鑣，哈利和露娜向萬應室隱藏的入口跑去。奔跑途中，他們遇見成群學生，大多在睡衣外面披著旅行斗篷，被老師和級長趕到餐廳去。

『那是哈利波特！』

『哈利波特！』

『是他，我發誓，我剛看見他！』

但哈利沒有回頭，最後他們回到之前萬應室的入口。哈利靠著魔法牆，牆壁打開，讓他們進入，他和露娜沿著陡峭的樓梯跑下去。

『怎？——』

看到房間時，哈利驚訝得從好幾級階梯上滑下來，這兒的人遠比他上次來的時候多。金利和路平抬頭看著他，還有奧利佛·木透、凱娣、莉娜·強生、西亞、比爾與花兒，以及衛斯理夫婦。

『哈利，發生了什麼事？』路平到樓梯口迎接他，開口問道。

『佛地魔要來了，他們在學校部署了防禦——石內卜逃跑了——你們在這裡做什麼？你們怎麼知道？』

『我們把消息傳給其他的鄧不利多的軍隊成員。』弗雷解釋，『你不會希望其他人都錯過這麼好玩的事吧，哈利？DA知道消息以後又通知鳳凰會，然後一傳十，十傳百，就像滾雪球一樣。』

『首先該怎麼辦，哈利？』喬治問，『現在情況如何？』

『他們在疏散年幼的孩子，所有人都在餐廳集合，組織起來。』哈利說，『我們要作戰了。』

大夥兒一陣歡呼，立刻湧向樓梯，哈利被推到牆邊。鳳凰會成員、鄧不利多的軍隊以及哈利的魁地奇老隊友從他身旁跑過，每個人都抽出魔杖，趕赴城堡。

『來吧，露娜。』丁經過時喊道，伸出空著的那隻手。她握住那隻手，跟著他一起爬上樓。

人群變得稀疏了，只剩下一小群人留在萬應室裡，哈利加入他們。衛斯理太太在跟金妮爭執。他們周圍站著路平、弗雷、喬治、比爾和花兒。

『妳年紀不到！』哈利走過去時，衛斯理太太正對女兒大吼，『我不准！男孩子可以，但是妳，妳給我回家！』

『我不要！』

金妮用力從母親手中抽出手臂，頭髮散亂。

『我加入了鄧不利多的軍隊——』

『——青少年幫派！』

『那是個敢向他挑戰的青少年幫派，還沒有其他人敢做這種事呢！』弗雷說。

『她才十六歲！』衛斯理太太大叫道，『她還沒成年！你們兩個在想什麼，竟然帶她來——』

弗雷和喬治露出有點不好意思的模樣。

『媽說得對，金妮。』比爾溫和的說，『妳不能這麼做。所有未成年的人都必須離開，這樣才對。』

『我不能回家！』金妮嘶吼，流下憤怒的眼淚，『我所有的家人都在這裡，我不可能獨自在那兒等著，什麼也不知道——』

她的眼光第一次跟哈利接觸，她哀求的看著他，但他搖搖頭，她怨恨的轉開頭。

『好吧，』她說，看著回豬頭酒吧的隧道入口，『那就再見了，然後——』

突然傳來一陣腳步聲，然後砰的一聲巨響，又有人從通道衝進來，但卻在稍微失去平衡後摔了一跤。他扶著最近的一把椅子站起身，透過歪向一邊的黑框眼鏡，對四周打量一眼說：『我來得太遲了嗎？已經開始了嗎？我剛剛才知道，所以我——我——』

派西結結巴巴的陷入沉默，顯然並沒有料到會遇見這麼多家人。眾人驚訝得好一陣子說不出話來，終於，花兒向路平開口問話，結束了沉默，很明顯是爲了打破緊張的氣氛，『所以——小泰迪好不好？』

路平眨眨眼，有點意外。衛斯理一家的沉默似乎已經凝固得結成冰塊了。

『我——呃，是的——他很好！』路平說，『是的，東施陪著他——在她娘家。』

派西和衛斯理其他家人仍瞪著眼互看，僵持不動。

『來，我有照片！』路平大聲說，從外套裡取出一張照片，給花兒和哈利看，他們看見一個很小的嬰孩，長了一頭鮮豔的水藍色頭髮，對著照相機揮舞胖嘟嘟的小拳頭。

『我是個笨蛋！』派西大吼，聲音大得差點讓路平嚇掉了照片，『我是個白癡！我是個自命不凡的大傻瓜，我——我——』

『一心想做官、嫌棄家人、利慾薰心的低能兒。』弗雷說。

派西接受了。

『是的，這就是我！』

『好啦，你這麼說再公平不過了。』弗雷說，向派西伸出手來。

衛斯理太太痛哭失聲。她推開弗雷，跑向前給派西一個幾乎勒死人的擁抱，他輕拍母親的背，眼睛卻轉向父親。

『爸，對不起。』派西說。

衛斯理先生的眼睛眨得很快，然後也衝上前去擁抱兒子。

『是什麼讓你恢復理性的，派西？』喬治問。

『已經有段時間了。』派西拉起旅行斗篷的一角擦拭眼鏡底下的眼睛，『但我必須找到一條出路，這在魔法部很難辦到，他們不斷把叛徒監禁起來。我設法跟阿波佛取得聯繫，他十分鐘前通知我，霍格華茲決定放手一搏，所以我就趕來了。』

『好啊，這種時刻，我們確實要仰賴級長的領導。』喬治模擬派西最神氣活現的架式，學得很像。『現在我們就上樓去作戰吧，否則所有厲害的食死人都被搶光了。』

『所以，這位就是我大嫂囉？』派西趁著跟比爾、弗雷、喬治向樓梯走去時，向花兒握手致意。

『金妮！』衛斯理太太大吼一聲。

金妮趁著室內一片言歸於好的氣氛，正打算偷偷跟著上樓。

『茉莉，這樣好了，』路平說，『何不准許金妮留下？起碼她待在現場，可以知道發生了什麼事，只是不讓她參加戰鬥而已。』

『我——』

『好主意。』衛斯理太太堅決的說，『金妮，妳就待在這個房間裡，聽見了嗎？』

金妮似乎不怎麼喜歡這個點子，但在父親異乎尋常的嚴峻目光下，她點點頭。衛斯理夫婦和路平也向樓梯走去。

『榮恩在哪兒？』哈利問，『妙麗在哪兒？』

『應該已經到餐廳去了。』衛斯理太太回頭喊道。

『我沒看到他們經過我身邊。』哈利說。

『他們提到過什麼廁所的事。』金妮說，『就在你離開之後不久。』

『廁所？』

哈利走到房間對面，走出那兒敞開的門，就會離開萬應室。他檢查門外的廁所，卻杳無人跡。

『妳確定他們說的是廁——』

但這時他的傷疤忽然劇痛起來，萬應室消失了，他正隔著高高的鑄鐵大門往裡頭看，門兩旁的柱子刻著長了翅膀的野豬。

黑漆漆空地的另一頭，整座霍格華茲城堡燈火通明，像著了火似的。巨蛇娜吉妮搭在他肩頭，他殺氣騰騰，心境冰冷、殘酷，目標明確。

31. 霍格華茲大戰

餐廳裡的魔法天花板黑沉沉的散佈著星星，下面四張分屬各學院的長桌，坐滿了衣衫不整的學生，有的披著旅行斗篷，有的穿著長袍，中間還穿插著發出珍珠白光澤的駐塔幽靈。不分活人或死人，每雙眼睛都盯在麥教授身上。她站在餐廳前端高高的講台上說話，背後站著留下來的老師，包括人馬翡冷翠，以及剛趕來參加戰鬥的鳳凰會成員。

『……疏散由飛七先生和龐芮夫人監督。各位級長，等我下令，你們就把各自的學院整好隊伍，領導大家有秩序的前往疏散地點。』

很多學生都嚇呆了。但就在哈利沿著牆壁向前走，往葛來分多桌位上找尋榮恩與妙麗的蹤影時，赫夫帕夫那桌的阿尼．麥米蘭站起來，高聲問道：『如果我們想留下作

戰，怎麼樣？』

一陣稀稀落落的掌聲。

『如果你已成年，就可以留下。』麥教授說。

『我們的東西怎麼辦？』雷文克勞的一個女孩喊道，『我們的箱子，我們的貓頭鷹？』

『我們沒有時間收拾個人物品。』麥教授說，『重要的是讓大家平安離開。』

『石內卜教授呢？』史萊哲林一個女孩大聲問。

『套句常用的說法，他腳底抹油，溜了。』麥教授回答。葛來分多、赫夫帕夫和雷文克勞都發出熱烈的歡呼。

哈利沿著葛來分多桌旁向餐廳前面走去，仍在尋找榮恩與妙麗。他經過時，許多人轉過頭來看他，背後傳來竊竊私語。

『我們已經在城堡周圍設了防線。』麥教授說，『但除非不斷加強防禦，否則不可能支持太久。所以我要請大家快點行動，保持冷靜，服從級長的——』

響遍整個餐廳的另一個聲音掩蓋了她說的最後幾個字。那個聲音高亢、冷酷、清晰，不知來自何處，好像是從牆壁裡發出來的。就像那隻曾經聽它號令的蛇妖一樣，那個聲音可能已經在牆壁中沉睡了數百年之久。

『我知道你們打算戰鬥。』學生群中傳出尖叫，有些人緊抓住旁邊的人，驚恐的四下張望，找尋聲音的來源。『你們的努力毫無希望，你們是抵抗不了我的。我不想殺你們，我非常尊敬霍格華茲的老師，我不想傷害魔法界的人。』

餐廳裡一片沉默，是那種壓迫著耳鼓，又巨大得好像會把牆壁撐破的沉默。

『把哈利波特交出來。』佛地魔的聲音說，『沒有人會受傷。交出哈利波特，我就不動學校一草一木。只要交出哈利波特，你們就會得到獎賞。

『限你們午夜之前交出波特，我等著。』

沉默再次將所有人吞噬。每個人都轉過頭，在場的每雙眼睛似乎都找到了哈利，使他在數千個無形的光圈照耀下無法動彈。然後史萊哲林那桌有個人站起來，他認出那是潘西・帕金森，她舉起顫抖的手，尖聲叫道：『他就在那裡！波特在那裡！誰去抓住他！』

哈利還來不及說話，一大群人已展開動作。他面前的葛來分多同學全體起立，但不是面向哈利，而是面對史萊哲林。赫夫帕夫學院也幾乎同時站起，接著是雷文克勞學院，他們全都護衛著哈利，瞪著潘西。哈利深受感動，卻不知該如何反應。只見每個人都從斗篷或袖子裡取出魔杖，放眼望去到處都是魔杖。

『謝謝妳，帕金森小姐。』麥教授簡潔的說，『妳跟飛七先生第一批離開餐廳。請和她同一學院的人跟上去。』

哈利聽見長椅摩擦地面的聲音，然後史萊哲林學生列隊從餐廳另一側離開。

『雷文克勞的同學，跟著走！』麥教授喊道。

慢慢的，四張長桌都空了。史萊哲林那桌的人全走光了，但有幾個年紀較大的雷文克勞學生在別人排隊離開時，仍坐在位子上，赫夫帕夫留下的人更多，葛來分多甚至有一半學生留在座位上，逼得麥教授不得不走下講台，把未成年的學生挑出來。

『絕對不可以，克利維，走吧！還有你，皮克斯！』

哈利快步向衛斯理一家人走去，他們都坐在葛來分多那桌。

『榮恩和妙麗在哪裡？』

『你還沒找到？——』衛斯理先生反問，顯得很擔心。

但他突然停了下來，因爲高台上的金利走出來，向留下的人講話。

『現在距午夜只有半小時，我們必須盡快行動！霍格華茲的老師和鳳凰會已經就作戰計畫達成共識。孚立維教授、芽菜教授、麥教授分頭率領戰士，防守最高的三座塔——雷文克勞塔、天文塔和葛來分多塔——他們在那兒居高臨下，視野良好，也是施咒語的好據點。同時，雷木思，』他指著路平，『亞瑟，』他指著坐在葛來分多長桌的衛斯理先生，『和我，會帶幾組人馬防守城堡四周。我們還需要人手，防禦進入學校的各處通道入口——』

『——聽起來就像我們的工作。』弗雷高聲說，指著自己和喬治，金利點頭表示同意。

『好了，請各隊領導上來，我們來分配隊員。』

學生湧到台前，爭取作戰位置，聽取指示，此時麥教授匆匆走到哈利面前說：『波特，你不是要去找什麼東西嗎？』

『什麼？哦。』哈利說，『哦，是的。』

他幾乎把分靈體忘得一乾二淨，幾乎忘了這場戰爭是因爲他要找分靈體而起。榮恩和妙麗無緣無故失蹤，使他一時之間忘了其他所有的念頭。

『那就去吧，波特，快去！』

『是——遵命——』

哈利感覺好多雙眼睛跟隨著他跑出餐廳。他來到仍然擠滿有待疏散學生的入口大廳，混在人群中，一起上了大理石樓梯。但到了樓梯頂，他就挑了一條空曠無人的走廊，快步往前走。恐懼與慌亂使他思路不清，他努力讓自己鎭定下來，專心思考尋找分靈體的方法，但大腦就像被困在玻璃下的黃蜂，只會白費力氣的瘋狂嗡嗡叫。沒有榮恩與妙麗在旁幫忙，他好像失去了主見。他放慢腳步，在空盪盪的走道中間停下，一屁股坐在一個雕像已離開的台座上，從脖子上的蜥皮袋裡取出劫盜地圖。地圖上找不到榮恩和妙麗的名字，不過他想，正在向萬應室移動的一大堆小點點裡，可能藏有他們的名字。哈利把地圖收好，雙手摀著臉，閉上眼睛，努力集中精神……

佛地魔認爲我會去雷文克勞塔。

就是那裡。毫無疑問，他應該從那兒開始。佛地魔派艾朵看守雷文克勞的交誼廳，只有一個解釋：佛地魔害怕哈利已經知道，他的分靈體跟雷文克勞學院有關。

但唯一能跟雷文克勞扯上關係的物品，就是失蹤多年的王冕……那頂王冕怎麼可能成為分靈體？史萊哲林出身的佛地魔，怎麼可能找到歷代雷文克勞學生都找不到的王冕？如果見過王冕的人都已不在世上，那麼還有誰能告訴他到哪兒去找？

不在世上……

哈利摀在手指底下的眼睛忽然睜開。他從台座上跳起來，沿著來路走回去，追逐他最後一個希望。距大理石樓梯越近，數百人走向萬應室的腳步聲越響。級長們大聲發號施令，努力掌握自己學院每一個學生的行蹤，大家你推我擠。哈利看見災來耶．史密繞過低年級生，搶到隊伍前端。到處都看得到淚汪汪的低年級生，年紀大的學生則拚命喊著朋友或弟妹的名字……

哈利看到一個珍珠白光澤的人影，飄過下方的入口大廳。他使出肺活量大喊，希望能壓過周圍的嘈雜聲。

『尼克！尼克！我要跟你談一談！』

他推擠著穿過學生人潮，終於來到樓下。葛來分多的駐塔幽靈，差點沒頭的尼克站在那兒等他。

『哈利！親愛的孩子！』

尼克伸出雙手握住哈利的手，哈利覺得自己的雙手好像泡進冰水裡了。

『尼克，你得幫我個忙。雷文克勞的駐塔幽靈是誰？』

差點沒頭的尼克有點驚訝，也有點不高興。

『當然是灰衣貴婦囉，但如果你需要鬼魂爲你服務——』

『非她不可——你知道她在哪裡嗎？』

『我看看……』

尼克的頭東轉西轉，縐褶領上的那顆腦袋差點要掉下來，他對著擁擠的人群仔細觀察。

『那邊那個就是，哈利，那個長頭髮的年輕女人。』

哈利順著尼克透明的手指方向望去，看見一個瘦高的鬼魂。她看見哈利在注視她，便挑起眉毛，穿過一道實心圍牆遁走了。

哈利追在她身後打開了門，進入她消失的那條走廊，接著看見她就在走廊盡頭，仍在優雅的滑行，試圖遠離他而去。

『喂——等一下——回來！』

灰衣貴婦決定停下來，飄浮在離地面幾吋的高度。根據她背後及腰的長髮和拖在地面上的斗篷，哈利猜想她很漂亮，但她也顯得很傲慢自大。哈利靠近她，認出曾經在走廊裡見過她幾面，但從來沒有交談過。

『妳就是灰衣貴婦嗎？』

她點點頭，沒說話。

『雷文克勞的駐塔幽靈？』

『正確。』

她的語氣一點也不親切。

『請幫個忙，我需要協助。我要知道與消失的王冕有關的消息。』

她彎了彎嘴唇，露出一個冷漠的微笑。

『恐怕我不能幫忙。』她轉身就要離開。

『**慢著！**』

哈利不想大吼大叫，但憤怒與驚慌使他幾乎失控。他趁她飄浮在面前時，瞥一眼手錶，距午夜十二點只差一刻鐘了。

『事情很緊急。』他焦急的說，『如果王冕在霍格華茲，我必須找到它，要盡快。』

『你不是第一個垂涎那頂王冕的學生。』她輕蔑的說道，『歷代以來都有學生來煩我——』

『這不是為了爭取好成績！』哈利對她喊，『是佛地魔——打敗佛地魔——難道妳對這件事不感興趣？』

灰衣貴婦不會臉紅，但透明的臉頰變得比較不透光，她回答時聲音帶著怒意：

『我當然——你怎敢說這種話？——』

『好呀，那就幫我！』

她的神態不再泰然自若。

『問——問題不在於——』她有點口吃，『我母親的王冕——』

『妳母親的？』

她對自己的失言一副很不滿的模樣。

『我在世的時候，』她僵硬的說，『名叫海倫娜·雷文克勞。』

『妳是她女兒？那妳一定知道王冕的下落囉！』

『雖然那頂王冕號稱能賦予智慧，』她說，顯然在力持鎮定，『但我不認爲它能幫助你擊敗那個自稱佛——』

『我不是告訴過妳，我根本不想戴它！』哈利急得快瘋了，『來不及解釋了——但如果妳在乎霍格華茲，如果妳想看佛地魔完蛋，就必須告訴我，妳所知道有關王冕的一切！』

她動也不動的飄浮在空中，低頭看著他，哈利不禁陷入深沉的絕望。當然，如果她知道任何事，一定都已經告訴過孚立維或鄧不利多了，他們也一定問過她相同的問題。哈利搖搖頭，決定轉身走開，但她用很小的聲音說：『我從我母親那兒，偷走了那頂王冕。』

『妳——妳什麼？』

『我偷了王冕。』海倫娜．雷文克勞輕聲說，『我想讓自己變得比母親更聰明、更有地位，所以帶著它逃走了。』

他不知道自己是如何贏得她的信任，但也沒有問出口，只是用心聆聽。她繼續說：『人家說，我母親始終不承認王冕不見了，假裝它還在她手上。她隱瞞自己的損失、我可怕的背叛，就連其他霍格華茲創辦人都不知情。

『後來我母親病了——是不治之症。雖然我那麼不成材，但她還是迫切想見我最後一面。她派了一個始終愛著我，向我求愛卻被我拒絕的男人來找我。她知道他永遠不會放棄，一定會找到我為止。』

哈利等待著。她深吸一口氣，仰起頭。

『他追蹤到我藏身的森林。我不肯跟他回去，他變得很暴力。男爵的脾氣向來火爆，被我拒絕後，他勃然大怒，對我的自由又滿懷嫉妒，就刺了我一刀。』

『男爵？妳是指——』

『血腥男爵，是的。』灰衣貴婦說，她掀起斗篷，露出雪白胸脯上一道深色的傷口，『他看到自己做了什麼，後悔得不得了。他拿起奪去我生命的武器，用它自刎。這麼多世紀以來，他都戴著鎖鍊以示懺悔……他也應該如此。』她恨恨的說。

『那……王冕呢?』

『我聽見男爵東砍西劈、穿過森林來找我的時候,我就把它藏了起來,現在還留在那兒。在一棵空心樹幹裡。』

『空心樹幹?』哈利重複說,『什麼樹?在哪裡?』

『阿爾巴尼亞的一座森林。那是個荒涼的地方,我還以爲它遠在我母親勢力範圍之外。』

『阿爾巴尼亞。』哈利重複。一片混亂之中,他的推理能力奇蹟似的恢復了,現在他明白,她爲什麼會把這個不曾向鄧不利多或孚立維透露的消息告訴他。『這故事妳已經告訴過某人,對不對?另一個學生?』

她閉上眼睛,點點頭。

『我……不知道……他其實是……巴結我。當時他好像……很了解……很同情……』

是啊,哈利想,湯姆・瑞斗確實很能了解海倫娜・雷文克勞,妄想把知名寶物據爲己有的的渴望。

『這麼說吧,妳並不是第一個被湯姆・瑞斗套出秘密的人。』哈利喃喃說著,『如果他願意,他可以迷惑很多人……』

所以佛地魔設法從灰衣貴婦口中問出消失的王冕下落何方。他不遠千里去到那座偏遠的森林取回那頂王冕，可能在離開霍格華茲，到波金與伯克氏工作之前，他就採取了行動。

多年後，那片遺世獨立的阿爾巴尼亞森林，是否也像個絕佳的避難所，讓佛地魔可以隱遁形跡達十年之久，完全不受干擾？

但那頂王冕變成他寶貴的分靈體後，就不可能再遺留在卑微的樹洞裡……不，王冕已經悄悄回到它眞正的家，佛地魔一定把它藏在那兒──

『──他來求職的那天晚上！』哈利終於想通了。

『我沒聽清楚。』

『他把王冕藏在城堡裡，就是他來求鄧不利多給他一份教職的那天晚上！』哈利說。大聲說出心裡的想法，幫他釐清了所有頭緒。『他一定是趁著出入鄧不利多的辦公室，在上樓或下樓途中把王冕藏起來的！但如果能得到那份工作，也很值得──那麼他就還有機會連騙帶偷，染指葛來分多寶劍──謝謝妳，多謝了！』

哈利讓她繼續帶著一臉極端困惑的表情飄浮在那兒。他繞過轉角，回到入口大廳，看了一眼手錶。距午夜只剩五分鐘了，雖然現在他知道最後一件分靈體是什麼，卻不見得能更快找到它的下落……

歷代學生都找不到王冕。換言之，它不在雷文克勞塔──但如果不在那裡，會在哪裡？湯姆．瑞斗在霍格華茲城堡內部找到什麼樣的藏匿場所，使他有把握永遠不怕被發現？

哈利沉浸在各種匪夷所思的猜測裡，心不在焉的轉了個彎。才走了幾步，忽然一陣震耳欲聾的碎裂聲響起，他左邊的窗戶被撞開了。他跳向一旁，一個巨大的軀體從窗子外面飛進來，撞上對面的牆壁。然後這個新來者又分裂出一個毛茸茸的大東西，唉唉低哼著向哈利撲來。

『海格！』哈利大叫，努力擺脫趴在腳下示好的巨型獵豬犬牙牙，『怎麼──』

『哈利，你在這裡！你在這裡！』

海格彎下腰，匆匆給哈利一個足以折斷肋骨的擁抱，然後跑到破裂的窗口邊。

『好孩子，小呱啦！』他透過窗戶的破洞喊道，『咱們待會兒見啦，眞是個好孩子！』

哈利從海格背後看見，黑暗的夜色中，遠處亮起一片光，還聽見一種彷彿哀泣的怪聲。他低頭看一眼錶，剛好午夜，戰爭開始了。

『天啊，哈利。』海格喘著氣說，『時間到了嗎，嗄？開打了嗎？』

『海格，你從哪兒來的？』

『我們在山洞裡聽見「那個人」的聲音。』海格嚴肅的說，『聲音傳得很遠，不是嗎？「限你們午夜之前交出波特。」我就知道你一定在這裡，知道會發生什麼事。下來，牙牙。所以我們趕來幫忙，我、呱啦，還有牙牙。牙牙和我從森林邊緣衝進來，呱啦扛著我們。我叫他把我放進城堡，他就把我從窗戶扔進來，上帝保佑他。不完全符合我的意思，但──榮恩和妙麗在哪兒？』

哈利說：『這眞是個好問題。來吧。』

他們一起沿著走廊往前跑，牙牙在旁追趕。哈利聽見走廊裡到處都有動靜，奔跑的腳步聲、叫喊聲。他看到窗外黑漆漆的空地上，有更多光芒閃動。

『我們要去哪兒？』海格喘著氣問，他在哈利身後大步追趕，地板都在震動。

『我還不太清楚。』哈利說，又隨便轉了個彎，『但榮恩和妙麗一定在附近。』

前方通道上，已出現戰爭的第一批傷患，從另一扇破窗飛來的惡咒劈碎了把守教職員休息室入口的兩個石像鬼，它們的殘骸在地板上掙扎。哈利跳過其中一顆掉落的頭顱，它有氣無力的呻吟道：『哦，別管我……讓我躺在這兒化成灰吧……』

它醜陋的石頭臉，讓哈利忽然想起羅古德家那座羅威娜・雷文克勞雕像頭上的荒誕頭飾──然後又聯想到雷文克勞塔那尊雕像，它白色的鬈髮上有個石頭王冕……

他跑到走廊盡頭，第三尊石像的記憶浮上心頭，是個醜老巫師的雕像，哈利親手把一頂假髮和一個破舊不堪的皇冠戴在它頭上。哈利全身一震，就像喝了一口火燒威士忌，差點摔倒。

他終於知道分靈體在哪兒等著他……

誰也不信任、總是獨來獨往的湯姆・瑞斗，或許自大得以爲只有他一個人能參透霍格華茲城堡最深奧的秘密。當然，像鄧不利多和孚立維那種模範生絕對不會涉足那個特別的地方，但哈利在學校經常有離群獨處的需求——終於有個秘密是只有他跟佛地魔知道，而鄧不利多不知道的——

他被芽菜教授驚醒。芽菜教授像陣旋風跑過，後面跟著奈威和其他五、六個人，大家都戴著耳罩，抱著看起來像是大型盆栽的東西。

『魔蘋果！』奈威邊跑邊回頭對哈利喊，『從牆上丟下去——保證他們不好受！』

現在哈利知道該去哪兒了。他以最快的速度奔跑，海格和牙牙在後面緊追不捨。他們經過一幅又一幅畫像，畫中人物也跟著他們跑，穿褶領與及膝馬褲、盔甲與斗篷的巫師和女巫，爭相擠進別人的畫框，尖聲報告城堡各處傳來的消息。他們來到這條走廊的盡頭時，整座城堡都搖晃起來，強大的爆炸力把一個大花瓶從台座上炸了下來，哈利知道是一股比所有老師與鳳凰會成員更可怖的魔法力量攫住了它。

『不要怕，牙牙——不要怕！』海格喊道，但碎瓷片像砲彈碎片般在空中飛舞，那頭虛有其表的大獵豬犬拔腿狂奔，海格大步去追受驚的狗，丟下哈利一個人。

哈利在搖晃的走廊裡繼續前進，把魔杖舉在身邊待命。畫中的小武士卡多甘爵士陪他走了一整條走廊，從一幅畫跑進另一幅畫，身上的盔甲哐噹作響，聲嘶力竭的爲他打氣，他那匹胖嘟嘟的小馬用小跑步跟在後面。

『吹牛大王、惡棍、走狗、無賴！趕他們出去，哈利波特，叫他們滾蛋！』

哈利匆匆彎進另一條走廊，看見弗雷和一小群學生，包括李．喬丹和漢娜．艾寶，站在另一個空了的台座旁邊，本來這兒有座雕像，用來遮住一條秘密通道的入口。他們抽出魔杖，專心聆聽通道裡的動靜。

『好個適合作戰的晚上！』弗雷喊道，城堡又搖晃了一次，哈利快步跑過，心中既興奮又害怕。他從另一條走廊衝過，到處是貓頭鷹，拿樂絲太太嘶嘶低吼，揮著爪子企圖抓傷牠們，無疑是想把牠們趕回該待的地方……

『波特！』

阿波佛．鄧不利多擋住前方去路，魔杖舉得高高的。

『好幾百個小孩從我酒吧裡跑過，波特！』

『我知道，我們在疏散。』哈利道，『佛地魔──』

『發動攻擊，因為他們不肯把你交出去，是的。』阿波佛說，『我不是聾子，整個活米村都聽見他喊話。你們難道沒想到，可以留下幾個史萊哲林的學生當人質？你們剛才把好些食死人的孩子送到安全場所。把他們留下豈不更聰明？』

『這麼做是擋不住佛地魔的。』哈利說，『而且你哥哥絕不會這麼做。』

阿波佛冷冷哼了一聲，快步走開。

你哥哥絕不會這麼做……嗯，這是事實，哈利一邊這麼想，一邊繼續向前跑。鄧不利多連石內卜都保護了那麼久，所以絕對不可能拿學生當肉票……

哈利以滑壘的動作繞過最後一個轉角，迎面看見兩個人，不禁既鬆了一口氣，卻又生氣的大叫了一聲。來的是榮恩和妙麗，兩人各抱著一堆骯髒、彎曲的黃色物品，榮恩腋下還夾著一支掃帚。

『你們到底跑哪兒去了？』哈利叫道。

『密室。』榮恩說。

『密——什麼？』哈利說，在他們面前戛然停下。

『是榮恩，全是榮恩的點子！』妙麗興奮的說，『是不是精采極了？你離開後，我們在那裡，我就對榮恩說，就算其他幾個通通找到，又要怎麼毀掉它們？我們連那個杯子都解決不了！然後他想到了！蛇妖！』

『什麼——』

『消滅分靈體呀。』榮恩簡潔的說。

哈利的眼光落在榮恩和妙麗緊抱在手中的那些東西，現在他看明白了，是從死去的蛇妖枯骨上拆下來的彎曲巨牙。

『但你們怎麼進得去呢？』他問，目光從蛇牙轉到榮恩身上，『你必須說爬說語呀！』

『他會說！』妙麗小聲說，『示範給他看，榮恩。』

榮恩發出一種脖子被掐著似的、恐怖的嘶嘶怪聲。

『你就是這樣打開小金匣的。』他帶著歉意告訴哈利，『我試了幾次才弄對，但是，』他謙虛的聳聳肩膀，『最後我們還是進去了。』

『他眞是棒透了！』妙麗說，『棒透了！』

『所以……』哈利努力趕上他們的想法。『所以……』

『所以我們又破壞一個分靈體了。』榮恩說，他從外套裡取出被砸爛的赫夫帕夫金杯殘骸，『妙麗刺破的。我想該輪到她下手。她還沒機會享受這種樂趣呢。』

『眞天才！』哈利喊道。

『沒什麼啦。』榮恩說，但他一副志得意滿的表情，『你那邊有什麼新消息？』

正當他這麼說的時候，頭頂上傳來爆炸的巨響，三人一起抬頭望，天花板上灰塵嘩啦啦落了下來，遠處還傳來一聲慘叫。

『我已經知道王冕長什麼樣子了，也知道它藏在哪裡。』哈利以很快的速度說，『就是我藏那本舊魔藥學課本的地方。幾百年來，大家都把東西藏在那兒，他還以爲只有他找得到。來吧！』

牆壁又開始搖晃，他帶著其他兩人穿過秘密入口，下了樓梯進入萬應室。房間裡空盪盪的，只有三個女生，金妮、東施，還有一個戴著一頂被蟲蛀過的帽子的老女巫，哈利立刻認出她是奈威的奶奶。

『啊，波特。』她立刻說，好像一直在等他似的，『你可以告訴我們外面情況如何？』

『所有人都好嗎？』金妮和東施異口同聲的問道。

『就我們所知，都很好。』哈利說，『往豬頭酒吧的通路上還有人嗎？』

他知道，如果還有人在萬應室裡，房間就無法轉換。

『我是最後一個過來的。』隆巴頓太太說，『我把它封了起來，我想阿波佛離開酒吧以後，讓它開著是不智之舉。你見到我的孫子嗎？』

『他在作戰。』哈利說。

『那是當然。』老太太自豪的說，『恕我失陪，我必須去幫他。』

她以驚人的速度快步走向石砌的樓梯。

哈利看了一眼東施。

『我還以爲妳留在娘家陪泰迪？』

『我受不了什麼都不知道——』東施的表情很痛苦，『我母親會幫我照顧孩子——你看見雷木思嗎？』

『他計畫率領一群戰士到校園裡——』

東施一言不發，立刻離開。

『金妮，』哈利說，『對不起，但我們也要請妳離開。一會兒就好。妳馬上就可以回來。』

金妮對於有藉口離開這個避難所，似乎再高興不過了。

『妳馬上就可以回來！』哈利在金妮背後喊道，但她卻追在東施身後一起上了樓梯，『妳一定要回來！』

『等一下！』榮恩急著說，『我們還忘了一些人！』

『誰？』

『家庭小精靈，他們在廚房裡，不是嗎？』

『你是說，我們該派他們去作戰？』哈利問。

『不。』榮恩嚴肅的說，『我是說，我們該叫他們離開。我們不需要製造更多的多比，不是嗎？我們不能命令他們為我們而死——』

一陣劈哩啪啦響，妙麗手中的蛇妖牙齒全掉在地上。她跑到榮恩面前，嘴對嘴給他一個熱吻。榮恩也把手中的蛇牙和掃帚扔掉，熱烈回應，熱烈到把妙麗從地上舉了起來。

『這時候適合做這種事嗎？』哈利無力的問道，但只見榮恩與妙麗抱得更緊，身體還輕輕搖擺，他不得不提高聲音喊：『喂，外面在打仗呢！』

榮恩跟妙麗總算分開，但手臂仍纏繞在一起。

『我知道，夥伴。』榮恩看起來就好像後腦勺剛被搏格打中似的，『但是錯過現在，就沒有將來，不是嗎？』

『別鬧了，分靈體怎麼辦？』哈利大聲說，『你們可以——可以忍耐到我們拿到王冕嗎？』

『是啊——好啊——對不起——』榮恩說，他跟妙麗把蛇牙撿起來，兩個人臉頰都紅通通的。

三人回到樓上走廊。很明顯，他們待在萬應室的這段期間中，城堡裡的戰況已急轉直下，牆壁和天花板搖搖欲墜，空氣裡滿是灰塵。透過最近的窗戶，哈利看見紅、綠兩色的光芒已逼進城堡腳下，他知道食死人即將攻進城堡裡了。哈利低頭一看，看到巨人呱啦迂迴跑過，手中甩著一個像是從屋頂拆下來的石像鬼的東西，非常不高興的大聲咆哮著。

『眞希望他踩死幾個敵人！』榮恩說，附近傳來幾聲慘叫。

『只要不是踩死我們的人就好了！』一個聲音說。哈利回頭，看見金妮和東施，兩人都舉著魔杖，站在隔壁窗口，那扇窗已經少了幾塊玻璃。就在他看著的當兒，金妮已經對下面混戰的一群鬥士，發出一個精準的惡咒。

『好女孩！』有個人穿過灰塵向他們跑來，哈利再次見到阿波佛，他灰髮飛揚，率領一小群學生通過。『看來他們即將攻陷北面的城堞，他們帶了自己的巨人來！』

『你看見雷木思嗎？』東施在他背後喊道。

『他本來在跟杜魯哈對打。』阿波佛叫道，『後來我就沒再見到他！』

『東施，』金妮說，『東施，我相信他不會有事——』

但東施已經追著阿波佛身後，衝進滾滾塵煙中。

金妮無助的轉身面對哈利、榮恩和妙麗。

『他們不會有事的。』哈利說，雖然他知道這都是空話，『金妮，我們馬上就回來，妳不要擋路，注意安全——來吧！』他招呼榮恩和妙麗，他們跑回牆邊，萬應室在牆後等待，準備滿足下一個使用者的要求。

我需要一個藏所有東西的地方。哈利在腦海裡向它祈求，他們第三趟跑過時，那扇門出現了。

他們一走進門，就把門在身後關上，所有戰鬥的嘈雜聲頓時都消失了，只剩下寂靜。他們站在一個有大教堂那麼寬廣，乍看像座城市的地方，所有的高樓都是歷年來數以千計學生藏匿的物品所堆砌而成。

『他從來沒想到會有別人進來嗎？』榮恩說，他的聲音在寂靜中掀起回音。

『他以為只有他。』哈利說，『我也有需要藏東西的時候，對他而言真是太不幸了……這邊走。』他補充說，『我想是這個方向……』

他走過山怪標本和跩哥・馬份去年修理好、釀成大禍的『消失櫥櫃』，然後開始猶豫，打量著前前後後的垃圾物品，他想不起來接下來該怎麼走……

『王冕，速速前！』妙麗無計可施的喊道，但沒有任何東西破空向他們飛來。這房間就像古靈閣的地下金庫，不會那麼輕易就把隱藏的物品交出來。

『我們分頭進行。』哈利對兩名同伴說，『找一座戴著假髮和皇冠的老頭子石像！擺在一個櫥櫃頂上，而且一定就在附近……』

他們分頭向鄰近的走道快步走去。哈利聽見其他兩人的腳步聲在堆得比山還高的垃圾間迴響，這兒有瓶子、帽子、木箱、椅子、書本、武器、掃帚、球棒……

『一定就在附近。』哈利喃喃自語，『在哪兒呢……在哪兒呢……』

他越走越深入這座迷宮，找尋前一次進入這房間時的物品。他的耳朵裡聽見自己的呼吸聲，然後他的心臟開始狂跳，就在那兒，正前方，表面起泡的老櫥櫃，裡頭藏著他用過的魔藥學舊課本。櫥櫃頂上有座千瘡百孔的老巫師雕像，戴了頂滿是灰塵的舊假髮，還有一頂看起來陳舊、褪色的皇冠。

雖然距離還有十呎遠，但他的手已經伸了出去，此時背後忽然傳來一個聲音：『慢著，波特。』

他戛然止步，轉過身來。克拉與高爾並肩站在他後面，用魔杖指著他。透過他們兩人獰笑臉孔中間的縫隙，他看見了跩哥·馬份。

『你拿的那根是我的魔杖，波特。』馬份從克拉與高爾中間的空隙，伸出手上的魔杖說。

『已經不是你的了。』哈利喘著氣說，握緊手中的山楂木魔杖，『勝者得之，馬

份。你那把魔杖又是誰借你的？』

『我母親。』跩哥說。

哈利哈哈大笑，儘管當前的形勢並不怎麼好笑。他聽不見榮恩和妙麗的聲音。他們似乎爲了找尋王冕，已走到聽不見這邊聲音的地方。

『你們三個怎麼不去投奔佛地魔？』哈利問。

『我們會得到獎賞。』克拉說。他的聲音對塊頭這麼大的人而言，實在輕柔得令人訝異。從前哈利幾乎沒聽過他說話。克拉笑得像聽見人家承諾要給他一袋糖果的小孩。『我們留在後面，波特。我們決定留下，要抓了你去交給他。』

『好計畫。』哈利嘲弄的故作佩服狀。他無法相信，已經這麼接近目標，卻被馬份、克拉與高爾阻撓。他開始不露聲色，朝斜戴在那座胸像頭上的分靈體慢慢後退。只要能在戰鬥開始前，拿到那個東西……

『那你們是怎麼進來的？』他問道，試圖轉移他們的注意。

『去年一整年，我等於是住在這個藏東西的房間裡。』馬份的聲音很尖銳，『我當然有辦法進來。』

『我們躲在外面的走廊裡。』高爾的聲音很低沉。『現在我們會滅幻咒！然後，』他咧開嘴，露出一個沒頭沒腦的傻笑，『你忽然出現在我們面前，說要找一個「完麵」！「完麵」是啥玩意兒？』

『哈利？』哈利右側的牆後忽然傳來榮恩的聲音，『你在跟誰說話嗎？』

克拉動作極快，用魔杖指向那座高達五十呎，塞滿舊家具、破皮箱、舊書、袍子及其他無法辨識物品的小山，喊道：『低低降！』

那道牆開始搖晃，然後往榮恩站的那側倒塌下去。

『榮恩！』哈利大喊。從看不見的地方傳來妙麗的尖叫，哈利聽見不計其數的物品掉落在牆壁那頭的地上。他用魔杖指著殘餘的牆壁，喊道：『止止止！』使它穩定下來。

『不要！』馬份喊道，拉住克拉的手臂，讓他不要重複施咒，『你如果把整個房間砸掉，搞不好連他那個什麼王冕也埋在裡頭，找不到了！』

『有啥關係？』克拉抽出手臂，『黑魔王要的是波特，誰在乎什麼完麵？』

『波特特地來拿它。』馬份對同伴智商不足的不耐煩表露無遺，『這就代表——』

『「代表」？』克拉轉身面對馬份，惡狠狠的說，『誰在乎你怎麼想？我再也不聽你命令了，跩哥。你跟你老爸都完蛋了。』

『哈利？』榮恩在廢棄物牆壁後面再次喊道，『到底怎麼回事？』

『哈利？』克拉模仿，『怎麼回事——不要，波特！咒咒虐！』

哈利已撲向那頂皇冠。克拉的惡咒沒有擊中他，卻命中那座石像。石像飛到半空中，王冕也向上飛去，然後跟石像一起掉在一堆雜七雜八的物品中。

『住手！』馬份對克拉大聲喊道，他的聲音在大房間裡迴盪，『黑魔王要的是活口——』

『又怎樣？我沒要殺他，不是嗎？』克拉吼道，甩開馬份試圖制止他的手臂，『但如果我能，我會殺了他，反正黑魔王早晚要取他性命，有什麼不——』

一道紅光以毫釐之差從哈利身旁飛過，妙麗從他背後的轉角跑過來，正對克拉頭部發出一道昏擊咒。若非馬份把他拉開，否則本來可以命中的。

『是那個麻種！啊哇呾喀呾啦！』

哈利看見妙麗向一旁閃避，克拉竟動用索命咒，令他大為憤怒，當下所有其他念頭都被拋到一旁。他對克拉發出昏擊咒，克拉往旁邊一閃，撞掉了馬份的魔杖，魔杖滾到堆積如山的家具與箱子底下，消失了蹤影。

『不要殺他！不要殺他！』馬份對瞄準哈利的克拉與高爾大吼，他們遲疑的短短一瞬間，就是哈利行動的良機。

『去去，武器走！』

高爾的魔杖脫手而飛，消失在他身旁堆積如山的物品裡。高爾愚蠢的撲過去，企圖取回魔杖。馬份剛跳出妙麗第二次發射昏擊咒的攻擊範圍，榮恩也忽然在走道另一頭現身，對克拉發射全身鎖咒，但差了一點沒能命中。

克拉猛力轉身，再次尖聲喊道：『啊哇呾喀呾啦！』榮恩跳出視線，閃躲那道綠光。沒有了魔杖的馬份，躲在一座三隻腳的衣櫃後面，妙麗衝過來，途中用昏擊咒擊中高爾。

『就在這附近！』哈利對她喊道，指著舊皇冠墜落的那堆垃圾，『妳先找一下，我去幫榮──』

『哈利！』她尖叫。

身後傳來一波隆隆巨響，給他短暫的警告。他轉身只見榮恩和克拉沿著走道，沒命的朝他們這方向跑過來。

『熱得舒服嗎，人渣？』克拉邊跑邊吼。

但他好像無法控制自己施展的魔法。一股龐大的烈焰追著他們，兩旁的垃圾牆都被火焰吞捲，所經之處牆壁倒塌，漸漸化爲焦炭。

『水水噴！』哈利大叫，但魔杖尖端噴出的一道水箭，不一會兒就被蒸發了。

『快跑！』

馬份抓住被擊得昏沉沉的高爾，拖著他往外跑。克拉則跑得比誰都快，一副嚇壞了的模樣。哈利、榮恩、妙麗緊跟在他後面，火焰追逐著他們。這不是一般的火，克拉使用的是一種哈利完全沒聽過的惡咒。他們轉彎的時候，火焰仍追著不放，好像有生命、有知覺，蓄意要殺死他們。現在火焰開始變形，幻化成一群巨大的火獸，有著了火的毒蛇、獅面龍尾羊還有龍，不斷生生滅滅，起起落落，百年垃圾成爲牠們的獵物，被利爪抛向空中，送入血盆大口，然後被地獄的烈焰吞噬。

馬份、克拉與高爾已不見蹤影。但哈利、榮恩與妙麗卻進退不得，烈焰怪獸將他們團團圍住，揮舞著爪牙、尖角和尾巴，步步進逼。環繞著他們的熱度，像實體的牆壁一般牢不可破。

『我們怎麼辦？』妙麗在火焰震耳欲聾的咆哮聲中叫道，『我們怎麼辦？』

『接著！』

哈利從最近的一堆舊東西裡，挑出兩根看起來很沉重的掃帚，把其中一根扔給榮恩。榮恩把妙麗拉上掃帚，坐在自己背後。哈利跨腿騎上另一根掃帚，一蹬地面，他們就飛入空中。一隻長角的火焰猛禽，對他們張開尖喙，卻差了幾呎沒啄到。煙霧與熱氣籠罩了一切，下方的詛咒之火，大肆吞噬了歷代學生被通緝的走私物品、數以千計禁忌實驗的罪惡成果，還有不計其數在這個房間尋求庇護的靈魂秘密。哈利找不到馬份、高爾、克拉，他鼓起勇氣儘可能低飛，從恣意破壞的火魔上空掠過，希望能找到他們，但除了火焰，什麼也沒有。這種死法太可怕了……他從來沒有想過……

『哈利，我們出去吧，我們出去吧！』榮恩喊道，不過濃煙遮眼，根本看不見門在哪裡。

這時哈利在一片可怕的混亂與轟如雷鳴的火焰怒吼聲中，聽見一個悽慘、微弱的人類呼聲。

『太──危──險──了！』榮恩大吼，但哈利卻在空中轉身。眼鏡提供他少許遮擋煙霧的保護，他細細觀察下方的烈火風暴，找尋生命跡象，以及還沒有被燒成焦炭的手臂或臉……

看見他們了，馬份抱著昏迷的高爾，兩人蹲踞在幾張燒焦書桌堆成的高塔上，哈利俯衝下去。馬份見他過來，立刻舉起一隻手臂，但哈利一抓住就知道行不通，高爾太笨重，馬份又滿手汗水，他的手立刻從哈利手中滑脫──

『**如果你害我們為他們送命，我會殺了你，哈利！**』榮恩咆哮。一頭滿身烈焰的巨大獅面龍尾羊向他們撲來，他和妙麗連忙把高爾拖上他們的掃帚，東倒西歪的再度升空，馬份則爬上哈利的掃帚，坐在他背後。

『門口，到門口去，門口！』馬份湊在哈利耳邊尖叫。哈利加速前進，追在榮恩、妙麗、高爾後面，穿過令人幾乎無法呼吸的洶湧黑煙，他們周圍，正在狂歡慶祝的詛咒之火中的怪獸，把最後幾件還沒燒毀的物品拋入半空，杯子、盾牌、閃閃發光的項鍊，還有一頂褪色的舊皇冠──

『你幹什麼，你幹什麼？門口在那個方向！』馬份尖叫，但哈利卻來個一百八十度大轉彎俯衝下去。皇冠彷彿以慢動作墜落，向張開大口的火毒蛇口中落去，不斷翻滾、發出光芒，然後他抓住了它，把它套在手腕上──

火蛇向他撲來，哈利再轉個身，凌空而起，向他祈禱是門口所在的方向直飛而

去。榮恩、妙麗和高爾都不見了。馬份不斷尖叫的緊抱著哈利，勒得他肋骨發痛。總算飛出了濃煙，哈利看見牆上有個方塊，撥轉掃帚直飛過去，不久他就吸到了新鮮的空氣，接著撞上走廊對面的牆壁。

馬份從掃帚上摔下來，趴在地上喘息，並發出咳嗽和乾嘔聲。哈利翻身坐起，萬應室的門消失了，榮恩和妙麗也坐在仍然不省人事的高爾身旁喘氣。

『克──克拉，』馬份一恢復說話的能力，就結結巴巴的說，『克──克拉……』

『他死了。』榮恩毫不留情的說。

一陣沉默，只聽見喘氣和咳嗽聲。然後一連串隆隆撞擊聲撼動了城堡，一群透明的騎士疾奔而過，他們把自己的頭顱挾在腋下，一路叫罵喊殺。無頭騎士狩獵隊經過時，哈利蹣跚的站起張望一下左右，戰爭仍在四面八方進行。除了那批撤退的鬼魂，他還聽見更多慘叫聲，心情又慌張起來。

『金妮在哪裡？』他焦慮的問，『她本來在這裡。她應該回萬應室去的。』

『天啊，你想，那房間燒過以後還能用嗎？』榮恩問，但他也站了起來，揉揉胸膛，東張西望了一下。『要不要我們分頭去找？──』

『不要。』妙麗站起來說。馬份和高爾仍無助的躺在走廊地板上，他們都沒有魔杖。『我們守在一起──哈利，你手裡拿的是什麼？』

『什麼？哦，對了──』

他取下手腕上的王冕，高高舉起。它還有點燙手，被煤煙燻得墨黑，但細看還能辨識鐫刻在上面的小字：無量的智慧是人類最大的財富。

突然有種黑乎乎、黏搭搭像是血液的物質，從王冕裡流出來。哈利忽然感覺這東西一陣劇烈震動，接著就在他手中斷裂開來，同時他好像還聽見一陣微弱、遙遠的痛苦尖叫，不是從外面的田野或城堡某處傳來的回音，而是來自這個剛在他手心裡碎裂的東西。

『一定是惡魔之火！』妙麗瞪著那些碎片低聲驚呼。

『什麼？』

『惡魔之火——詛咒之火——它也能破壞分靈體，但我永遠、永遠不敢使用它，太危險了。克拉怎麼會知道如何——』

『或許跟卡羅兄妹學的。』哈利陰沉的說。

『可惜他們教他如何使它停止時，他沒有專心聽課，真是的。』榮恩說，他的頭髮像妙麗一樣都燒焦了，臉也燻黑了。『要不是他企圖殺死我們，他死了我還滿難過的。』

『但你們沒想到嗎？』妙麗小聲說，『這代表，我們只要再解決那條蛇——』

她的話忽然停住，因爲走廊裡忽然傳來一片吶喊、尖叫和清晰的打鬥聲。哈利的心跳幾乎停頓，莫非食死人已滲透到霍格華茲內部？這個時候弗雷與派西進入他們的視線之中，兩人都在跟戴著面具與帽兜的人作戰。

哈利、榮恩與妙麗跑上前助戰。一道道閃光飛向四方，跟派西對決的人快速退後，他的兜帽滑落，他們看見一個高高的額頭和亂糟糟的頭髮——

『哈囉，部長！』派西大吼，對希克泥發出一招乾淨俐落的惡咒，使他丟下魔杖，伸手抓住前襟，露出一副非常不舒服的模樣，『我有沒有跟你提過，我要辭職？』

『你在說笑話耶，派西！』弗雷喊道，跟他對打的食死人，在三招來自不同方向的昏擊咒攻擊之下不支倒地。而倒在地上的希克泥，全身還冒出一根根肉釘子，看起來活像個海膽。弗雷開心的望著派西。

『你眞的在說笑話，派西！……好久沒聽你說笑話了，自從你——』

空氣忽然炸裂開來。哈利、榮恩、妙麗、弗雷、派西，還有他們腳下兩個食死人（一個被擊昏，另一個被變形）本來全都聚在一起，以爲危險暫時遠去了，但就在那一瞬間，世界卻突然四分五裂。哈利的身體飛了出去，他只能用手臂護住頭部，盡量抓緊一根細細的木棒，也就是他唯一僅有的武器。他聽見同伴尖叫、喝叱，卻無法知道他們發生了什麼事——

然後周遭的世界變得痛苦、昏暗，他半個人埋在遭受可怕攻擊而泰半倒塌的走廊廢墟裡。冷空氣告訴他，這半邊城堡被炸飛了，而臉頰上熱呼呼的黏膩感，則讓他知道自己流了很多血。然後他聽見一聲淒厲的哭喊，將他的五臟六腑抽緊，那哭聲裡的痛苦，絕非火焰、詛咒所能造成。他搖晃著站起身，這是一天當中他最害怕的一刻，甚至可能是他一生中最害怕的一刻……

妙麗也掙扎著從瓦礫中站起，看見三個紅髮男子圍在被炸飛的牆壁原處。哈利拉住妙麗的手，他們一腳高、一腳低的跨過碎石和木片。

『不──不──不！』有人在大喊，『不！弗雷！不！』

派西搖晃著弟弟，榮恩跪在他倆身旁，弗雷瞪大眼睛，卻什麼也看不見了，他最後一聲哈哈大笑的影子還留在臉上。

32. 接骨木魔杖

世界已到了末日，爲什麼戰爭還沒結束？城堡還沒在恐懼中歸於沉寂？戰鬥者還沒全數放下武器？哈利的心成了自由落體，一路失控翻騰，無法理解這不可能的結果，弗雷·衛斯理不可能會死，一定是他所有的感官都在撒謊——

然後一具人體從學校側面被炸出的大洞掉進來，詛咒從黑暗中向他們飛來，擊中他們背後的牆壁。

『趴下！』哈利喊道，更多詛咒從暗夜裡飛來，他跟榮恩一起抓住妙麗，拉她臥倒在地上，但派西卻趴在弗雷的屍體上，保護他不受更多傷害。哈利大吼：『派西，過來，我們得離開！』他卻拚命搖頭。

『派西！』哈利看見眼淚從榮恩髒兮兮的臉上流下，他抓住哥哥的肩膀，用力拉扯，但派西就是不肯聽話。『派西，你不能再替他做什麼了！我們要去——』

妙麗尖叫一聲，哈利回頭一看，不需要任何解釋。一隻如小型汽車般大小的可怕蜘蛛，正嘗試從牆上一個大洞爬進來，阿辣哥的子孫也加入了戰役。

榮恩和哈利同聲大叫，他們的咒語撞在一起，那隻怪物向後被炸飛，許多隻腳瘋狂抖動，然後消失在黑夜裡。

『牠還帶了同伴！』哈利向其他人喊道，他從咒語在牆上炸出的洞口察看城堡邊緣，更多巨型蜘蛛正沿著建築物側面爬上來，都是從禁忌森林跑出來的，顯然食死人已滲透到那裡。哈利向下發射昏擊咒，領頭的怪物跌到同伴身上，大蜘蛛一隻接一隻滾落，掉到看不見的地方。然後有更多詛咒在哈利頭頂飛過，近得讓他可以感覺它們的力量吹得他頭髮飛揚。

『我們走，**就趁現在！**』

哈利把妙麗和榮恩往前一推，彎下腰從腋下托住弗雷的屍體。派西意識到哈利想做什麼，因此不再抱緊屍體，轉而動手幫忙。他們一起採取蹲姿，免得被下面飛來的咒語擊中，接著把弗雷挪到一旁。

『這兒。』哈利說。他們把他放在一個原來陳列甲冑的壁龕裡。他不忍心再多看弗雷一眼。確認屍體藏好後，他就去追趕榮恩和妙麗。馬份和高爾已經失蹤了。他看見滿地灰塵和落石、窗上玻璃也已掉光的走廊盡頭，很多人正跑來跑去，但看不出那些人是敵是友。轉個彎，派西暴喝一聲：『**羅克五！**』就向一個正在追逐兩名學生的高個子男人狂奔過去。

『哈利，這裡！』妙麗喊道。

她已經把榮恩拉到一張掛毯後面。他們好像在摔角，撲朔迷離的一瞬間，哈利還以為他們又在摟摟抱抱，然後他看清妙麗是在努力拉住榮恩，不讓他跟在派西身後跑去。

『**聽我說——聽著，榮恩！**』

『我要去幫忙——我要殺食死人——』

榮恩扭曲著臉，滿臉灰塵黑煙，因為憤怒和悲傷而全身都在顫抖。

『榮恩，只有我們能完成這件事！拜託——榮恩——我們需要那條蛇，我們必須殺死那條蛇！』妙麗說。

但哈利了解榮恩的心情，追尋另一個分靈體已經不能滿足復仇的意願。他也想去作戰，懲罰他們，懲罰那些殺死弗雷的人，他還想去找其他衛斯理家的人。最重要的是，他想確認金妮沒有——但他根本不准自己有這樣的念頭——

『我們一定會戰鬥！』妙麗說，『為了接近那條蛇，我們非戰鬥不可！但我們現在不能放棄——分內的工作！只有我們能結束它！』

妙麗也在哭，她邊說邊用燒焦的破衣袖擦臉，然後她深吸一口氣，讓自己冷靜下來。

妙麗仍緊緊抓著榮恩，轉身對哈利說：『我們需要知道佛地魔在哪兒，因爲他會跟那條蛇在一起，不是嗎？試試看，哈利——看進他的心！』

爲什麼那麼容易？難道是因爲他的疤已經痛了好幾個小時，渴望爲他展示佛地魔的心思？她一聲令下，他就閉上眼睛，尖叫聲、撞擊聲、所有戰鬥的雜音都被掩蓋，變得非常遙遠，好像他站在很遠、很遠的地方……

他站在一個荒廢但卻出奇熟悉的房間裡，牆上壁紙剝落，所有窗戶都釘上木板，只有一扇例外。進攻城堡的聲音微弱而遙遠。唯一沒被釘住的窗戶，可以望見遠處城堡所在的位置不斷迸出亮光，但房間裡很黑，只點了盞油燈。

他用手指轉著魔杖，看著它在手中滾動。他想著城堡裡的那個房間，只有他找得到的房間，那個房間就跟密室一樣，必須非常聰明、狡猾、充滿好奇，才找得到……他確信那個男孩一定找不到王冕……雖然這個鄧不利多的小木偶，進展遠比他預期……遠太多了……

『主人。』一個絕望而沙啞的聲音說。他回過頭，衣衫襤褸的魯休思·馬份坐在最黑暗的角落裡，那個男孩脫逃後他受懲罰的傷痕還在，他一隻眼睛仍然浮腫緊閉，『主人……求求您……我兒子……』

『如果你的兒子死了，魯休思，那可不是我的錯。他沒有像其他史萊哲林的學生一樣來加入我。說不定他決定跟哈利波特做朋友？』

『不——不可能的。』馬份喃喃說。

『你最好希望不要發生這種事。』

『主人，難道——難道您不擔心，波特死在別人手中嗎？』馬份問，他的聲音在顫抖。『難道不該……原諒我……取消這場戰鬥，由您——您親自到城堡裡去找他……比較萬無一失嗎？』

『別裝了，魯休思。你希望停戰，這樣你才有機會知道你兒子發生了什麼事。我不需要去找波特。今晚結束之前，波特自己會來找我。』

佛地魔低頭再看一眼手中的魔杖。這讓他不安……讓佛地魔王不安的事，一定要設法解決……

『去把石內卜叫來。』

『石內卜，主——主人？』

『石內卜。快去，我需要他。我要他的——服侍。快去。』

膽戰心驚的魯休思跌跌撞撞，從陰影裡走出來，離開了這個房間。佛地魔仍然站在那兒，用手指撥弄著魔杖，盯著它看。

『這是唯一的辦法，娜吉妮。』他低聲說，然後看了一下四周，那條粗壯的大蛇懸在半空中，在他爲她創造的魔法空間裡優雅的扭動著，那是個星光閃耀的透明圓球，像個發光的籠子，也像個魚缸。

哈利吁了口氣退回來，他睜開眼睛，發覺耳中立刻充滿戰鬥的呼嘯喊叫、東西破碎和撞擊的聲音。

『他在尖叫屋。蛇跟他在一起，牠周圍有某種魔法保護。他剛派魯休思・馬份去找石內卜。』

『佛地魔坐在尖叫屋?!』妙麗氣沖沖的說，『他——他甚至沒參加作戰？』

『他不認爲他需要作戰。』哈利說，『他認爲我會去找他。』

『但是爲什麼呢？』

『他知道我在找分靈體——他把娜吉妮留在身邊——顯然我非得去找他，才能接近那個東西——』

『這就對了。』榮恩挺起肩膀說，『所以你不能去，去了就正合他心意，落入他的算計。你留在這裡照顧妙麗，我去處理那條蛇——』

哈利打斷榮恩。

『你們兩個留下，我穿隱形斗篷去，我會盡快回來，只等——』

『不行。』妙麗說，『我穿斗篷去比較合理——』

『想都別想！』榮恩怒吼。

妙麗還想繼續往下說，但才說出：『榮恩，我能力夠——』他們所在的那段樓梯頂端的掛幔忽然撕裂開來。

兩個戴面具的食死人站在那兒，但他們的魔杖還沒來得及舉高，妙麗已經喊出：

『波特！』

『光光滑！』

他們腳下的階梯忽然被拉平，樓梯變成了滑梯，她與哈利和榮恩急滑而下，無法控制自己的速度，食死人的昏擊咒則從他們頭頂飛過。他們穿過樓梯底部隱藏著入口的掛幔，在地板上轉了幾圈，隨即撞上對面的牆壁。

『硬硬堅！』妙麗用魔杖指著喊道，隨即傳出兩聲響亮而令人不快的喀嚓聲，掛幔變成了石板，把追趕他們的食死人撞昏倒地。

『退後！』榮恩喊道，他和哈利與妙麗貼門而立，麥教授正趕著一大群奔跑的書桌，轟隆轟隆的從他們面前經過。她披頭散髮，臉上還劃破一道傷口，顯然沒看見他們。她跑過轉角後，他們還聽見她喊：『衝鋒！』

『哈利，你穿上斗篷。』妙麗說，『別管我們——』

但哈利甩開斗篷把三人都罩住，雖然他們體積龐大，但空氣裡塵土飛揚，不時有亂石墜落、惡咒閃光，他不認爲會有人注意到他們沒有身體的腳。

他們跑到下一道樓梯口，發現走廊裡有許多人正在捉對廝殺。戴面具或沒面具的食死人，跟學生或老師大打出手，兩旁掛的畫框裡擠得水洩不通，都在高聲提供忠告或喝采。丁贏了一根魔杖，正迎戰杜魯哈，而芭蒂則正在跟崔佛決鬥。哈利、榮恩、妙麗同時舉起魔杖準備攻擊，但決鬥者不斷穿梭，跳來跳去，如果發出咒語，很可能傷到自己人。就在他們全心戒備、找尋行動機會的當兒，傳來一陣『咿──咿！』的怪叫，哈利抬頭看見皮皮鬼颼的從他們頭頂飛過，把食肉藤豆莢丟在食死人身上，讓他們的臉忽然蓋滿不停扭動、像胖毛毛蟲的綠色塊莖。

『哎呀！』

一把塊莖落在榮恩頭頂的斗篷上，黏糊糊的綠色塊莖令人難以置信的懸浮在半空中，榮恩連忙設法把它們甩掉。

『這兒有隱形人！』一個戴面具的食死人用手指著大喊。

丁充分把握食死人一時分神的機會，用昏擊咒把他打得不省人事。杜魯哈企圖報復，但芭蒂對他發射了全身鎖咒。

『**我們走！**』哈利喊道，三人一起把斗篷裹緊，低下頭從打鬥的人群中疾衝而過，途中踩在一攤食肉藤的汁液上，差點滑一跤，然後便向通往入口大廳的大理石樓梯跑去。

『我是跩哥‧馬份。我是跩哥，我跟你們是同一邊的！』

跩哥站在樓梯口，向另一個戴面具的食死人求饒。哈利經過時擊昏了那個食死人，馬份四下張望，對他的救命恩人微笑，榮恩伸手從斗篷底下打了他一拳。馬份一屁股坐在那個食死人身上，嘴巴流著血，滿臉困惑。

『這是今晚我們第二次救你的命了，你這兩面討好的混蛋！』榮恩大喊。

樓梯上和大廳裡有更多人捉對廝殺，哈利一眼望去，到處都是食死人。牙克厲在前門附近跟孚立維教授對打，他們隔壁有個戴面具的食死人在跟金利決鬥。學生到處跑來跑去，有人抬著或拖著受傷的同伴。哈利對那個戴面具的食死人發了個昏擊咒，非但沒有命中，還差點打到剛從不知什麼地方鑽出來的奈威。奈威揮舞著一大把毒性強烈的毒觸手，它很高興的勾上最近的一個食死人，開始一圈圈纏上他的身子。

哈利、榮恩與妙麗快速跑下大理石階梯，他們左側有玻璃破碎了，記錄學院分數的史萊哲林沙漏時鐘，裡面的綠寶石撒落滿地，害得跑來跑去的人失足滑倒或腳步不穩。他們跑到一樓時，有兩個人從樓上陽台摔下來，一陣灰霧掠過，哈利彷彿看見一隻四足動物從大廳那頭跑來，一口咬住其中一個摔下來的人。

『不可以！』妙麗尖叫，她的魔杖發出震耳欲聾的風暴，把焚銳・灰背從無力掙扎的文妲・布朗身上往後拋起。他撞上大理石欄杆後還想奮力站起，但接著一道白光閃過，啪的一聲，一顆水晶球砸在他頭上，讓他倒在地上不再動彈。

『我還有很多！』崔老妮教授從欄杆上探出頭來，尖聲叫道，『想要的人都有份！來呀——』

她攞出網球發球的姿勢，從手提包裡掏出另一顆巨大的水晶球，魔杖一揮，水晶球就飛過大廳，砸破窗戶後飛到戶外。同一時間，沉重的木製大門被炸裂開來，有更多巨型蜘蛛爬進入口大廳。

恐懼的尖叫聲撕裂了空氣，打鬥的人紛紛散開，食死人和霍格華茲這邊的人都一樣，紅、綠兩色的光芒在空中飛舞，攻擊新來的怪物，但牠們只是抖抖身子，就又昂首前進，變得更加令人害怕。

『我們怎麼出去？』榮恩在一片尖叫聲中喊道，但哈利和妙麗還來不及答話，他們就都被推到一旁，因為海格像打雷似的衝下樓來，揮舞著他那把有花朵圖案的粉紅色陽傘。

『不要傷害牠們，不要傷害牠們！』他喊道。

『海格，不要！』

哈利忘了一切，他從斗篷底下跑出去，一路彎腰低頭，閃避著把整個大廳照得通亮的惡咒。

『海格，回來！』

但哈利還沒跑到半路，就看到發生了什麼事，海格衝進蜘蛛群中消失了人影，蜘蛛一陣倉皇疾走，在咒語的密集攻勢下擠成一團宣告撤退，海格被埋在牠們中間。

『海格！』

哈利聽見有人喊他的名字，但他已不在乎那是敵是友，他狂奔下了前門的階梯，跑進黑暗的校園裡。但是成群結隊的蜘蛛群卻已經帶著牠們的獵物離開，他完全看不見海格的影子。

『海格！』

他依稀看見一隻巨大的臂膀，從蜘蛛群中向他揮舞，但他追上前去，卻被一隻巨大的腳擋住去路，那隻腳從黑暗中伸出來，踏一步就讓他腳下的地面搖晃不已。他抬頭望去，一個二十呎高的巨人站在他面前，他的頭藏在黑影裡，藉著城堡大門射出的光，只看得見他樹幹般毛茸茸的小腿。他兇狠而靈活的舉起巨大的拳頭，一拳打破高層的一扇窗戶，碎玻璃如雨般落下，打在哈利身上，迫使他退回門口躲避。

『天啊——』妙麗不禁驚呼，她和榮恩趕上哈利，抬頭看到那個巨人正試著伸手到上面的窗戶裡，把人抓出來。

『不要！』榮恩在妙麗舉起魔杖時，抓住她的手制止，『要是擊昏他，他倒下時會壓垮半個城堡——』

『哈哥兒？』

呱啦從城堡一角蹣跚跑來，這時候哈利才明白，呱啦其實只是個小號的巨人。那個企圖把樓上的人捏死的大怪物四下張望一眼，發出一聲怒吼。他大步向體型較小的同族跑去時，石階也在震動，呱啦張開歪向一邊的嘴巴，露出有半塊磚頭大的黃板牙，然後他們像獅子般兇猛的扭打在一起。

『**快跑！**』哈利暴喝一聲。兩個巨人在夜色中打成一團，到處是駭人的怪吼與拳頭，他握住妙麗的手，一起衝下台階進入空地，榮恩跟隨在後。哈利還沒放棄找尋與解救海格的希望，他跑得極快，一直來到往禁忌森林的半途，才又突然停下來。

哈利立即感到呼吸不順，彷彿周圍的空氣結凍了，在他胸腔裡凝固成塊。形體從黑暗裡出現，非常深邃的黑暗形成迴旋流動的形體，像洶湧的波浪般湧向城堡，牠們的臉被兜帽遮住，牠們的呼吸斷斷作響……

榮恩和妙麗貼近他身旁，背後打鬥的聲音忽然消失了，像死一樣寂靜，唯有催狂魔能帶來的寂靜，沉甸甸的降落在夜裡……

『快啊，哈利！』妙麗的聲音好像來自非常遙遠的地方，『召喚護法，哈利，快啊！』

他舉起魔杖，但黯淡的絕望散佈到他全身，弗雷死了，海格一定會死，說不定已經死了。還有多少人死了他還不知道，他覺得靈魂好像已經離開他的軀殼……

『**哈利，快點！**』妙麗尖叫。

一百個催狂魔正在逼近，向他們滑翔而來，一路被哈利的絕望吸引，對牠們而言，這就像是一頓即將來臨的大餐……

他看見榮恩的銀色獵犬護法在空中迸現，微弱的一閃即逝，還看見妙麗的海獺也在空中扭動一下就不見了。他自己的魔杖在手中顫抖，他幾乎樂見即將來臨的遺忘，承諾將他掏空、不再有感覺……

這時，一隻銀色野兔、一頭野豬和一隻狐狸，從哈利、榮恩與妙麗頭頂飛過。這幾隻動物一接近，催狂魔就紛紛後退。又有三個人從黑暗裡走來，站在他們身旁，伸出魔杖繼續召喚護法，他們是露娜、阿尼和西莫。

『這樣就對了。』露娜鼓勵的說，好像他們又回到萬應室，這不過是一場單純的DA咒語訓練，『這樣就對了，哈利……來吧，想些快樂的事……』

『快樂的事？』他茫然的說，聲音沙啞。

『我們都還在這兒。』她低聲說，『我們還在作戰。來吧，就是現在……』

一蓬銀色的火花，然後是顫動的銀光，他使出最大的力量，雄鹿從哈利的魔杖尖端跳了出來。牠向前奔馳，逼得催狂魔四散逃竄，夜晚立刻恢復了暖意，但周遭戰鬥的聲音又再次充斥他的耳際。

『眞不知該怎麼感謝你們才好。』榮恩的聲音有點發抖，他向露娜、阿尼和西莫說，『你們剛救了──』

一聲怒吼，伴隨著山搖地動，禁忌森林的方向又有個巨人從黑暗裡跑出來，揮舞著一根比他們隨便哪一個都高的木棍。

『**快跑！**』哈利再次喊道，但其他人根本不需要提醒。大家在千鈞一髮之際散了開來，下一秒鐘，那怪物的大腳就落在他們剛才站的地方。哈利四下打量一眼，榮恩和妙麗還跟著他，但其他三人已經跑回去參加戰鬥了。

『我們趕快脫離攻擊圈吧！』榮恩喊道，因爲巨人再次揮起木棍，怪吼聲在黑夜裡迴盪，響徹了不斷爆發紅光、綠光照亮黑暗的空地。

『去渾拚柳那兒。』哈利說，『走吧！』

他奮力在心裡築了道牆，把所有的思緒塞進一個他現在不能去看的小空間，他想起了弗雷和海格，也替分散在城堡內外的親朋好友擔驚受怕，但這一切都必須等待，因爲他們必須快點跑，必須找到那條蛇以及佛地魔，因爲正如妙麗說的，這是結束一切的唯一辦法——

哈利全速奔跑，對自己能否超越死亡，感到半信半疑。從四面八方劃破黑暗的一道道惡咒光芒、湖邊澎湃如海的浪花，以及禁忌森林在無風的夜裡發出嘎吱嘎吱的怪聲，他都不放在心上。雖然連地面也好像故意跟他作對，坡度變高，但他這輩子從沒有跑得這麼快過。他是三人之中第一個看到那棵大樹，那棵用鞭子般的枝幹東抽西打、保護樹根上秘密的柳樹。

哈利氣喘吁吁的放慢速度，繞過連番揮出重擊的柳樹枝幹，在黑暗中張望它粗大的樹幹，找尋樹皮上那唯一能使老樹癱瘓的節瘤。榮恩和妙麗追過來，妙麗喘得說不出話。

『我們怎——怎麼進去？』榮恩氣喘吁吁的說，『我看——看得見那地方——要是歪腿還在——就好了——』

『歪腿？』妙麗喘不過氣的彎下腰，一手按著胸口，『你還算不算個巫師啊？』

『嗯——好吧——有了——』

榮恩四下看一眼，用魔杖指著地面一段樹枝唸道：『溫咖癲啦唯啊薩！』樹枝從地面飛起，像被風吹襲般在空中打個轉，隨即箭也似的穿過充滿威脅、拍打不已的枝條，往樹幹上撞去。它撞上樹根附近一個部位，瘋狂擺動的樹立刻靜止下來。

『好極了！』妙麗喘著說。

『慢著！』

在那搖擺不定的一秒鐘裡，空氣裡滿是戰鬥破壞與撞擊的聲音，哈利遲疑了下來。佛地魔要他這麼做，要他來……他是否會把榮恩與妙麗也帶入陷阱？

但接著現實向他逼來，十分殘酷卻簡單明瞭，接下來唯一能做的就是殺死那條蛇，蛇跟佛地魔在一起，而佛地魔在密道的盡頭……

『哈利，我們來了，進去吧！』榮恩一邊說，一邊推他向前。

哈利鑽進藏在樹根下面的地道，發覺比上次他們進來時擠迫多了。地道低矮，四年前，他們就不得不彎著腰前進，現在更是除了爬行沒有別的選擇。哈利一馬當先，他用魔杖照明，預期隨時會碰到障礙，卻沒有遇見。他們默不作聲的前進，哈利的眼睛緊盯著手中魔杖發出的搖曳光柱。

最後地道開始斜斜向上，哈利看見前方有一小點光線時，妙麗拉住了他的腳踝。

『斗篷！』她低聲說，『披上斗篷！』

他把手往後伸，她塞了一捲滑溜溜的布到他空著的手裡。他費了好些功夫，才把它罩在身上，輕輕說聲：『吶咨嘶！』然後熄了杖頭的光，繼續手腳並用向前爬，儘可能保持無聲無息，所有感官提高警覺，心裡預期隨時會被發現，會聽見某個冷酷的聲音，會看見綠色光芒閃爍。

然後他聽見正前方的房間傳來說話聲，但因爲密道的出口被一個看起來像舊板條箱的東西擋住，所以聲音有點不清楚。哈利幾乎不敢呼吸，慢慢接近出口之後，從板條箱和牆壁之間的縫隙向外窺視。

外面那個房間光線很暗，但他可以看見娜吉妮像條水蛇般，身軀忽而扭曲，忽而盤起，十分安全的待在那個星光閃爍、不藉任何支撐卻能飄浮在空中的魔法圓球裡。他還看見一張桌子的邊緣有隻修長、蒼白的手，正在玩弄一根魔杖。然後輪到石內卜說話。哈利的心中一緊，他躲藏的地方距離石內卜只有幾吋遠。

『……主人，他們的抵抗即將瓦解——』

『——不需要你出力，就能達到這種結果。』佛地魔用他高亢、清晰的聲音說，『雖然你是個法力高強的巫師，賽佛勒斯，但我看現在你也不能造成任何差異了。我們幾乎已經成功了……幾乎。』

『讓我去找那男孩，讓我把波特帶來給你。我有把握找到他，主人。求求你。』

石內卜從缺口前面大步走過，哈利稍微後退一些，眼睛盯著娜吉妮，思索著有什麼咒語可以穿透牠周圍的保護層，但他什麼也想不出來。只要失敗一次，就會洩漏他的位置……

佛地魔站起身。現在哈利可以看見他，紅眼睛、扁平如蛇的臉，他的蒼白在昏暗的室內彷彿發出一種幽光。

『我有個問題，賽佛勒斯。』佛地魔柔聲說。

『主人？』石內卜說。

佛地魔舉起接骨木魔杖，非常珍惜而精確的舉著它，像指揮家拿著指揮棒似的。

『爲什麼它在我手裡不能發揮作用，賽佛勒斯？』

沉默中，哈利想像他能聽見那條蛇在盤旋、伸展的時候，發出輕微的嘶嘶聲，又或許那是佛地魔如蛇的嘆息，停留在空氣裡？

『我的──我的主人？』石內卜不解的說，『我不懂。你──你已經用那根魔杖使出超凡入聖的魔法了。』

『不，』佛地魔道，『我使出的是一般的魔法。我是超凡入聖，但這根魔杖……不對，它沒有實現它承諾的奇蹟。我覺得這根魔杖跟我多年前向奧利凡德購買的那根魔杖，沒什麼不同。』

佛地魔的語氣沉思而冷靜，但哈利的疤開始抽搐、疼痛。痛楚在他的前額累積，他感覺壓抑的怒氣在佛地魔心裡逐漸升高。

『沒什麼不同。』佛地魔重複了一遍。

石內卜沒有說話。哈利看不見他的臉，他不知道石內卜是否已意識到危險，試圖找到正確的應對方式，讓他的主人放心。

佛地魔開始繞著房間踱步，他走來走去時，哈利有好幾秒鐘看不見他，只聽見他用同樣控制得很好的聲音說話，但哈利承受的痛苦卻在持續增加。

『我用心思考了很久，賽佛勒斯……你知道我為什麼把你從戰場上叫回來嗎？』

有一瞬間，哈利看到了石內卜的側影，他的眼睛盯著那條在魔法籠子裡盤起身子的蛇。

『不，主人，但我求你讓我回去。讓我去找波特。』

『你說這話真像魯休思。你們都不像我這麼了解波特，他不需要找，波特會來找我。我知道他的弱點，你瞧，他有個大弱點。他不願眼睜睜看著其他人為了他，在他身邊一一被打倒，他會不計代價終止這種事。他會來的。』

『但是，主人，他可能意外被別人殺死──』

『我給食死人的指令非常清楚，活捉波特、殺死他的朋友──殺得越多越好──但不要殺他。

『但我想談的是你，賽佛勒斯，而不是哈利波特。你對我來說很有價值，非常有價值。』

『主人知道我只願意爲你服務。但——讓我去找那男孩吧，主人。讓我把他帶到你身邊，我有把握——』

『我告訴過你了，不行！』佛地魔說。他再度轉身之前，哈利看見他眼裡冒出紅光。他用動斗篷的唰唰聲，也像一條在地面遊走的蛇。透過灼痛的疤痕，哈利感覺到佛地魔的不耐煩。『目前我最關心的，賽佛勒斯，是當我終於見到那男孩時，會發生什麼事！』

『主人，毫無問題，一定是——』

『——但的確有問題，賽佛勒斯。有的。』

佛地魔打住話頭，哈利又能清楚看見他，他讓接骨木魔杖在指尖滑動，盯著石內卜。

『爲什麼我使用過的魔杖，用在哈利波特身上都會失敗？』

『我——我無法回答這問題，主人。』

『無法嗎？』

怒火刺進哈利的額頭，像根釘子敲了進去，他把拳頭塞進嘴巴，以防自己痛喊出聲。他閉上眼睛，忽然他變成了佛地魔，瞪著石內卜蒼白的臉。

『賽佛勒斯，我的紫杉木魔杖能做到我要求的每一件事，除了殺死哈利波特以外。它失敗過兩次。奧利凡德在酷刑下告訴我孿生杖芯的秘密，他叫我用別人的魔杖。我照辦了，但魯休思的魔杖碰到波特的魔杖就碎裂了。』

『我——我想不出原因，主人。』

石內卜沒在看佛地魔，他的黑眼睛仍然盯著在保護球裡盤繞著身子的巨蛇。

『我找到第三根魔杖，賽佛勒斯，這接骨木魔杖，是命運魔杖、死神魔杖。我從它前一個主人那裡把它取來。我從鄧不利多的墳墓裡取得它。』

這次石內卜看著佛地魔，石內卜的臉像一張死亡面具，蒼白得像大理石，毫無表情、眼神空洞，他說話時眞會教人大吃一驚，以爲死人突然復活了。

『我的主人——讓我去找那男孩——』

『勝利已經在望，而我則是整個漫漫長夜都坐在這裡，』佛地魔說，音量像在說悄悄話，『思考著，思考著，爲什麼接骨木魔杖不願展現它應有的優點？爲什麼不能像傳說中那樣，爲合法的主人發揮它應有的力量……我想我找到了答案。』

石內卜沒有說話。

『或許你已經知道？畢竟你是個聰明人，賽佛勒斯。你一直是個忠心的好僕人，我對這種不得已的事感到很遺憾。』

『我的主人——』

『接骨木魔杖不能好好服侍我，賽佛勒斯，因爲我不是它眞正的主人。接骨木魔杖屬於殺死它上一個主人的巫師。你殺了鄧不利多。只要你活著，賽佛勒斯，接骨木魔杖就不會眞正屬於我。』

『我的主人！』石內卜抗議，舉起了魔杖。

『沒有別的辦法。』佛地魔說，『我必須成為魔杖的主人，賽佛勒斯。成為魔杖的主人，我才能贏過波特。』

佛地魔用接骨木魔杖劃破空氣，它沒對石內卜做什麼，極短的一瞬間，他似乎以為自己被赦免了，但佛地魔的企圖很快就明朗。蛇籠從空中滾來，石內卜連一聲都來不及喊，頭和肩膀就被它吸了進去，佛地魔用爬說語說：

『殺！』

一聲可怕的慘叫。哈利看見石內卜的臉失去了僅有的一點血色，臉色更加蒼白，黑眼睛瞪得極大。蛇的毒牙刺入他的咽喉，石內卜無法把魔法的籠子從身上推開，膝蓋漸漸無力，最後倒在地板上。

『我很遺憾。』佛地魔冷酷的說。

他轉過身，眼神裡毫無悲傷、毫無悔意。離開這間破屋去發號施令的時刻已經到了，現在魔杖會對他唯命是從。他用魔杖一指星光滿佈的蛇籠，它就向上飄，放開了石內卜。石內卜倒向一旁，鮮血從脖子上的傷口泉湧而出。佛地魔頭也不回，快步走出房間，巨蟒飄浮在保護球裡，跟在他身後。

哈利在地道裡恢復自己的心智後睜開眼睛。他嘴裡有血的味道，之前為了不讓自己叫出聲，他緊咬住手指關節。現在他透過板條箱和牆壁之間的縫隙望去，只見一隻穿黑色靴子的腳在地板上顫抖。

『哈利！』妙麗在他背後輕喚，但他已經用魔杖指著擋住視線的木箱。它在空中升高一吋，無聲無息向旁邊移開。他儘可能不出聲的撐起身體，爬進房間。

他不知道自己爲什麼要這麼做，爲什麼要接近這個垂死的人。他不知道看見石內卜蒼白的臉，還有那幾根努力壓著脖子上血淋淋傷口的手指時，是什麼感覺。哈利脫下隱形斗篷，低頭看著他憎恨的這個人。石內卜渙散的黑眼睛看到了哈利，試圖要說話。哈利彎下腰，石內卜抓住他長袍的前襟，把他拉到面前。

石內卜喉嚨裡發出一陣可怕而刺耳的咕嚕咕嚕聲。

『拿……去……拿……去……』

除了血，還有別的東西從石內卜身上流出來，不是氣體也非液體的銀藍色物質，從他的嘴巴、耳朵、眼睛裡湧出來，哈利知道那是什麼，卻不知道該怎麼辦——妙麗平空變出一個長頸瓶，塞到他手裡。哈利用魔杖挑起那銀色物質放進瓶口，等到瓶子裝到將滿溢時，石內卜看起來體內不剩一滴血，他抓著哈利長袍的手才放鬆。

『看……著……我……』他輕聲說。

綠眼睛迎上了那雙黑眼睛。過了一會兒，黑眼睛深處的什麼東西似乎消失不見，變得死板、僵硬而空虛。原本抓著哈利的手，啪答一聲落在地板上，石內卜就此不動了。

33. 王子的故事

哈利依然跪在石內卜身旁，低頭瞪著他，直到猝然間某個高亢冷酷的聲音在咫尺之處響起，哈利才跳了起來，雙手緊握住小水晶瓶，以爲佛地魔又回到房間來了。

佛地魔的聲音在牆壁與地板間迴盪，哈利這才明白他是對霍格華茲及附近地區說話，活米村的居民及那些仍在城堡中頑抗的人都會聽得一清二楚，好像他就站在他們旁邊，氣息就吹在他們的頸背上，隨時都能奪走他們的性命。

『你們戰鬥過了，』高亢冰冷的聲音說，『打得很英勇。佛地魔王懂得勇氣的可貴。然而你們的損失慘重。要是你們繼續抗拒，你們全都會死，一個也逃不了。我不希望走到這一步田地。魔法的血，每流一滴都是一種浪費和損失。

『佛地魔王是有慈悲心的。我在此命令我的部下撤退，立刻就撤退。給你們一個小時的時間，安葬你們的死者，照料你們的傷者。

『哈利波特，現在我直接跟你說話。你眼睜睜看著朋友爲你而死，卻不敢自己來面對我。我會在禁忌森林等一個鐘頭，如果一個鐘頭之後你還沒來找我，還沒棄械投降，那麼戰火就將再度蔓延。而這一次，我會親自出馬，哈利波特，我會把你揪出來，我會懲罰每一個想窩藏你的男人、女人、小孩。一個鐘頭。』

榮恩、妙麗都拚命搖頭，看著哈利。

『別聽他的。』榮恩說。

『沒事的。』妙麗狂亂的說，『我們——我們回城堡裡吧！既然他是要去禁忌森林，我們只需要想出一個新的計畫——』

她瞧了石內卜的屍體一眼，匆匆走回隧道入口，榮恩尾隨她。哈利撿起隱形斗篷，低頭望著石內卜。他不知道有什麼感覺，只覺得震驚，石內卜竟然就這麼死了，而他被殺的原因竟是……

他們順著隧道往回爬，誰也不說話，哈利卻納悶不知榮恩與妙麗是否和他一樣，至今仍聽見佛地魔的聲音在腦海中迴響。

眼睜睜看著朋友爲你而死，卻不敢自己來面對我。我會在禁忌森林等一個鐘頭……一個鐘頭……

城堡前方的草坪上似乎散落了一堆堆東西。此時距離黎明最多不過一個小時左右，卻是暗得伸手不見五指。三人匆忙走向石階，只見眼前一段小船般大的圓木孤零零的倒在地上，不見呱啦或是攻擊他的人蹤影。

城堡靜得很不自然。這時已不見閃光，也沒有轟隆聲、尖叫聲、吆喝聲。入口大廳的石板地上處處是鮮血，遍地都是綠寶石、大理石碎片和破裂的木頭，部分的欄杆也被炸掉了。

『大家都上哪兒去了？』妙麗低聲說。

榮恩領頭進入餐廳，哈利在門口停下。

學院的桌子不見了，餐廳擠滿了人。大難不死的人一群群站著，摟住彼此的肩膀。受傷的人躺在架高的平台上，由龐芮夫人及一群幫手在治療。傷者中還包括了翡冷翠，他的側腹血流不止，他不停顫抖，幾乎無法站立。而死者則一排排躺在餐廳中央。哈利看不見弗雷的遺體，因為他的家人環繞著他。喬治跪在他的頭側，衛斯理太太全身顫抖的撲在弗雷的胸膛上，衛斯理先生輕撫她的頭髮，淚水也不斷滾落。

榮恩與妙麗一句話也沒對哈利說，逕自走開。哈利看見妙麗走向金妮，擁抱她，金妮的臉腫了，滿是斑點。榮恩加入了比爾、花兒、派西，派西伸手摟住了榮恩的肩膀。金妮與妙麗向其餘的家人靠近，哈利清楚的看見了躺在弗雷旁邊的屍體，那是雷木思與東施，兩人蒼白靜止、臉色祥和，看似在漆黑的魔法天花板下睡著了。

餐廳彷彿飛走了，變得更小，收縮了，哈利搖搖晃晃退向門口。他無法呼吸，他受不了看見更多屍體，看見還有誰爲他而死。他沒辦法加入衛斯理一家人，沒辦法直視他們的眼睛，要是他一開始就投降，弗雷現在可能還好好活著……

他轉身衝上大理石階梯。路平、東施……他好希望沒有感覺……他好希望能扯出自己的心臟，所有的內臟，一切在他體內嘶吼的東西……

城堡空洞洞的，就連幽靈似乎都到餐廳與大家一起哀悼。哈利足不點地的一路飛奔，手裡緊握住裝了石內卜最後思緒的長頸瓶，一口氣衝到校長辦公室外的石像鬼前。

『通關密語？』

『鄧不利多！』哈利不假思索的張口就喊道，因爲他一心期盼要見的人是他。讓他驚訝的是石像鬼竟然眞的滑開，露出了後面的螺旋石梯。

可是哈利一衝入圓形辦公室，就發現辦公室不一樣了。掛滿了牆壁的畫像都是空的，一個前任校長都沒留下，看來每個都跑了出去，從排列在城堡中的畫像疾衝而過，以便看清楚目前的狀況。

哈利無助的瞧了瞧鄧不利多空空的畫像，那幅畫像就掛在校長的椅子正後方。接著他又向後轉，儲思盆仍安放在原本的櫃子裡，哈利將石盆端下來放在桌上，再將石內卜的記憶倒入邊緣有古代神秘文字的寬盆裡。躲進別人的腦海會是一種得天獨厚的解脫……就連石內卜留下的東西都不可能會比他自己的思潮更加恐怖了。回憶打著漩渦，呈現樣子怪怪的銀白色。哈利毫不遲疑的一頭栽了進去，甚至還帶著一點自暴自棄的態

度，彷彿這樣可以減輕折磨他的悲痛。

他筆直落入陽光下，雙腳觸及溫暖的土壤。他站直身子後，看見自己是在一個沒什麼人的遊樂場裡。遙遠的天際線只有一根龐大的煙囪。兩個女孩在盪鞦韆，一個瘦巴巴的男孩躲在一叢灌木後看著她們。他的黑髮過長，衣服也互不搭配——倒像是故意的。他穿著過短的牛仔褲、可能是成人的過大破爛風衣，還有一件孕婦裝似的怪襯衫。

哈利朝那名男孩走去。石內卜不過九、十歲的年紀，黃黃瘦瘦的，但是肌肉倒很發達。他看著兩個女孩中年紀小的那個將鞦韆越盪越高，瘦削的臉上有著毫不遮掩的貪婪。

『莉莉，別這樣！』年紀大的女孩尖叫。

可是小女孩在鞦韆盪到最高點時鬆開了手，飛向天空，像真的在飛行似的，快樂得大笑。但是她並沒有摔落在遊樂場的瀝青地上，反而像馬戲團的空中飛人一樣在空中滑翔，停留了很長的時間之後，輕輕巧巧的落地。

『媽咪不是教妳別這樣嗎！』

佩妮涼鞋的鞋跟拖在地上，停住了鞦韆，弄出了輾壓的聲音，隨即跳下鞦韆，雙手扠腰。

『媽咪說妳不可以，莉莉！』

『可是我沒事啊。』莉莉說，仍然咯咯笑個不停，『佩妮，妳來看，看我會什麼。』

佩妮東張西望，遊樂場除了她們姊妹倆之外，看不見一個人，她們當然不知道石內卜躲在附近。莉莉從石內卜藏身的灌木叢撿起一朵落花。佩妮走上前，顯然是在好奇心與責任感之間左右為難。莉莉等到佩妮夠近了，看得清楚時，她才攤開手掌。花朵在她手心上，花瓣一開一闔，就像有許多層殼的怪異牡蠣。

『不要弄了！』佩妮尖聲大叫。

『不會傷害妳的。』莉莉說，不過她還是拳起手掌，把花丟回地上。

『這樣不對。』佩妮說，但一雙眼睛卻盯著落在地上的花，流連不去，『妳是怎麼弄的？』她又問，語氣中的渴望絕對錯不了。

『很明顯，不是嗎？』石內卜不再躲躲藏藏，反而從灌木叢後跳了出來。佩妮尖叫，向後跑到鞦韆那裡，莉莉雖然也嚇著了卻一步不動。石內卜似乎很後悔冒冒失失的跑出來，他看著莉莉，蠟黃的臉上泛出隱隱酡紅。

『什麼事很明顯？』莉莉問。

石內卜有種緊張興奮的樣子。瞄了遠處的佩妮一眼，她在鞦韆旁進也不是退也不是，石內卜壓低聲音說：『我知道妳是誰。』

『你是什麼意思？』

『妳是……妳是女巫。』石內卜悄悄的說。

她一臉不高興。

『那可不是什麼好聽的話！』

她轉身，鼻子朝天，大步走向姊姊。

『不！』石內卜說，現在滿臉通紅。哈利不禁納悶他爲什麼不脫下那件可笑的大衣，除非是因爲他不想露出底下的孕婦裝。他追在兩個女孩身後啪噠啪噠跑著，活像隻蝙蝠，跟他成年的模樣極爲相似。姊妹倆打量著他，現在因爲同仇敵愾而行動一致。兩人都握著一根鞦韆柱，彷彿那是最安全的保障。

『妳眞的是，』石內卜對莉莉說，『妳眞的是女巫。我觀察妳有一陣子了。女巫沒什麼不好，我媽就是女巫，而我是個巫師。』

佩妮的笑聲聽來像一盆冰水。

『巫師！』她尖聲大喊，如今既然已從他貿然現身的震驚中恢復過來，勇氣也跟著回來了。『我倒是知道你是誰。你是石內卜家的孩子！他們住在河邊的紡紗街。』她跟莉莉說，從她的口吻可以知道，那個地方是很上不了檯面的。『你幹嘛偷看我們？』

『我沒有偷看。』石內卜說，頭髮髒兮兮的他，在燦爛的陽光下覺得又熱又不舒服。『就算偷看也不是在看妳，』他不屑的又加一句，『妳只是個麻瓜。』

佩妮就算不懂那是什麼意思，也不會不明瞭他的口氣。

『莉莉，走了啦！』她尖銳的說。莉莉立刻聽姊姊的話，臨走前還惡狠狠的瞪了石內卜一眼。他站在原處，看著她們穿過遊樂場的柵門。此時只剩下哈利一個人看著他，他看出石內卜苦澀的失望表情，也明白了石內卜計畫這一刻已有一陣子了，結果卻樣樣出錯……

這一幕逐漸淡去，在哈利回過神來之前，他已經置身另一個場景。此刻他在一小叢樹木間，一條波光粼粼的小河從樹木間穿過。樹木投下一片清涼的綠蔭，兩個孩子面對面盤腿而坐。石內卜已脫下大衣，那件奇怪的孕婦裝在半明半暗的光線下也比較沒那麼怪誕了。

『……要是妳在校外施展魔法，魔法部會處罰妳，妳會接到信的。』

『可是我已經在校外施展過魔法啦！』

『那不算，我們還沒拿到魔杖。小孩子是可以通融的，因爲小孩子還沒辦法控制，可是只要一滿十一歲，』他鄭重其事的點頭，『他們開始訓練妳之後，那妳就得特別當心了。』

短暫的一陣沉默。莉莉撿起了一根小樹枝，在空中畫圈，哈利知道她是在想像樹枝尾端噴出火花。接著她放下了樹枝，身體傾向男孩說：『是眞的，對不對？你不是在開玩笑吧？佩妮說你是在騙我，佩妮說根本就沒有學校叫什麼霍格華茲的。可是是眞的，對不對？』

『對我們來說是眞的。』石內卜說，『對她就不是了。不過我們會收到信的，妳跟我。』

『真的？』莉莉低聲問。

『百分之百真的。』石內卜說，即使頭髮剪得亂七八糟，身上的衣服也怪模怪樣，但是趴在莉莉面前的這個小男生卻顯出不容人小覷的態度，對自己的命運充滿自信。

『真的會用貓頭鷹送來嗎？』莉莉低聲問。

『通常都是。』石內卜說，『可是妳是麻瓜家庭出身的，所以會有人從學校來，跟妳的父母解釋。』

『麻瓜出身會有什麼關係嗎？』

石內卜欲言又止，他的黑眸在綠蔭下焦急的搜尋那張蒼白的臉、那頭暗紅的頭髮。

『不會。』他說，『不會有什麼關係。』

『那好。』莉莉放鬆下來說，很顯然她一直在爲這件事擔心。

『妳有很強的法力。』石內卜說，『我親眼看見過。我一直在觀察妳……』

他的話說到一半就斷掉，因爲她沒在聽，她伸展四肢，躺在鋪滿落葉的草地上，仰望著頭頂的樹葉。他盯著她看，貪婪的眼神一如在遊樂場時一樣。

『你家裡怎麼樣？』莉莉問。

他的雙眉間出現細微的皺紋。

『還好。』他說。

『他們不再吵架了嗎？』

『喔，他們還是照吵不誤。』石內卜說，抓起了一把落葉，一片片撕開，顯然沒察覺自己在做什麼。『反正不用再忍多久了，我要離開了。』

『你爸是不是不喜歡魔法？』

『他什麼都不喜歡。』石內卜說。

『賽佛勒斯？』

聽見她叫他的名字，石內卜的嘴角彎出一個微笑。

『幹嘛？』

『再跟我說一次催狂魔。』

『妳幹嘛老是問這個？』

『要是我在學校外使用魔法——』

『他們不會為了這點小事就把妳交給催狂魔的！催狂魔是專門對付眞的做了壞事的大壞蛋的，牠們是巫師監獄阿茲卡班的獄卒。妳不會被關到阿茲卡班的，妳太——』

他的臉又脹紅了，又撕碎了更多落葉。這時哈利身後傳來微微的沙沙聲，他轉過身，是佩妮，她藏在樹後卻不小心弄出了聲音。

『佩妮！』莉莉喊，既驚訝又高興，但石內卜卻跳了起來。

『現在是誰在偷看了？』他大吼，『妳想幹嘛？』

佩妮大口喘氣，因為形跡敗露而狼狽不堪。哈利看得出她腦筋不停的轉，想找出

什麼傷人的話來說。

『哼，看你穿的什麼狗屁。』她說，指著石內卜的襯衫，『你媽的衣服？』

啪一聲，佩妮頭上的樹枝掉落。莉莉大聲尖叫，樹枝打中了佩妮的肩膀，她踉蹌倒退，淚水奪眶而出。

『佩妮！』

但佩妮轉身就跑，莉莉氣沖沖轉過身來。

『是不是你弄的？』

『不是我。』他看來既挑釁又害怕。

『就是你！』她步步後退。『就是你！你弄傷了她！』

『不——不，我沒有！』

但他的謊言並沒有說服莉莉。兇巴巴的瞪了他一眼之後，莉莉跑步離開了小樹叢去追姊姊了，而石內卜一臉的淒慘迷惑……

場景再次改變。哈利左右張望，他在九又四分之三月台，微微駝背的石內卜站在他旁邊，他身邊是名與他極爲神似、臉色蠟黃又表情不悅的婦人。石內卜瞪著不遠處的一家四口，兩個女孩稍微離父母一段距離，莉莉似乎是在懇求姊姊。哈利走過去一點聽。

『……對不起，佩妮，眞的對不起！妳聽我說——』她抓住姊姊的手，佩妮想要甩開，但她牢牢抓住不放。『等我到了那裡之後——不，聽我說，佩妮！等我到了那裡之後，說不定我可以去找鄧不利多教授，請他改變心意！』

『我不要——不要——去！』佩妮說，硬生生甩掉了妹妹的手。『妳以為我會稀罕什麼白癡城堡，稀罕變成一個——一個——』

她淡色的眼睛在月台上來回梭巡，看見貓咪在飼主的懷中喵喵叫，貓頭鷹在籠子裡拍翅呼嚕，學生忙著把行李抬上猩紅色的蒸氣火車，有些已換上了黑色長袍，有些則高興的招呼一個暑假沒見的同學。

『——妳以為我會稀罕變成——怪胎嗎？』

莉莉的眼中盈滿了淚水，無力抓回姊姊的手。

『我不是怪胎。』莉莉說，『妳這樣說太不公平了。』

『妳就是。』佩妮意猶未盡的說，『妳現在就要去一間專門為怪胎開的學校。妳跟那個石內卜家的臭小子……怪胎，你們兩個都是。真是謝天謝地，把你們跟正常人隔離開了，那樣我們才安全。』

莉莉瞄了父母一眼，兩人正以津津有味的神情打量月台，不肯錯過眼前的一點一滴。莉莉轉過頭來，聲音低沉兇猛。

『妳在寫信給校長，哀求他讓妳入學的時候，可不覺得那是一間怪胎學校啊。』

佩妮一張臉脹成了豬肝色。

『哀求？我才沒哀求呢！』

『我看了他的回信，寫得眞是親切啊。』

『誰叫妳偷看的——』佩妮低聲說，『那是我的信——妳怎麼敢？——』

莉莉偷瞄了附近的石內卜一眼，露出了馬腳。佩妮倒抽口氣。

『是那個臭小子！妳跟那個臭小子偷溜進我房間！』

『不——我們沒有偷溜——』這下換成莉莉在為自己辯護，『賽佛勒斯看見了信封，他只是不相信麻瓜可以和霍格華茲聯絡罷了！他說一定是有巫師在郵政系統工作——』

『哼，巫師都是群愛管閒事的東西！』佩妮說，臉色白得像紙，『怪胎！』她恨恨的咒罵妹妹，跑回父母身邊……

這一幕又變模糊。緊接著石內卜快步走在霍格華茲特快車的走道上，他已換上學校制服，可能是有生以來第一次脫掉可怕的麻瓜服飾。最後他停下來，站在一間車廂外，裡頭有群吵鬧的男生在講話，而莉莉就縮在窗邊一角，臉貼著玻璃窗。

石內卜打開車廂門，坐在莉莉對面。她瞧了他一眼，又回頭望著窗外。她剛才一直在哭。

『我不要跟你講話。』她用哽咽的聲音說。

『爲什麼？』

『佩妮恨——恨我，因爲我們看了鄧不利多的來信。』

『那又怎樣？』

她非常討厭的瞪了他一眼。

『她是我姊姊！』

『她不過是個——』他及時吞下到口邊的話。莉莉忙著偷偷拭淚，沒聽見他說什麼。

『可是我們要去了啊！』他說，無法抑制聲音中的狂喜，『我們現在就要到霍格華茲去了！』

莉莉點著頭擦眼睛，雖然難過，也忍不住綻開小小的笑容。

『妳最好是在史萊哲林。』石內卜更加開心的說，因爲她也高興了一點。

『史萊哲林？』

車廂中有個男生原本對莉莉或石內卜興趣缺缺，一聽見這話就回過頭來。哈利原本全心全意看著窗邊的兩人，現在突然看見了他的父親，瘦小、黑髮，一如石內卜，但一看就知道他來自備受寵愛的幸福家庭，這是石內卜望塵莫及的。

『誰想要進史萊哲林啊？那我得趕快溜了，是不是啊？』詹姆問坐在他對面的男生，哈利悚然一驚，明白了他是天狼星。天狼星的臉上沒有一絲笑容。

『我們全家人都在史萊哲林。』他說。

『哎唷，』詹姆說，『不過你倒還挺正常的嘛！』

天狼星嘻嘻一笑。

『說不定我會打破傳統呢。要是你能選的話，你要上哪個？』

詹姆作勢舉起一把隱形的劍。

『「葛來分多，那裡有著蘊藏在內心深處的勇氣！」就跟我爸一樣。』

石內卜不以爲然的哼了一聲，詹姆轉過頭來。

『怎麼？你有意見嗎？』

『沒。』石內卜說，但他那輕輕的一聲哼，說的卻是另一回事，『要是你情願要肌肉不要腦筋的話——』

『那你要唸哪一個呢，既沒肌肉又沒腦筋的傢伙？』天狼星搶白說。

詹姆捧腹大笑。莉莉坐直，臉色很紅，厭惡的看看詹姆又看看天狼星。

『走吧，賽佛勒斯，我們換個車廂。』

『喲喲喲……』

詹姆和天狼星模仿她高傲的語氣，詹姆在石內卜走過時還伸腿想絆倒他。

『再會了，鼻涕卜！』一個聲音高喊，車廂門砰的一聲甩上……

眼前的情景又一次模糊……

哈利就站在石內卜的身後，面對著燭光閃耀的餐桌，一張張興奮的臉排成長龍。麥教授高聲唱名：『莉莉・伊凡！』

他看著自己的母親兩腿發抖的上前，坐在搖搖晃晃的凳子上。麥教授把分類帽戴在她頭上，帽子剛觸及那頭暗紅色的頭髮，不到一秒鐘，就高喊：『葛來分多！』

哈利聽見石內卜發出小小的呻吟。莉莉摘掉帽子交給麥教授，匆匆走向歡呼的葛來分多學生，但她一面走一面回頭看了石內卜一眼，臉上掛著淡淡的苦笑。哈利看見天狼星往旁邊挪了挪，讓出位子給她。她看了他一眼，似乎認出他是火車上的那個男生，立刻雙手抱胸，不客氣的背對著他。

唱名繼續。哈利看著路平、佩迪魯，還有他父親相繼加入莉莉與天狼星，在葛來分多餐桌上入座。最後，只剩下十二名學生尚待分類，麥教授叫了石內卜的名字。

哈利跟著他一起走向凳子，看著他戴上了分類帽。『史萊哲林！』分類帽高喊。賽佛勒斯・石內卜走向餐廳的另一邊，與莉莉漸行漸遠，到了史萊哲林歡呼迎接他的地方，胸前掛著級長閃亮徽章的魯休思・馬份，在石內卜坐下時拍拍他的背……

場景又換……

莉莉與石內卜穿越城堡庭院，顯然在爭吵。哈利連忙趕上去，聽他們吵些什麼。一走過去，他就明白他們兩個都長高了許多，可見分類儀式結束後已經過了好幾年。

『……我以為我們是朋友？』石內卜在說，『最好的朋友？』

『我們是啊，小勒，可是我不喜歡跟你來往的某些人！對不起，可我就是看艾福瑞和莫賽博不順眼！莫賽博！他到底哪裡好，小勒？鬼頭鬼腦的！你知不知道前天他對瑪麗・麥唐納做了什麼？』

莉莉走到一根柱子前，倚著柱子抬頭望著那張瘦削蠟黃的臉。

『那沒什麼。』石內卜說，『那只是開個玩笑而已——』

『那是黑魔法，要是你覺得那會好笑——』

『那波特跟他那夥搞的鬼呢？』石內卜質問，臉色又脹紅，似乎無法克制他的忿恨。

『你怎麼會又扯上波特了？』莉莉問。

『他們晚上偷偷溜出去，那個路平一定有問題，他老是不見，去了哪裡？』

『他病了。』莉莉說，『他們說他是生病——』

『每次滿月就生病？』石內卜問。

『我知道你在想什麼。』莉莉說，聲音聽來頗爲冰冷，『你爲什麼一天到晚就只注意他們？你幹嘛去管他們晚上都在做什麼？』

『我只是想讓妳知道，他們並不像外表看起來的那麼好。』

他熱切的凝視，害她紅了臉。

『起碼他們不會使用黑魔法。』她壓低聲音，『而且你眞的很忘恩負義。我聽說那天晚上發生的事情，你偷偷摸摸下去渾拚柳旁邊的地道，還是詹姆·波特救了你——』

石內卜的五官都扭曲了，他結結巴巴的說：『救我？救我？妳以爲他是英雄？他是在救他自己跟他那一夥！妳不准——我不准妳——』

『你不准？你說不准？』

莉莉的綠眼瞇成了一條縫，石內卜立刻改採低姿態。

『我不是那個意思——我只是不想看妳被愚弄——他對妳有意思，詹姆．波特對妳有意思！』這番話似乎是硬生生從他口中擠出來的，『而且他不是……大家都以爲他是……魁地奇的大英雄——』石內卜的苦澀與厭惡害他前言不對後語，而莉莉的眉毛也越挑越高。

『我知道詹姆．波特是個自大的小混蛋。』她說，打斷了石內卜的話，『這點用不著你來告訴我。可是艾福瑞和莫賽博所謂的幽默感也一樣邪惡。邪惡，小勒。我眞不懂，你怎麼能跟那種人交朋友。』

哈利懷疑石內卜是否聽見了莉莉對艾福瑞和莫賽博的批評，因爲他似乎一聽見莉莉臭罵詹姆．波特，整個人就放鬆了下來。他們離開時，石內卜的腳上似乎裝了彈簧……

這一幕又淡去……

哈利再次看見石內卜，是在考過了黑魔法防禦術的普等巫測之後，他離開餐廳，從城堡出來信步閒晃時，漫不經心的走到了詹姆、天狼星、路平、佩迪魯坐的山毛櫸樹下。但哈利這次沒有跟著過去，因爲他知道會發生什麼事。詹姆會將石內卜倒吊在半空中，開口嘲弄他。他知道他們做了什麼、說了什麼，而他絲毫不覺得再聽一遍會讓他開心。他看著莉莉加入這群人，爲石內卜仗義執言。他模模糊糊聽見石內卜在羞怒交加下出言侮辱她，喊出那不可原諒的話：『麻種！』

場景又改變了……

『對不起。』

『我不想聽。』

『真的對不起！』

『你省省吧。』

這時是晚上。莉莉穿著睡袍，雙手抱胸，站在葛來分多塔入口胖女士的畫像前。

『我會出來，完全是因爲瑪麗說你威脅要在門口打地鋪。』

『我真的會這麼做，但我不是故意要罵妳麻種的，只是——』

『不小心說溜了嘴？』莉莉的語氣毫無憐憫，『來不及了，這麼多年來我一直在爲你找藉口，我的朋友沒有一個了解我爲什麼會跟你說話。你跟你那群寶貝食死人朋友——看吧，你竟然連否認都沒有！你竟然沒有否認你們就是打算要變成那種人！你巴不得快點加入「那個人」是吧？』

石內卜張開嘴又閉上，一個字也沒說。

『我再也不能假裝了。你選了你的路，我選了我的。』

『不——聽我說，我不是故意——』

『——罵我麻種嗎？賽佛勒斯，每個像我這種出身的人都被你叫麻種，我又憑什麼特別呢？』

他苦苦思索，正要回答，她已經臉上掛著輕蔑，轉過身爬回了洞口……

走廊消失了，下一幕花了點時間才浮現。哈利似乎是飛過許許多多變幻不定的形狀和顏色，最後四周終於穩定下來。他站在一座山頭，孤零零的一個人，夜寒露重，冷風拂過幾棵沒有樹葉的樹木。長大成人的石內卜不斷喘氣，東張西望，手中緊握魔杖，等待著某事發生，或是某人來臨……他的恐懼也感染了哈利，即使他知道自己是不會受到傷害的，但他也忍不住扭頭看，猜測著石內卜是在等什麼——

忽然間，一道炫目的閃電形白光劃破天際，哈利第一個想到的是閃電，但石內卜卻跪下來，魔杖飛出了掌心。

『別殺我！』

『我並不想殺你。』

鄧不利多現影的聲響被風吹枝椏的聲音給掩蓋了。他站在石內卜面前，長袍呼呼作響，臉孔被手上魔杖的光芒給照亮了。

『怎麼了，賽佛勒斯？佛地魔王要你來傳什麼話？』

『不——不是傳話——是我自己要來的！』

石內卜不斷絞著手，看起來有點像瘋子，尤其是那頭糾纏的黑髮隨風亂舞的樣子。

『我是來警告你——不，是來要求你——拜託——』

鄧不利多魔杖輕點，雖然樹葉樹枝仍被風吹得亂抖，但他與石內卜相對而立的地方卻是一片寂靜。

『食死人會想要求我什麼事？』

『那——那個預言……預測……崔老妮……』

『啊，是了。』鄧不利多說，『你對佛地魔王透露了多少？』

『每一個字——我聽見的每一個字！』石內卜說，『所以才——就是因為這樣——他認為那是指莉莉・伊凡！』

『預言並沒有提到女人。』鄧不利多說，『而是一個七月底出生的男孩——』

『你明明知道我的意思！他認為那是指她兒子，他決定要追捕她——殺光他們全家——』

『既然她對你這麼重要，』鄧不利多說，『佛地魔王總會看在你的面子上饒她一命吧？你難道不能為做母親的求情，拿她兒子的命來換她的？』

『我有——我求過了——』

『你眞讓我噁心。』鄧不利多說，哈利從未聽過鄧不利多的聲音飽含這麼多的不屑。石內卜似乎有些畏縮。『你是壓根就不在乎她丈夫和兒子的死活了？隨便他們去死好了，只要你自己如願就行了？』

石內卜一言不發，只是仰望著鄧不利多。

『那就把他們都藏起來。』他嗄聲說，『讓她——讓他們——安全。拜託！』

『而你要怎麼回報我呢，賽佛勒斯？』

『回──回報？』石內卜張口結舌的瞪著鄧不利多。哈利等著他抗議，但過了很久很久，他說：『悉聽尊便。』

山頂畫面褪去，哈利這次站在鄧不利多的辦公室裡，不知是什麼發出了恐怖的聲音，好像是受傷的動物。石內卜的手肘撐著膝蓋，失魂落魄的坐在椅子上，鄧不利多站在他面前，臉色凝重。過了一、兩分鐘，石內卜抬起頭，神情就像是離開了山頂之後，已經在悲慘中度過了一百年。

『我以爲……你會……保她……保她平安……』

『她和詹姆看錯了人。』鄧不利多說，『就跟你一樣，賽佛勒斯。你不是也希望佛地魔王會饒她一命嗎？』

石內卜的呼吸淺促。

『她的兒子活下來了。』鄧不利多說。

頭微微一動，石內卜似乎在趕開一隻討厭的蒼蠅。

『她兒子活下來了，他有他母親的眼睛，一模一樣的眼睛。你記得莉莉‧伊凡眼睛的形狀和顏色吧？』

『住口！』石內卜怒吼，『走了……死了……』

『這算懊悔嗎，賽佛勒斯？』

『我眞希望……我眞希望是我死了……』

『你死了又對誰有好處呢？』鄧不利多冷酷的說。『如果你愛莉莉・伊凡，如果你眞的愛她，那麼你未來的道路早已寫得清清楚楚了。』

石內卜彷彿是從痛苦的迷霧向外看，鄧不利多的話隔了很久才鑽入他的耳中。

『你是——你是什麼意思？』

『你知道她是怎麼死的，又是爲什麼而死，別讓她白白犧牲，幫助我保護莉莉的兒子。』

『他不需要保護，黑魔王走了——』

『——黑魔王會再回來，到時哈利波特就會陷入可怕的危險之中。』

漫長的一陣沉默，石內卜緩緩恢復了自制，控制住自己的呼吸。最後他說：『很好，很好。但是不准——不准說出去，鄧不利多！這件事只能你知我知！發誓！我受不了……尤其是波特的兒子……我要你一句話！』

『賽佛勒斯，你要我絕不能透露你高貴的一面？』鄧不利多嘆氣，俯視石內卜兇惡痛苦的臉，『哎，如果你堅持的話……』

辦公室漸漸消失，卻又慢慢出現。石內卜在鄧不利多面前來回踱步。

『——平庸、自大，跟他父親一個樣。不把校規看在眼裡，就愛出風頭、引人注意、莽撞、沒禮貌——』

『你只看見了你想看見的部分，賽佛勒斯。』鄧不利多說，一逕看著《今日變形術》，頭也沒抬。『其他老師都說這孩子謙虛可愛，而且相當有才華。我個人呢，倒覺得他是個很有魅力的孩子。』

鄧不利多翻了一頁書，仍是頭也不抬的說：『麻煩你留意一下奎若好嗎？』

四周色彩飛旋後一切變暗，緊接著石內卜與鄧不利多站在入口大廳一段距離外，聖誕舞會最後一批落單的學生從他們身前經過，準備回宿舍睡覺。

『怎麼樣？』鄧不利多喃喃說。

『卡卡夫的標記變暗了。他慌了手腳，唯恐會遭到報應。你也知道，在黑魔王失勢之後，他幫魔法部出了多少力。』石內卜斜睨鄧不利多歪鼻子的側影，『卡卡夫打算萬一標記灼痛，他就要逃之夭夭。』

『是嗎？』鄧不利多輕聲說。這時花兒．戴樂古與羅傑．達維咯咯笑著從外面進來。『那你是不是也心動了，想加入他？』

『不。』石內卜說，黑眸盯著漸行漸遠的花兒及達維，『我不是懦夫。』

『對。』鄧不利多同意，『你比依果．卡卡夫要勇敢多了。你知道，我有時候覺得我們分類分得太快了……』

他邁步走開，留下石內卜一臉愕然……

現在哈利又來到了校長室。時間是夜晚，鄧不利多斜靠在寶座似的椅子上，顯然陷入半昏迷狀態。他的右手無力的垂在身側，焦黑灼傷。石內卜喃喃唸著咒語，魔杖指著鄧不利多的右手手腕，而左手則握著高腳金杯，將杯中濃稠的黃金藥液灌入鄧不利多口中。一、兩分鐘後，鄧不利多的眼皮眨了眨，睜了開來。

『爲什麼？』石內卜說，一句廢話也沒有，『爲什麼你要把戒指戴上？那上頭有惡咒，想必你也知道，爲什麼還要去碰它？』

魔佛羅．剛特的戒指擺在鄧不利多面前的辦公桌上，已經裂開了，而葛來分多寶劍就放在旁邊。

鄧不利多露出苦澀的表情。

『我……是傻瓜。抗拒不了誘惑……』

『什麼誘惑？』

鄧不利多沒有回答。

『你能回到這裡根本就是奇蹟！』石內卜聽起來很火大，『那只戒指上頭有格外強大的咒語，我們目前只希望能暫時壓制住它。我暫時把咒語困在一隻手上——』

鄧不利多舉起他焦黑無用的手，細細檢查，臉上的表情像在檢視什麼有趣的古董。

『你做得很好，賽佛勒斯。你覺得我還有多少時間？』

鄧不利多的語氣就像在聊天，彷彿他只是在問天氣預報。石內卜躊躇了一下說：

『我也說不準。可能一年吧。這樣的咒語是擋不住的，最後還是會擴散，那是一種力量與時俱增的咒語。』

鄧不利多微笑著，最多只能再活一年的消息對他好似無關緊要。

『我很幸運，非常非常幸運，有你在我身邊，賽佛勒斯。』

『要是你早點叫我，我說不定還可以幫你再爭取更多的時間！』石內卜忿忿說道。他低頭看著寶劍和破裂的戒指。『你以爲粉碎戒指就可以破除咒語嗎？』

『差不多……顯然我是興奮得沖昏了頭……』鄧不利多說。他費了番力氣才能在椅子上坐直。『啊，其實呢，這讓事情更簡單了。』

石內卜完全給弄糊塗了。鄧不利多卻微笑著。

『我說的是佛地魔王在我四周編織的羅網，他要那個可憐的馬份家男孩謀殺我的計畫。』

石內卜在哈利經常佔據的椅子上坐下，看著對面的鄧不利多。哈利看得出來他還想繼續談論鄧不利多受詛咒的手，但鄧不利多卻禮貌的表示不願再談此事。石內卜皺著眉頭說：『黑魔王並不指望跩哥能得手，那只不過是要懲罰魯休思最近幾次的失敗，慢慢折磨跩哥的父母，讓他們眼睜睜看著兒子失敗，付出代價。』

『換句話說，那孩子就跟我一樣，已經被宣判死刑了。』鄧不利多說，『那麼一旦跩哥失手，接手這樁任務的不二人選，一定是你囉？』

短暫的沉默。

『我想那就是黑魔王的計畫。』

『佛地魔王已經預見了在不久的將來，他已經不需要在霍格華茲設耳目了？』

『他相信，學校很快也會落入他的掌握。』

『萬一眞的落入了他的掌握之中，』鄧不利多說，幾乎像竊竊私語，『你向我保證過，你會盡全力保護霍格華茲的學生？』

石內卜僵硬的點頭。

『好。那麼現在，你的當務之急是打探出跩哥的計畫。一個嚇慌了的十幾歲少年無論對別人或對他自己都是莫大的危險。給予他幫助和指導，他應該會接受的，他喜歡你——』

『——自從他父親失寵之後，就沒那麼喜歡了。跩哥認爲是我的錯，我篡奪了魯休思的位子。』

『還是一樣，去試試看吧。我倒不怎麼關心我自己，反而是那個孩子想到的計畫可能會牽連無辜的受害者，這點更教我擔心。當然，如果我們要讓他逃過佛地魔王的怒火，到頭來只有一個法子。』

石內卜挑高眉毛，譏誚的問：『你是打算讓他殺了你嗎？』

『當然不是。我要你來殺我。』

一陣漫長的沉寂，只有一種怪異的喀喀聲，是鳳凰佛客使正在嚼墨魚骨。

『你要不要我現在就殺啊？』石內卜問道，聲音裡充滿濃濃的諷刺。『還是先給你幾分鐘，讓你寫完你的墓誌銘？』

『喔，不是現在。』鄧不利多笑吟吟的說。『我敢說時候很快就會到了。從今晚發生的事來看，』他指了指焦黑枯萎的手，『我們可以確定一年之內一定會發生。』

『既然你不介意死亡，』石內卜粗聲粗氣的說道，『那爲什麼不乾脆讓跩哥下手算了？』

『那孩子的靈魂，還不到無可救藥的地步。』鄧不利多說，『我不要因爲我而徹底摧殘了它。』

『那麼我的靈魂呢，鄧不利多？我的呢？』

『只有你知道，幫助一個老人避免痛苦和羞辱，是不會傷害你的靈魂的。』鄧不利多說，『我向你討這個莫大的人情，賽佛勒斯。因爲死亡確定會找上我，就跟查德利砲彈隊鐵定會在今年的聯盟賽事裡墊底一樣。我承認在這件混亂又勢必延長的事情上，我寧願選擇迅速無痛的退場，比如說，萬一灰背也牽涉在內的話──我聽說佛地魔又徵召他了？或是親愛的貝拉，她總喜歡在吃下食物前先盡情戲弄一番。』

鄧不利多的語氣輕鬆，但藍眸卻穿透了石內卜，就如經常穿透哈利一樣，彷彿他們所討論的靈魂是看得見的。最後石內卜又草草點了個頭。

鄧不利多看來很滿意。

『謝謝你，賽佛勒斯……』

辦公室消失，此刻石內卜與鄧不利多正在黃昏空盪盪的校園漫步。

『你都在和波特幹什麼？這些晚上你們都關在辦公室裡？』石內卜突然開口問。

鄧不利多一臉疲憊。

『怎麼？你不會是又要罰他勞動服務吧，賽佛勒斯？這孩子很快就會有做不完的勞動服務了。』

『他完全是他父親的翻版——』

『外表上或許是，但內在的本質卻更像他母親。我跟哈利在一起，是有事要和他討論，給他一些資訊，以免來不及。』

『資訊？』石內卜接著說，『你信任他……卻不信任我。』

『這不是信任不信任的問題。我們兩人都知道，我的來日無多了，所以必須要把足夠的資訊交給他，讓他去做必須做的事。』

『那我爲什麼不能知道同樣的資訊？』

『我比較喜歡，不要把所有秘密都放在同一個籃子裡，尤其是一個長時間掛在佛地魔王手臂上的籃子。』

『那可是你吩咐我這麼做的！』

『而你做得非常好。別以爲我低估了你目前的處境是步步危機，賽佛勒斯。讓佛地魔得到看似珍貴的情報，同時又要隱瞞住眞正重要的內情，這樣的大事我只託付給你一個人。』

『可是你卻把許多機密，告訴一個連鎖心術都學不會、法力平庸無奇、還跟黑魔王心智有直接連結的小子！』

『佛地魔畏懼這份連結。』鄧不利多說，『就在不久前，他稍稍嚐到了什麼是分享哈利心智的眞正滋味，那是他從未經歷過的痛苦。他不會再設法控制哈利了，這點我很確定，至少不是那種方式。』

『我不明白。』

『佛地魔王的殘破靈魂，沒辦法承受和哈利這樣的靈魂親密接觸，那就如同舌頭黏上了冰凍的金屬，血肉在火焰中燒灼——』

『靈魂？我們不是在談心智嗎？』

『以哈利和佛地魔王的例子來說，兩者其實是一體兩面。』

鄧不利多環顧四下，確定只有他們兩人。他們這時正在禁忌森林邊緣，四周沒有閒雜人等。

『在你殺了我之後，賽佛勒斯——』

『你凡事對我有所保留，可是你卻還期望我爲你做這件舉手之勞！』石內卜咆哮道，瘦削的臉上寫滿了眞正的怒氣，『你把太多事看得太理所當然了，鄧不利多！說不定我已經改變心意了呢！』

『你答應我了，賽佛勒斯。既然你說到了虧欠我的舉手之勞，你不是說會特別留意我們的史萊哲林小朋友嗎？』

石內卜滿臉慍怒的愛理不理。

鄧不利多嘆了口氣。

『今晚到我辦公室來，賽佛勒斯，十一點，你就不會抱怨我有事瞞著你了……』

他們回到了鄧不利多的辦公室，窗戶黝黑，佛客使默默棲息在牠的位置上，石內卜也一動不動坐著，只有鄧不利多一面繞著他踱步，一面說話。

『哈利絕不能知道，要等到最後一刻，等到緊要關頭，否則他哪裡來的力量去做必須要做的事？』

『他到底必須要做什麼？』

『這是哈利跟我之間的事。現在聽仔細了，賽佛勒斯，將來會有一天──在我死後──別爭辯，別插嘴！將來會有一天，佛地魔王會擔心他那條蛇的生命。』

『娜吉妮？』石內卜愕然以對。

『一點也沒錯。如果有一天佛地魔王不再派他的蛇出外執行他的命令，卻讓牠安全的待在身旁，以魔法來保護牠。那麼我想，就可以告訴哈利了。』

『告訴他什麼？』

鄧不利多做個深吸吸，閉上眼睛。

『告訴他在佛地魔王想殺他的那晚，在莉莉用自己的生命擋在他們之間時，索命咒逆火反彈擊中了佛地魔王，結果佛地魔的靈魂有一小塊給炸飛了，那一小塊靈魂就附著在斷瓦亂石堆中唯一活著的靈魂上。有部分的佛地魔王活在哈利體內，就因爲如此他才會說爬說語，才會和佛地魔王產生了他永遠也想不通的連結。然而只要那一小塊的靈魂，佛地魔未曾察覺的那片靈魂，一直附著在哈利身上，受了他的保護，佛地魔王就不會死。』

哈利似乎是從長長的隧道一端看著那兩個人，他們距離好遙遠，聲音很奇怪的在他耳中回響。

『所以那孩子……那孩子非死不可？』石內卜相當鎮定的問。

『而且必須由佛地魔親自動手，賽佛勒斯。這點至關重要。』

又一陣漫長的沉默。接著石內卜說：『我以爲……這麼多年來……我們是爲了她在保護他的，爲了莉莉。』

『我們保護他，是因爲必須要教導他、養育他，讓他鍛鍊自己的力量。』鄧不利多說，仍閉著眼睛。『而在此同時，他們之間的連結也越來越強，那是一種寄生蟲式的成長，有時我以爲他自己也懷疑過。如果我算是了解他的話，哈利會在面對自己的死亡之前做好一切安排，而這意味著佛地魔的末日眞的來臨了。』

鄧不利多睜開眼睛，石內卜一臉驚駭。

『你保他活命，就爲了讓他在適當的時刻死掉？』

『別那麼震驚，賽佛勒斯。你親眼看過多少人死亡？』

『最近嘛，只有那些我實在無力拯救的人。』石內卜說，他站了起來，『你利用了我。』

『怎麼說？』

『我爲你臥底、爲你說謊、爲你冒生命危險，而這一切應該都是爲了讓莉莉・波特的兒子平安。現在你卻告訴我，你養大他，是爲了讓他像送進屠宰場的豬——』

『啊，眞是太感人了，賽佛勒斯。』鄧不利多嚴肅的說，『難道說你畢竟是漸漸喜歡上這孩子了？』

『喜歡他？』石內卜大吼，『疾疾，護法現身！』

他的魔杖尖端湧出一頭銀色母鹿，落在辦公室地板上，接著奮力一躍飛出了窗外。鄧不利多看著母鹿飛走，銀光消逝之後，他才轉頭看著石內卜，眼中閃爍著淚光。

『這些年來都是這樣？』

『一直都是。』石內卜說。

這一幕消散。

現在哈利看見石內卜對著辦公桌椅子背後的鄧不利多畫像說話。

『你必須把哈利離開他阿姨、姨丈家的正確日期告訴佛地魔。』鄧不利多說，『不這麼做的話，他必定會起疑，因爲佛地魔深信你消息靈通。不過，你必須要耍點詐——這樣我想應該能確保哈利的安全。試試看對蒙當葛・弗列契下迷糊咒。還有，賽佛勒斯，要是你不得不加入追逐的話，別忘了要表演得惟妙惟肖……我現在完全靠你了，你得儘可能爭取佛地魔王的好感。否則的話，霍格華茲就會淪落到卡羅那對兄妹的魔掌中了……』

眼前石內卜與蒙當葛頭抵著頭，坐在一間陌生的酒館中，蒙當葛的臉一片茫然，而石內卜則專注的鎖著眉頭。

『你要向鳳凰會建議，』石內卜喃喃說，『要他們使用替身。變身水，一模一樣的波特，這是唯一可行的辦法。你會忘記是我建議的辦法，你會當成是自己想出來的主意，聽懂了嗎？』

『懂了。』蒙當葛喃喃說，眼神迷離失焦……

這會兒哈利正與騎著飛天掃帚的石內卜併肩飛行，橫越黑暗清朗的夜空，同行的還有其他戴著兜帽的食死人，前方是路平與喬治假扮的哈利……一名食死人超前，舉起魔杖，對準了路平的背——

『撕淌三步殺！』石內卜大喝。

但是原本瞄準了食死人執杖那隻手的咒語，卻失了準頭，反而擊中了喬治——

接下來，石內卜跪在天狼星的舊臥室中，鷹鉤鼻端落下一顆顆淚珠，他正讀著莉莉的信。第二頁只有幾行字：

竟會和蓋勒·葛林戴華德是朋友。我個人是覺得她的腦筋不太正常了！

一大堆的愛

莉莉

石內卜拿走了有莉莉簽名、有她的愛的那頁信紙，塞到袍子底下，然後又把手中的相片撕成兩半，留下了莉莉大笑的那一半，而把詹姆和哈利的那一半隨手扔在地板上，飄入了五斗櫃下……

接下來石內卜站在校長室裡，非尼呀·耐吉匆匆忙忙跑回畫像中。

『校長！他們在狄恩森林裡露營！那個麻種——』

『別說那兩個字！』

『——好吧，那個格蘭傑女娃兒，她打開皮包時說到地名，被我聽見了！』

『好，非常好！』校長椅子後方的鄧不利多畫像喊道，『賽佛勒斯，寶劍！別忘了寶劍必須要在緊急與果敢的非常狀況下才能得到——而且不能讓他知道是你給他的！萬一佛地魔讀取哈利的心思，看見你這麼做——』

『我知道。』石內卜簡短的回答。他走向鄧不利多的畫像，拉扯畫像邊緣。畫像向前旋開，露出了後面的一個洞，他伸手進去拿出葛來分多寶劍。

『你到現在還是不肯告訴我，爲什麼這把劍對波特這麼重要？』石內卜說，一邊披上旅行斗篷。

『不，時候未到。』鄧不利多的畫像說，『他會知道怎麼用的。對了，賽佛勒斯，千萬要小心啊，喬治．衛斯理失去耳朵後，他們看見你可能不會太客氣——』

石內卜在門口轉身。

『放心吧，鄧不利多。』他鎮定的說，『我有計畫……』

說著石內卜離開了房間。

哈利從儲思盆裡浮出來，片刻之後，他躺在鋪了地毯的地板上，仍在同一個房間，就好像石內卜剛剛才關上門一樣。

34. 重返森林

終於水落石出了。哈利趴在地上，將臉壓進沾滿灰塵的辦公室地毯裡。他一度以爲他在這間辦公室裡學習的是勝利的秘密，但現在他終於了解自己不該活下去。

他的任務就是平靜的走入死神歡迎的懷抱中，將佛地魔與他生命的殘餘連結給丟掉。所以等他最後撲上前擋住佛地魔的去路時，他不必舉起魔杖反抗。

結局清清楚楚，而早在高錐客洞就該了結的任務也會隨之完成：『兩者都不能活，兩者都活不成。』

他感覺心臟猛烈撞擊胸膛。眞奇怪呀，就在他畏懼死亡的時候，它竟然跳得更有力，英勇的保住他一條命。

可是它終究必須停止，而且就在不久之後。它的跳動次數已是屈指可數了。在他從地上爬起來，最後一次穿過城堡走進校園，在進入森林之前，還剩下多少時間？

他趴在地板上，恐懼一波波襲來，胸口中的送葬鼓聲砰砰作響。死亡會痛嗎？那麼多次他以為難逃一死，卻僥倖逃生，但他卻從未思索過死亡本身的含義，他求生的意志總是比他對死亡的恐懼強得多。但是此刻他卻壓根沒有逃跑的念頭，沒有遠離佛地魔的念頭。結束了，他知道，唯一剩下的就是那件事——死亡。

如果他能在那個夏日晚上，最後一次離開水蠟樹街四號的時候死掉，那該有多好！但高貴的鳳凰羽魔杖卻救了他的命。如果他能像嘿美一樣，在還搞不清狀況之前就痛快的死了，那該有多好！又或者他飛身撲在一支魔杖之前，救了所愛之人的性命……這時他甚至羨慕起自己父母的死。像這樣冷血的走向自己的毀滅，需要的是另一種勇氣。他覺得手指微微發抖，趕緊費力壓抑，儘管沒有人看得見，因為牆上的畫像全都是空的。

慢慢的，非常非常慢的，他坐了起來。他這一動就覺得自己是活生生的，比從前更加意識到活著的身體。他為什麼從來不感激自己是個奇蹟？他的腦、他的神經、他那跳動的心？再過不了多久，這些全都會沒了……至少是他這個人沒了。他的呼吸低沉徐緩，嘴巴喉嚨非常乾燥，眼睛也是。

鄧不利多的背叛幾乎不算什麼了。當然會有個更宏觀的計畫，只是哈利自己太愚蠢，看不出來罷了，這點他總算是明白過來了。他從沒質疑過自己的假設，鄧不利多想要他活下去。

現在他了解，一旦摧毀掉所有的分靈體，他的生命也就會走到盡頭。鄧不利多把摧毀分靈體的任務交給了他，而他也乖乖的一點一點摧毀了不只是佛地魔的生命，還有他自己的生命！眞是乾淨俐落啊，眞是優雅啊，絕不浪費別的生命，而是把危險的任務交給那個早已被圈選出來預備被犧牲的男孩。他的死非但不是災禍，反倒是對佛地魔的另一次打擊。

而且鄧不利多也料定了哈利不會推諉塞責，他會一路堅持到終點，即使那也是他自己的終點，因爲鄧不利多費了很大力氣去了解他，不是嗎？鄧不利多知道，佛地魔也知道，一旦哈利發現了他有能力阻止，他就不會讓別人爲他而死。弗雷、路平、東施毫無生氣的躺在餐廳的畫面又清晰生動的浮現眼前，一時間哈利似乎無法呼吸：死神是沒有耐性的……

可是鄧不利多高估了他。他有個地方失敗了，那條蛇還活著。即使哈利被殺，仍然有個分靈體維持著佛地魔與這世間的連結。不錯，這樁任務相對是簡單一些，但由誰來執行呢？……當然啦，榮恩與妙麗會知道必須做什麼……所以鄧不利多才要他對他們倆推心置腹……這麼一來，萬一他稍微提早了一些面對他眞正的命運，他們也能繼續下去……

恍如冷雨敲窗，這些想法也拍打著不爭事實的堅硬表面，也就是他必須死。**我必須死**。一切必須結束。

榮恩與妙麗似乎在遙遠的距離外，在一個偏遠的國家似的，他覺得好像很久很久之前就跟他們分開了。不會有告別，不會有解釋，他決定了。這是一段容不下他們兩人的旅程，他們會用盡千方百計來阻撓他，而那只會浪費寶貴的時間。他低頭看著破爛的金錶，這是他十七歲的生日禮物。佛地魔限定的時間已幾乎過了一半。

他爬起來，心臟猶如一隻發狂的小鳥般在他的肋骨間狂跳，也許它是知道自己沒有多少時間了，也許它是決心要在結束之前跳完一生該跳的次數。他關上了校長室的門，頭也不回。

城堡裡空盪盪的，哈利覺得自己像幽靈似的大步穿過室內，彷彿他已經死了。畫像中仍是一個人也沒有，整個地方靜得教人毛骨悚然，彷彿僅剩的生命之血都集中在餐廳裡，死者與悼亡者齊聚一室的地方。

哈利披上隱形斗篷，一層層下樓，最後走下了進入入口大廳的大理石階。或許心中還是有一小部分希望能有人察覺到他，有人看到他，有人阻止他，但隱形斗篷一如以往，完美無瑕的無法透視，他輕而易舉來到了前門。

這時奈威幾乎撞上他，他和另外一人從校園抬回一具屍體。哈利低頭看，覺得胃部又緊緊揪了起來，那是未成年的柯林．克利維，他必然是和馬份、克拉、高爾一樣偷溜了回來。死去的他看來好幼小。

『我說啊，奈威，我一個人就扛得動他。』奧利佛・木透說，有如消防隊員一樣扛起了柯林，把他扛進餐廳。

奈威在門框上倚了一會兒，用手背揩了揩額頭。他的樣子很像個老頭子，接著他再次拾級而下，沒入黑暗中，尋找更多的屍體。

哈利回頭再看了餐廳的入口一眼。許多人在走動，試圖安慰彼此，有人喝水，有人跪在死者身邊，但他卻沒看見他深愛的人，到處都沒有妙麗、榮恩、金妮或是衛斯理家的人，連露娜也不見蹤影。他願意用僅餘的時間來換這最後一眼，可是真的看到了之後，他會有力量不再看下去嗎？最好還是就這樣吧。

哈利走下階梯，沒入夜色。這時已是將近清晨四點，校園的死寂彷彿是在屏息以待，看他究竟做不做得到他必須要做的事。

哈利朝奈威移動，他正彎腰俯視另一具屍體。

『奈威。』

『哎唷，哈利，你嚇得我差點心臟病發作！』

哈利扯下了斗篷。他也不曉得是哪兒來的主意，純粹是想要百分之百確定。

『你一個人要上哪兒去？』奈威狐疑的問。

『這是計畫的一部分，奈威。』哈利說，『我有事得去做。聽著——奈威——』

『哈利！』奈威突然一臉驚駭，『哈利，你該不會是要把自己交出去吧？』

『不是。』哈利撒謊，一點也不臉紅，『當然不是……我得做別的事。不過我可能會暫時失蹤個一下子。你知道佛地魔的蛇嗎，奈威？他有一條大蛇……他叫牠娜吉妮……』

『嗯，我聽說過……怎麼樣？』

『一定要把牠殺了。榮恩跟妙麗知道這件事，不過萬一他們——』

想到這個可能，哈利震驚得一下子嗆住了，說不出話來。但他盡力自制，這是關鍵的一點，他必須像鄧不利多一樣，保持冷靜的頭腦，確定還有備用計畫，有別的人會負責執行。鄧不利多撒手人寰時明白還有三個人曉得分靈體的事，現在奈威可以取代哈利的位置，仍然有三個人知道秘密。

『萬一他們——很忙——而你正好有機會——』

『把蛇殺掉？』

『把蛇殺掉。』哈利再說一次。

『好吧，哈利。你沒事吧？』

『沒事。謝了，奈威。』

哈利轉身要走，但奈威抓住他的手腕不放。

『我們會繼續戰鬥，哈利，你知道的吧？』

『嗯，我——』

窒息的感覺扼住了句子的下半段，他沒辦法說下去。奈威似乎沒有發現哪裡不對，他拍拍哈利的肩膀後放開他，走開去尋找更多屍體。

哈利重新披上隱形斗篷，再次邁開步伐。不遠處有人移動，俯身查看另一具臥倒在地上的人體，他一直走到很接近時才看出這個人是金妮。

他猛然停步，她正俯身查探一名低聲叫媽的女孩。

『沒事了。』金妮在說，『沒事了，我們會把妳抬進去。』

『可是我要回家。』女孩低聲說，『我不要再戰鬥了！』

『我知道。』金妮聲音不穩的說，『很快就沒事了。』

哈利的皮膚上泛起一波波冷顫，他好想對著黑夜大吼，好想要金妮知道他在這裡，好想要她知道他正往哪兒去。他想要有人阻止他，有人把他拖回去，有人送他回家……

可是他已經**回到家**了。霍格華茲是他第一個也是最好的一個家。他、佛地魔跟石內卜，三個沒人要的孩子，都在這裡找到了家……

金妮跪在受傷的女孩身旁，握著她的手。哈利費了極大的力氣才強迫自己前進。他好像看到金妮在他經過時左顧右盼，不禁猜測她是否感覺到有人從附近走過，但他沒有開口，也沒有回頭。

海格的小屋在黑暗中隱約可見，屋中沒有燈光，也沒有牙牙忙著抓門，高聲吠叫的歡迎客人。那一次次來此探望海格的回憶，那火爐上閃爍光輝的銅壺、石頭蛋糕和巨大的食物，還有他滿臉鬍鬚的大臉，還有榮恩不停的嘔出蛞蝓，還有妙麗協助他拯救蘿蔔……

他向前走，到了森林邊緣之後停了下來。

樹木間有群催狂魔在滑來滑去，他能感受到牠們散發的寒冷，他沒把握是否能安然通過。他沒有力氣召喚護法，他再也控制不了自己的顫慄，死亡畢竟不是件簡單的事。他呼吸的每一秒，那青草的香味，還有臉上清涼的空氣，都是那麼的珍貴。想想看，那麼多人還有許許多多年可以活，他們有一大堆時間可以浪費，時間多得不得了，而他卻緊抓著每一秒。他覺得自己沒辦法前進了，但他也知道自己必須前進。漫長的遊戲結束了，金探子已被捉住，該離開天空了……

金探子。他麻痺的手指在脖子上的蜥皮袋裡翻找了一會兒，掏出了金探子。

我在結束開啓。

哈利的呼吸變得又快又重，他低頭瞪著金探子。現在的他希望時間過得越慢越好，但時間卻似乎加速逃逸，而心領神會來得太過迅速，很像是一閃而過的雜念。現在就是結束，現在就是時候。

他把金探子舉到嘴邊，貼著嘴唇，喃喃說：『我快死了。』

金屬殼應聲而開。哈利放下抖個不停的手，在斗篷下舉著馬份的魔杖，低聲說：『路摸思！』

裂開成兩半的金探子中放著一塊黑色石頭，中央有一道閃電形的裂痕。重生石劈開的直線代表接骨木魔杖，而代表隱形斗篷及重生石的三角形與圓圈依然清晰可辨。

再一次，哈利連想也不用想就明白了。重點不是在讓死者復生，因爲他就要去加入死者了。他並不是去接回死者，而是死者要接走他。

他閉上眼睛，將手上的重生石翻轉三遍。

他知道有事情發生了，因爲他聽見了四周有微微的聲響，告訴他有脆弱的身體走在森林外圍遍地樹枝的泥土地上。他睜開眼睛環顧四周。

他們既不是鬼魂也不是眞正的人，這點他看得出來。最接近的說法是，他們酷似許久許久以前從日記裡逃出來的瑞斗，由記憶組成、幾近實體的人形。比活生生的軀體要多一分空靈，卻又比幽靈多一分實感，他們朝他移動，每張臉上都掛著同樣的愛憐微笑。

詹姆與哈利一般高，穿著死亡時刻的那身衣服，頭髮亂糟糟的，眼鏡略有些歪斜，跟衛斯理先生一樣。

天狼星又高又帥，比哈利見過的他要年輕許多。他以優雅的步伐跳躍前進，雙手插在口袋裡，臉上掛著壞壞的微笑。

路平也比較年輕，沒那麼寒酸，頭髮也比較厚、比較黑。能夠回到少年輕狂的老地方，他似乎很開心。

莉莉是笑得最歡暢的一個。她撥開長髮向他走近，而她的綠眼，和他好像好像，飢渴的搜尋著他的臉，彷彿怎麼看都看不夠。

『你一直都好勇敢。』

他說不出話來，貪婪的注視著她，覺得可以就這麼看下去，看上一輩子，一輩子才夠。

『你快到了。』詹姆說，『非常接近了。我們……我們都以你為榮。』

『會痛嗎？』

幼稚的問題，在哈利來不及阻止前就衝出了雙唇。

『死亡嗎？一點也不會。』天狼星說，『比睡覺還快，還要輕鬆。』

『而且他會想越快解決越好。他想要結束。』路平說。

『我不想要你們死。』哈利說，這句話不由自主冒出來，『你們每一個都是。對不起——』

他主要是對著路平說的，懇求他原諒。

『——你才剛生了兒子……雷木思，對不起——』

『我也覺得遺憾。』路平說，『遺憾我沒有機會認識他……可是他會知道我是為何而死的，我希望他會了解。我是在努力改變這個世界，讓他能夠過得更快樂。』

由森林中心散發出冷冽的微風，吹開了哈利額上的頭髮。他知道他們不會叫他前進，這必須是他自己的決定。

『你們會陪著我吧？』

『一直到最後。』詹姆說。

『他們看不見你們吧？』哈利又問。

『我們是你的一部分。』天狼星說，『其他人都看不見。』

哈利注視著母親。

『緊緊跟著我。』他靜靜的說。

於是他出發了。催狂魔的冰冷奈何不了他，他在同伴陪伴下通過了牠們，而他的同伴就像護法一樣，和他併肩齊步穿過緊密生長在一起的古木。古木的樹枝交纏，多節瘤的樹根在腳下盤繞糾結。哈利在一片漆黑中抓緊隱形斗篷，越來越深入森林，完全不曉得佛地魔在哪裡，只知道一定會找到他。他的身邊有詹姆、天狼星、路平、莉莉陪著他走，一點聲響也沒有，而他們的存在就是他的勇氣，也是讓他繼續邁開腳步的理由。

此時他的身體與心智好像並沒有連結在一起。他的四肢並不是聽從意識的指揮，而是自己在動，彷彿在這具他即將被拋棄的軀體中，他是名乘客，而不是駕駛。陪著他穿越禁忌森林的死者，現在倒反而比城堡中的活人更有生氣。在他跌跌撞撞邁向生命的終點，邁向佛地魔時，榮恩、妙麗、金妮、所有在城堡中的人，感覺上才是像鬼魂的人……

一聲悶響、一聲低喃，附近有另一個活著的生物在動。哈利在斗篷下停住，四下凝視、傾聽，他的父母親、路平及天狼星也停了下來。

『有人在這裡。』一個粗糙的聲音在附近響起，『他有隱形斗篷，會不會——』

兩條人影從附近的樹後出現，他們的魔杖發光，哈利看見牙克厲和杜魯哈凝目望著黑暗，筆直望向哈利、他的父母親、天狼星，還有路平所站之處。顯然他們什麼也看不見。

『絕對錯不了，我聽見了什麼。』牙克厲說，『你覺得是動物嗎？』

『那個神經病海格，在這裡頭養了一大堆的怪物。』杜魯哈說，瞧了瞧肩膀後頭。

牙克厲低頭看錶。『時間快到了。波特耗了一個鐘頭，他不會來了。』

『他可是一口咬定他會來呢！他不會高興的。』

『最好還是回去吧。』牙克厲說，『弄清楚接下來有什麼計畫。』

他和杜魯哈轉身深入森林。哈利跟著他們，知道他們會帶他到他想去的地方。哈利瞧了瞧身邊，母親對他微笑，父親點頭鼓勵他。

他們又走了不到幾分鐘，哈利就看見前方有火光，牙克厲與杜魯哈走入一處林中空地，哈利認出這裡是從前可怕的阿辣哥住的地方。龐大的蜘蛛網仍留下殘骸，但那一窩窩的後裔早已被食死人給趕了出去，要牠們爲食死人而戰。

林地中央燃著一個火堆，明滅不定的火光照映著一群提高警覺、大氣也不敢吭一聲的食死人。有些仍戴著面具和帽兜，有些人則露出了臉。這群食死人的外圍坐了兩個巨人，在空地上投下龐大的陰影，他們的臉孔兇殘，像岩石般稜角分明。哈利看見了焚銳·灰背，他正畏畏縮縮的咬著自己的長指甲，金髮的羅爾則輕觸著流血的嘴唇。也看見了魯休思·馬份，滿臉的挫敗驚惶，他太太水仙則是雙眼凹陷、眼神驚懼。

每雙眼睛都盯著佛地魔，他低垂著頭站著，白皙的手交握著接骨木魔杖，放在身前，有可能是在祈禱，也有可能在心中默數，而哈利一動也不動的站在空地邊緣，竟荒誕的覺得，他像個正在捉迷藏遊戲中當鬼的小孩。在佛地魔的頭後面，那條巨蛇娜吉妮不停蠕動盤旋，飄浮在閃閃發亮的魔法籠子裡，像是個怪異的光圈。

杜魯哈及牙克厲回到圈子裡後，佛地魔抬頭看。

『沒有他的蹤跡，主人。』杜魯哈說。

佛地魔的表情不變，紅眼似乎在火光中燃燒。他緩緩抽出修長手指間的接骨木魔杖。

『主人——』坐的位置離佛地魔最近的貝拉開口了，她蓬頭垢面的臉上略帶血跡，除此之外毫髮無傷。

佛地魔舉手要她安靜，她馬上一聲不吭，只用崇拜著迷的目光打量他。

『我認為他會來。』佛地魔用他那高亢清晰的聲音說，眼睛盯著跳動的火焰，『我期待他來。』

沒有人開口，他們好像跟哈利一樣害怕。哈利的心臟現在正全力撞擊他的肋骨，彷彿下定決心要逃出這個他即將丟棄的軀殼。他的手在冒汗，他扯掉了隱形斗篷，與魔杖一起塞入袍子底下。他不想貿然開戰。

『看來我竟然……猜錯了。』佛地魔說。

『你沒猜錯！』

哈利儘可能大聲的說，使盡了全身力氣，他可不願示弱。重生石從他麻痺的指間鬆脫，掉出了他眼角餘光能看見的範圍，他看著父母、天狼星、路平消失，大踏步的走入光圈中。此時此刻，他覺得誰都不重要，唯一重要的是佛地魔。這是他們兩個人的事。

幻覺來得快去得也快。巨人怒吼，食死人紛紛起身，有許多人大喊，有人倒抽了一口冷氣，甚至還有人在笑。佛地魔凍結在原處，但紅色的眼睛卻盯上了哈利，盯著哈利走向他，兩人之間除了火堆之外毫無屏障。

突然一個聲音揚起——

『哈利！不要！』

他猛一轉身，看見海格被牢牢綁在附近的一棵樹上，氣急敗壞的奮力掙扎，頭頂上的樹枝窸窣作響。

『不！不！哈利，你是怎——』

『安靜！』羅爾大喝，魔杖一揮，海格就發不出聲音了。

剛才一躍而起的貝拉，這會兒焦急的看看佛地魔又看看哈利，胸口上下起伏。在場唯一在動的東西是火焰及那條蛇，在佛地魔腦袋後頭的閃爍籠子裡不停的盤捲又拉長。

哈利能感到他的魔杖抵著自己的胸膛，但他絲毫沒有抽出來的意思。他知道大蛇被保護得太周密，知道萬一他用魔杖指著娜吉妮，自己會先被擊中五十個咒語。佛地魔與哈利依然彼此對視，這時佛地魔微微歪了歪頭，衡量著面前的男孩，無唇的嘴咧開一個皮笑肉不笑的笑容。

『哈利波特。』他說，聲音非常之輕，不仔細聽很可能會誤認是營火的劈啪聲，『那個活下來的男孩。』

食死人都沒有移動。他們在等待，一切都在等待。

海格死命掙扎，貝拉在喘氣，不知爲什麼哈利想的卻是金妮，她亮麗的外表、她的唇貼住他的感覺——

佛地魔舉起魔杖。他仍歪著頭像個好奇的孩子，心裡盤算著接下來會發生什麼事。

哈利回視那雙紅眼，想要現在就做個了斷，越快越好，趁著他還能站著，趁著他還沒失去控制，趁著他還沒洩漏了懼意——

他看見那張嘴動了，一道綠光閃過，一切都結束了。

35. 王十字車站

他面朝下趴著，傾聽著萬籟俱寂。他是徹徹底底的獨自一人，沒有人在旁觀，也沒有人在這裡。連他自己都不敢百分之百篤定他本人在這裡。

過了很久之後，也說不定就是在下一秒，他想起了他必然是存在的，必然不只是不具形體的思想，因為他正躺著，絕對是躺著，躺在某種平面上。所以他才會有觸覺，而且他躺著的地方也是存在的。

幾乎是一做出這結論，哈利就意識到自己全身光溜溜的。他深信附近只有自己一個人，所以並不在意赤身露體，但他著實有些摸不著頭腦。他難免疑惑自己的視覺是否也和觸覺一樣正常。他慢呑呑的睜開眼睛，發現自己看得見。

他躺在明亮的霧中，但這種霧卻跟他見過的霧完全不同。他的四周並沒有被雲朵

似的水氣掩藏住，應該說是雲朵狀的水氣還沒融入四周環境。他躺的地上很像是白色的，既不溫暖也不寒冷，就只是地板，某種平坦空茫的東西。

他坐起來，身體似乎沒有傷痕。他摸摸臉，竟然連眼鏡都不用戴了。

突然從周圍不成形的空無中傳來聲音，是小小的、柔柔的撞擊聲，來自什麼會啪噠啪噠拍打、揮舞、掙扎的東西。這聲音聽起來很可憐，卻也有點骯髒。哈利有種不舒服的感覺，以為自己偷聽了什麼鬼鬼祟祟、見不得人的事。

醒過來後第一次，他希望自己有衣服可以蔽體。

這個想法剛在腦中成形，不遠處就出現了袍子。他抓過袍子套上。袍子柔軟、乾淨、溫暖。實在是太神奇了，他不過是剛想到衣服，袍子就出現了……

他爬起來東看西看，他難道是進了什麼了不起的萬應室了嗎？他看得越久，要看的東西就越多。頭頂上有一面玻璃圓屋頂，在陽光下熠熠發光。說不定這裡是宮殿。一切都噤聲靜止，只有霧中某處傳來的怪異撞擊聲和抽抽噎噎的聲音……

哈利緩緩循聲轉過身去，周遭環境似乎在他眼前自動生成。一處廣闊的地方，明亮乾淨，這座大堂比霍格華茲的餐廳還要寬闊，天花板是清澈的圓頂玻璃。大堂裡空盪盪的，只有他一個人，除了——

他瑟縮了一下，他看見噪音的來源了，它具備了一個赤裸小孩的形體，蜷縮在地上，皮膚粗糙龜裂，看似被痛打過。它被擺在椅子下，簌簌發抖，掙扎著呼吸，沒有人要，被塞到眼不見爲淨的地方。

他怕它。儘管它幼小衰弱又受傷，但哈利卻不願接近它。雖然如此，他還是一小步一小步蹭過去，隨時準備往後跳。沒多久他就近得可以摸到它，但他無論如何也鼓不起勇氣伸出手。他應該安慰它的，但它只讓他反胃。

『你是幫不上忙的。』

他就地轉身。阿不思．鄧不利多朝他走來，腳步輕盈，抬頭挺胸，一身午夜藍色的長袍。

『哈利。』他張開雙臂，兩隻手都完整無傷、白皙健全，『你這優秀的好孩子，你這勇敢、無懼的男子漢。來，我們來談談吧。』

鄧不利多大步離開那個遭受毒打、哀哀哭泣的孩子，哈利目瞪口呆的跟上去。他帶著他到兩張椅子前，先前哈利沒注意到還有椅子，在高聳閃亮的天花板下，椅子離他們有段距離。鄧不利多挑了一張坐下，哈利一屁股坐進另一張椅子裡，瞪著他的老校長。鄧不利多長長的銀髮銀鬚、半月形眼鏡後犀利的藍眸、歪扭的鼻子，處處都與他記憶中的校長相同。然而……

『你死了啊。』哈利說。

『喔，沒錯。』鄧不利多一副就事論事的樣子。

『那……我也死了嗎？』

『啊。』鄧不利多說，笑容更加燦爛，『這就是問題所在了，是不是？總而言之，親愛的孩子，我認爲沒有。』

兩人對望，老人仍然笑容可掬。

『沒有？』哈利重複。

『沒有。』鄧不利多說。

『可是……』哈利直覺的伸手去摸閃電形的傷疤，但傷疤卻好像不在了，『可是我應該是死了——我沒有還手啊！我就是要讓他殺了我！』

『就是這一點，』鄧不利多說，『我認爲，這讓一切改觀。』

鄧不利多的身上好似散發出一種快樂幸福的氣氛，有如光線，有如火焰。哈利從沒見過他這樣完完全全，這樣顯而易見的心滿意足。

『請解釋。』哈利說。

『可是你早就知道了啊。』鄧不利多說，邊轉著兩隻手的大拇指。

『我讓他殺了我。』哈利說，『對不對？』

『沒錯。』鄧不利多說，頻頻點頭，『說下去！』

『所以他在我體內的那一小塊靈魂……』

鄧不利多熱切的直點頭，催促哈利說下去，臉上還露出鼓勵的大大笑容。

『……除掉了嗎？』

『喔，是的！』鄧不利多說，『是的，他親手毀了它。你的靈魂完整了，百分之百是你一個人的了，哈利。』

『可是……』

哈利扭頭，看著那個小小的、受傷的生物在椅子下顫抖。

『那是什麼，教授？』

『一個我們倆都愛莫能助的東西。』鄧不利多說。

『可是既然佛地魔用的是索命咒，』哈利又往下說，『這次又沒人爲我而死——我怎麼可能還活著呢？』

『我想你自己知道。』鄧不利多說，『仔細回想，別忘了他在倨傲自負下，在貪婪殘酷下做了什麼。』

哈利苦苦思索，同時視線飄向四周。他們坐的地方如果眞是宮殿，那一定是個怪異的宮殿，這裡椅子一排排放著，不時可看到欄杆，然而附近仍然只有他和鄧不利多，還有那個在椅子下的發育不良生物。他正打量著，答案突然脫口而出，毫不費力。

『他拿了我的血。』哈利說。

『一點也沒錯！』鄧不利多說，『他拿了你的血，重建了他的軀體！你的血液在他的血管中流動，哈利，莉莉的保護變成在你們兩個人的體內了！只要他還活著，你就不會死！』

『我活著……他也活著？可是我以為……我以為是反過來才對啊！我以為我們兩個都得死。難道不是這樣嗎？』

他被他們身後那個哀泣嗚咽、手腳亂踢的痛苦生物給分了神，又一次轉頭去看。

『你確定我們真的沒辦法做點什麼嗎？』

『什麼辦法也沒有。』

『那……那就解釋清楚一點。』哈利說。鄧不利多微笑。

『你是第七個分靈體，哈利，他在無意中製造的分靈體。他把自己的靈魂拆解得太不穩定了，所以在他犯下諸多無法形容的邪惡行為，像是謀殺你父母，試圖殺害一個孩子時，他的靈魂就分崩離析了。但從那個房間脫逃的東西其實並沒有他自以為的那麼少，他不僅是留下了軀殼而已，他還把部分的自己跟你，那個應該受害卻死裡逃生的人拴在一起。

『而他的見識始終是不完整得可憐，哈利！佛地魔不看重的事情，他也懶得花時間去理解。諸如家庭小精靈和童話故事，愛、忠誠及無邪，佛地魔壓根什麼都不知道，不明白。什麼都不明白。這一切種種都含有超越他能力的力量，是所有魔法都望塵莫及的力量，可是他從來都不懂得這個道理。

『他拿了你的血，以為他會因此而強大。他把你母親為你而死時加在你身上的一小部分咒語注入了自己的身體，而他的身體一直讓你母親的犧牲活著，只要咒語沒有破除，你也會活下去，佛地魔的最後一絲希望也會活下去。』

鄧不利多對著哈利微笑，哈利則瞪眼看著他。

『這件事你知道？你一直都知道？』

『我是用猜的，不過我通常都猜得很準。』鄧不利多開心的說，兩人默默靜坐，彷彿過了很長的一段時間，他們身後的生物仍是不停的哀泣發抖。

『不只這樣。』哈利說，『不只是這樣。我的魔杖爲什麼會折斷了他借來的魔杖？』

『說到這個，我就不是很有把握了。』

『那就猜猜看。』哈利說，鄧不利多呵呵笑。

『你一定得了解，哈利，你跟佛地魔曾一起進入過未知的、未經測試的魔法領域。不過我的猜測是這樣，而且這件事可說是史無前例，無論哪個魔杖製造師都不曾料到，也沒辦法向佛地魔解釋。

『現在你應該知道，佛地魔王在恢復人形時，反而無意間加強了你們之間的連結。他有一部分靈魂仍然跟你的靈魂拴在一塊，還把你母親的犧牲也接收了一部分，以爲能讓自己變強。要是他能了解那份犧牲眞正而可怕的力量的話，他說不定不會有膽子去碰你的血液……不過話說回來，要是他能夠理解的話，他也就不會是佛地魔王了，可能根本就不會下手殺人。

『在鞏固了這種雙層連結之後，在把你們的命運前所未有的緊緊包裹在一起後，佛地魔又用那支和你的魔杖有孿生杖芯的魔杖攻擊你。就在這時，我們知道萬分奇怪的事發生了。佛地魔王不曉得他的魔杖跟你的是兄弟，而相同的杖芯以他料想不到的方式發生了互動。

『那天晚上他比你還要害怕，哈利。你已經接受了，甚至擁抱了死亡的可能，佛地魔王卻始終做不到這點。你的勇氣贏了，你的魔杖勝過了他的。因爲如此，兩支魔杖間出現不尋常的現象，這現象反映了魔杖的兩個主人間的關係。

『我相信那天晚上你的魔杖接收了佛地魔那支魔杖的力量和特質，也就是說你的魔杖包含了一點點的佛地魔本身。所以在他追逐你時，你的魔杖認出了他，認出他既是親屬又是致命的敵人，於是它使用了佛地魔自己的一些魔法來對付他，而它的魔法之強大是魯休思的魔杖所無法承受的。你的魔杖現在囊括了你的大無畏精神和佛地魔的致命能力，魯休思・馬份那根可憐的棍子哪裡有招架之力呢？』

『可是如果我的魔杖那麼強大，爲什麼妙麗又能折斷它？』哈利問。

『好孩子，它卓越的功能是衝著佛地魔一個人來的，因爲他不智的打亂了最深的魔法定律。只有針對他，你的魔杖才會湧現異乎尋常的力量。否則的話，它就跟一般魔杖沒有兩樣……當然還會是支好魔杖。』鄧不利多和藹的結束。

哈利靜坐沉思了很久，也可能只有幾秒鐘。在這裡，時間這種東西是很難確定的。

『他用你的魔杖殺了我。』

『他沒能用我的魔杖殺了你。』鄧不利多糾正哈利，『我想我們可以一致同意你並沒有死──不過呢，當然啦，』他又加上一句，彷彿是怕這麼說很失禮似的，『我並沒有小看你吃的苦頭，我相信這一定是很嚴苛的考驗。』

『可是我現在覺得很棒呢。』哈利說，俯視鄧不利多潔淨、毫髮無傷的手，『我們到底是在哪裡啊？』

『咦，我還打算要問你呢。』鄧不利多說，左右張望，『你看我們是在哪裡？』

在鄧不利多開口問之前，哈利毫無概念，可是等他一問，他卻發現自己早就有了答案。

『看起來，』他慢條斯理的說，『像是王十字車站，只不過乾淨得多，也空盪盪的，而且我也沒看見火車。』

『王十字車站！』鄧不利多咯咯笑，笑得還挺厲害的，『天啊，真的嗎？』

『不然你覺得我們是在哪裡？』哈利有點不高興的問。

『好孩子，我一點也不知道。就像俗話說的，這是你的派對呀！』

哈利完全不知道這話是什麼意思，只覺得鄧不利多真是氣人。他怒視著他，後來又想起一個比他們身在何方更緊迫的問題。

『死神的聖物。』他說，很開心的看見鄧不利多臉上的笑容一掃而空。

『唉，這個。』鄧不利多說，表情甚至有些憂慮。

『怎樣啊？』

遇見鄧不利多之後，這是哈利第一次覺得他看來不像老人，一點也不像，反倒有那麼一會兒像個做錯事被當場活逮的小男孩。

『你能原諒我嗎？』他說，『你能原諒我不信任你嗎？原諒我沒告訴你？哈利，我只是害怕你會像我一樣失敗，我只是害怕你會重蹈我的覆轍。我懇求你原諒，哈利。我已經知道一段時間了，你是我們兩個之中比較堅強的那個。』

『你在說什麼啊？』哈利問，被鄧不利多的語氣，和他眼中猝然湧出的眼淚嚇到了。

『聖物，聖物。』鄧不利多喃喃說，『走投無路之人的美夢！』

『可是聖物是真實的啊！』

『真實而危險的，是傻子的誘惑。』鄧不利多說，『而我就是這樣的一個傻瓜。不過你知道了，是不是？我對你不會再有隱瞞了。你知道了。』

『我知道什麼啊？』

鄧不利多整個人轉過來面對哈利，淚光仍在他藍色的眼中閃爍。

『死亡的主人，哈利，死神的主人！說到底，我這個人真的比佛地魔好嗎？』

『你當然比他好。』哈利說，『這是當然的——你怎麼會問這種問題？你從來都不會濫殺無辜！』

『說得是，說得是。』鄧不利多說，像個孩子在尋求別人的肯定，『可是就連我也在尋找征服死亡的方法，哈利。』

『可是跟他那種找法不一樣。』哈利說。之前他那麼氣鄧不利多，此時此刻他卻坐在高高的圓頂天花板下，為鄧不利多辯護，感覺還眞奇怪。『聖物，並不是分靈體。』

『聖物，』鄧不利多喃喃說，『不是分靈體。一點也沒錯。』

一陣停頓。他們身後的生物嗚嗚咽咽，但哈利已不再回頭看了。

『葛林戴華德也在找聖物？』哈利問。

鄧不利多閉上眼睛，過了一會兒，他點頭。

『就是這個東西把我們兩個拉到一塊兒的。』他靜靜的說，『兩個聰明自大的男孩子，都有同樣的癡迷。我想你也猜到了，他到高錐客洞來，是因為伊諾特．皮福雷的墳墓，他想去第三個兄弟死亡的地方一探究竟。』

『原來是眞的？』哈利問，『整個故事都是眞的？皮福雷三兄弟——』

『——就是故事中的三兄弟。』鄧不利多說，點點頭，『是的，我想是眞的。至於他們有沒有在一條荒蕪小徑上遇見死神……我想皮福雷兄弟只是三位天賦異稟、十分危險的巫師，他們創造出那些東西來。故事說他們擁有死神的三個聖物，在我看來就像是應運這類創造物而衍生的傳奇。

『你也知道，隱形斗篷流傳了好幾個世紀，父傳子，母傳女，一直傳到伊諾特最後一個在世的後裔，他也和伊諾特一樣在高錐客洞出生。』

鄧不利多朝哈利微笑。

『是我嗎？』

『是你。我知道，你猜到了斗篷在你父母罹難那晚，爲什麼是在我的手上。詹姆就在那幾天前拿給我看。這倒解釋了，爲什麼他在學校的胡作非爲總是能神不知鬼不覺！我簡直不敢相信自己的眼睛，所以就借了來，仔細檢查。我早就放棄要找齊死神聖物的夢想了，可是我還是抗拒不了，忍不住想看清楚一點……那是件我從沒見過的斗篷，十分古老，每個小細節都完美無缺……後來你父親過世了，我終於擁有了兩件寶物，都是我一個人的！』

他的口吻苦澀，教人不忍卒聽。

『反正斗篷也沒辦法幫他們活下來。』哈利迅速的說，『佛地魔知道我爸媽在哪裡，斗篷也不會讓他們百咒不侵。』

『唉，沒錯，』鄧不利多嘆氣，『沒錯。』

哈利等待著，但鄧不利多沒有開口，所以他又開口催他。

『所以你在看見斗篷時，已經放棄尋找聖物了，是不是？』

『啊，對。』鄧不利多含糊的說。他似乎是硬逼自己迎視哈利的目光。『你知道發生了什麼事，你知道。你不可能比我更鄙視我自己了。』

『可是我沒有鄙視你啊——』

『那麼你應該鄙視我。』鄧不利多說，深吸了一口氣，『你知道我妹妹的秘密、那些麻瓜對她做的事、她後來的樣子。你知道我可憐的父親復了仇，也付出了代價，死在阿茲卡班。你知道我母親放棄了她的人生，一心一意照顧亞蕊安娜。

『我怨恨這一切，哈利。』

鄧不利多冷酷、大膽的說了出來。現在他從哈利的頭頂看過去，盯著遠處。

『我很有天賦，我很聰明，我想要逃走，我想要發光發亮。我想要榮耀。

『別誤會了。』他說，痛苦掠過那張臉，讓他又成了老態龍鍾的模樣，『我愛他們。我愛我的父母，我愛我的弟妹，可是我很自私，哈利，比你自私得多，像你這樣無私無我、了不起的人是沒有辦法想像的。

『後來，我母親過世了，照顧心智受損的妹妹和倔強不聽話的弟弟這副重擔，就落到了我的肩頭。我回到了村子，心中充滿了憤怒和苦澀，覺得被困住了，才華白白浪費了！後來，當然，他來了……』

鄧不利多直勾勾望著哈利的眼睛。

『葛林戴華德。哈利，你沒有辦法想像他的想法有多麼讓我著迷，多麼讓我興奮。我們妄想強迫麻瓜俯首稱臣，讓我們這些巫師君臨天下。葛林戴華德跟我，光榮輝煌的年輕革命領袖。

『噯，我是有些顧慮，不過我用空洞的話來安慰自己的良心。這一切是為了更長遠的利益，就算會造成什麼傷害，也會因為百倍的巫師受惠而得到補償。而在我內心深處，我知道蓋勒·葛林戴華德是什麼樣的人嗎？我想我知道，只是故意閉上眼不看。如果我們籌劃的一切最終會有成果，那我的夢想就都成真了。

『而我們計畫的核心就是死神聖物！他簡直是執迷不悟，我們兩個簡直是執迷不悟！那支天下無敵的魔杖，那是引領我們步向權勢的武器啊！重生石——雖然我假裝不知道，但那對他來說卻代表了一支行屍大軍！對我呢，我承認那表示我可以喚回我的父母，讓我卸下肩頭重擔。

『還有斗篷……不知為什麼，我們對斗篷的討論並不多，哈利。我們兩人不需要斗篷也能夠把自己隱藏得很好。當然，斗篷真正的魔力所在是能夠保護、隱藏斗篷的主人和其他人。我覺得要是我們找到了斗篷，就可以用來隱藏亞蕊安娜，不過我們對斗篷的興趣，主要是它可以讓聖物齊全，因為根據傳說，擁有三樣聖物的人會是死亡的真正主宰，而我們的詮釋則是天下無敵。

『天下無敵的死神主宰，葛林戴華德和鄧不利多！兩個月的神志不清，做了兩個月殘酷的夢，整整兩個月忽略了我在世上唯一的兩個親人。

『然後……你也知道出了什麼事。現實回來了，現實化身爲我那個粗魯不文、但更值得欣賞的弟弟回來了。我壓根不想聽他朝我吼叫的眞相，我不想聽到自己我不能拖著一個虛弱、不穩定的妹妹離家去尋找聖物。

『吵著吵著，我們打了起來。葛林戴華德失去了控制。其實我一直都有察覺到這點，只是我假裝不知道，但他的失控卻在這時具體化成恐怖的存在。亞蕊安娜……我母親那麼樣的呵護、愛惜……現在卻躺在地板上，死了。』

鄧不利多倒抽了一口氣，悲切的哭了起來。哈利伸出手，很高興發現他能摸到他。他緊握住鄧不利多的手臂，鄧不利多逐漸恢復了自制。

『咳，葛林戴華德逃走了，除了我之外，誰都早就料到了。他消失了，連同他的奪權大業，他折磨麻瓜的計畫，還有他擁有死神聖物的美夢，而我還曾經鼓勵過他，協助過他。他跑了，我留下來埋葬我的妹妹，學著和愧疚、和我恐怖的哀痛，和我羞恥的代價一塊活下去。

『一年年過去了，時常有關於他的謠言傳出。聽說他取得了一支法力無邊的魔杖，而在此同時，我有機會接掌魔法部，不是一次，是很多次，而我自然是拒絕了。我得到了教訓，知道自己不是能握有大權的人。』

『可是你比夫子或是昆爵好得多，好太多了！』哈利脫口說。

『是嗎？』鄧不利多沉重的問，『我可沒那麼有把握。我在非常年輕的時候，就證實過權力是我的弱點，也是我的誘惑。說來也怪有意思的，哈利，但是最適合握有權力的人，可能是那些從未渴望過權力的人。那些人跟你一樣，是被眾人推上領導地位、披上黃袍的，因爲他們身不由己，後來卻意外發現黃袍十分合身。

『我在霍格華茲比較保險。我自認是個好老師——』

『你是最好的——』

『你眞是太客氣了，哈利。可就在我忙著訓練年輕巫師的時候，葛林戴華德卻在召募軍隊。大家都說他怕的是我。說不定他眞是怕我，不過還比不上我怕他。

『喔，我不是怕死。』鄧不利多說，回應哈利疑惑的表情，『不是怕他可能施加在我身上的魔法。我知道我們兩個是半斤八兩，認眞比較起來，我或許技巧稍微純熟一點。我怕的是眞相。你看，我始終不知道在我們上次驚天動地的打鬥中，究竟是誰的咒語殺了我妹妹。你可以罵我懦弱，這麼罵我絕對沒錯。哈利，我怕極了我的小妹是死在我的手下，我怕她的死不單是因爲我的自大和愚蠢，更是因爲我親手把她的生命給摧毀了。

『我想他也知道這點，我想他知道我最害怕的是什麼。我一直拖延不去面對他，到最後再拖下去就對不起良心了。很多人送命，他似乎所向無敵，而我不得不盡力而爲。

『接下來的事你也知道了。我贏了決鬥，也贏了魔杖。』

另一陣沉默。哈利並沒有問鄧不利多，後來有沒有查出是誰的咒語殺了亞蕊安娜。他不想知道，更不願由鄧不利多來告訴他。他終於知道鄧不利多看著意若思鏡時會看見什麼，知道鄧不利多爲什麼能那麼體諒它對哈利的蠱惑。

兩人靜坐良久，身後的哀泣聲已幾乎不會擾亂哈利了。

最後哈利說：『葛林戴華德想要阻止佛地魔得到魔杖。你知道，他說了謊，假裝他根本沒見過魔杖。』

鄧不利多點頭，俯視著膝蓋，歪曲的鼻子上仍閃爍著淚水。

『聽說他在晚年時頗有悔意，一個人關在諾曼加的牢房裡。我希望是眞的。我情願去想，他眞的感受到自己的所作所爲有多恐怖、有多可恥。說不定對佛地魔說謊就是他想彌補……阻止佛地魔得到聖物……』

『……也說不定是想阻止他破壞你的墳墓？』哈利說，鄧不利多指了指眼睛。

又一次短暫的沉默後，哈利說：『你用過重生石？』

鄧不利多點頭。

『經過了這麼多年，我在剛特家的空屋裡找到了它，這是我最渴望的寶物——雖然年輕時我是爲了不同的原因渴望它——我一時之間鬼迷了心竅，哈利。我忘了它已經是個分靈體，忘了那枚戒指必定帶著詛咒。我把它拿起來戴上了，有那麼一下子，我以爲我會看到亞蕊安娜、我母親、父親，我可以告訴他們我有多麼多麼抱歉……

『我眞是個大傻瓜，哈利。這麼多年來我什麼也沒學會。找齊死神聖物一點也不值得，我一而再、再而三的證實了這點，而這就是最後的證據。』

『哎呀，』哈利說，『這很正常啊！你想要再見到他們，這又有什麼不對了？』

『也許一百萬個人裡只有一個人能讓聖物齊聚，哈利。而我只配得到最不起眼的那個，最平凡無奇的那個。我只配得到接骨木魔杖，而且還不能對外吹噓，不能用來殺人。我之所以能夠馴服使用它，是因爲我並不是爲了貪念去奪杖，而是爲了拯救別人。

『但是隱形斗篷呢，我完全是因爲無謂的好奇心，所以它就沒辦法像你，它眞正的主人，使用起來那麼有效。我用重生石來拖回那些已經安息的人，而不是像你一樣，讓自己有自我犧牲的勇氣。你才有資格保有死神聖物。』

鄧不利多輕拍哈利的手，哈利抬頭看他，微微一笑。他實在忍不住，他怎麼還能氣鄧不利多呢？

『你爲什麼要把它弄得這麼難？』

鄧不利多的笑容燦爛。

『恐怕我是仰賴格蘭傑小姐讓你慢下來，哈利。我怕你熱血沸騰的頭腦會主宰了你善良的心。我很怕萬一把這些誘人物品的眞相直接攤在你眼前，你會像我一樣，在錯誤的時間，爲了錯誤的理由去奪取聖物。我希望你能安全的擁有它們。你是眞正的死亡主宰，因為真正的主宰不會想辦法逃避死神。他會坦然接受難逃一死這件事，並了解在生者的世界中，還有遠比死亡可怕好幾倍的事情。』

『佛地魔一直都不知道聖物的事？』

『我想是如此。因為他在把重生石變成分靈體的時候就沒認出來。不過就算他知道，哈利，恐怕他也只會對第一個寶物感興趣。他不會認為他用得上隱形斗篷，至於重生石嘛，他會想要讓誰死而復生呢？他怕極了死人，他不懂得愛的。』

『可是你料到他會去搶奪魔杖？』

『自從你的魔杖在小漢果頓的墓園擊敗了佛地魔的魔杖之後，我就很確定他一定會去搶奪魔杖。起初他怕你是因為法力更高超才擊敗他，可是等他綁架了奧利凡德之後，他才發現原來還有孿生杖芯的問題。他以為歸根究柢就是這麼一回事，可是借來的魔杖仍舊不能擊敗你的魔杖！所以佛地魔非但不自問，你有什麼特質能讓你的魔杖法力高強，你擁有什麼他沒有的天賦，反而是去尋找一支據說是戰無不勝的魔杖。對他來說，接骨木魔杖變成一種執迷，和他對你的執迷旗鼓相當。他深信接骨木魔杖能去除他最後的弱點，讓他真正的天下無敵。可憐的賽佛勒斯……』

『既然你計畫讓石內卜殺死你，你本來就打算，最後讓接骨木魔杖在他手上結束，對不對？』

『我承認那是我的打算，』鄧不利多說，『可是事情並沒有順著我的計畫進行，是不是？』

『對。』哈利說，『那部分出了錯。』

他們背後的生物扭動呻吟，哈利和鄧不利多默然靜坐，這一次沉默得最久。而在漫長的時間中，下一步該做的事有如輕柔飄落的雪花，漸漸在哈利心中累積，讓他茅塞頓開。

『我得回去，對不對？』

『那要看你自己的決定。』

『我還有選擇？』

『欸，沒錯。』鄧不利多朝他微笑，『你不是說我們是在王十字車站嗎？我想，要是你決定不回去了，你就能夠……這麼說吧……坐上火車。』

『火車會開到哪兒？』

『一路走下去。』鄧不利多只說了這麼一句。

又是一陣沉默。

『佛地魔得到了接骨木魔杖。』

『不錯，接骨木魔杖在佛地魔手上。』

『而你還要我回去？』

『我認爲，』鄧不利多說，『要是你選擇回去，可能就會有個機會能永遠的解決掉他。但我不能保證什麼，可是我知道，哈利，要是你從這裡回去，更應該感到害怕的人是他。』

哈利又瞧了一眼，遠處椅子底下那個渾身傷痕、顫抖哽咽的生物。

『別可憐死了的人，哈利，可憐活著的人，最重要的是可憐那些活著卻沒有愛的人。回去的話，說不定你可以讓更少的靈魂受到殘害，讓更少的家庭妻離子散。如果你覺得這是值得奮鬥的目標，那麼我們就暫時先說再會了。』

哈利點頭，嘆了口氣。離開這裡不會有走入禁忌森林時的那麼難，可是這裡溫暖、明亮又祥和，而回去卻得忍受痛苦，還有唯恐失去更多的恐懼。他站起來，鄧不利多也是一樣，兩人凝視著彼此的臉良久。

『告訴我最後一件事。』哈利說，『這是眞的嗎？還是說，這只是在我腦中發生的事？』

鄧不利多笑吟吟的說，聲音聽在哈利耳中既洪亮又有力，儘管明亮的霧氣再度籠罩，模糊了他的身影。

『當然是在你腦中發生的啊，哈利，但是它為什麼不能同時也是眞實的呢？』

36. 百密一疏

他再次臉朝下趴在地上。森林的氣息竄入鼻孔。他可以感覺到臉頰貼著又冷又硬的地面，剛才摔下來時眼鏡被撞歪了，此刻眼鏡尖銳的鏡腳頂著他的太陽穴。他全身上下每一吋肌膚都在發疼，而剛才被『索命咒』擊中的地方，就像是被一隻鐵甲拳頭重重揍了一拳似的。他一動不動的躺在他剛才倒下的地方，左手角度怪異的攤放在地，嘴巴大大咧開。

他原本以爲會聽到一陣慶祝勝利的歡呼與喧鬧，但此刻空氣中卻只飄盪著急促的腳步聲、耳語聲，以及焦慮不安的竊竊私語。

『我的主人……我的主人……』

這是貝拉的嗓音，她的語氣彷彿在對愛人細語呢喃。哈利不敢睜開眼睛，只能用其他知覺去探測自己目前的處境。他知道魔杖依然安穩的放置在他的長袍裡面，他可以清楚感覺到它就夾在他的胸口和地面中間。他的腹部彷彿貼了一層薄薄的護墊，他知道隱形斗篷也同樣好好的藏在看不見的地方。

『我的主人……』

『可以了。』佛地魔的嗓音說。

響起更多腳步聲，有幾個人正從同樣的地點離開。哈利急著想知道到底怎麼一回事，他的雙眼微微睜開一條難以察覺的細縫。佛地魔似乎正要從地上站起來。許多食死人正快步從他身邊離開，返回他們在林中空地的位置。只有貝拉一人留下來，跪在佛地魔身邊。

哈利再次閉上雙眼，暗自思索他剛才看到的景象。食死人簇擁在佛地魔身邊，他剛才似乎也倒在地上。在他用『索命咒』擊中哈利時，發生了某件事。佛地魔是否同樣不支倒地？看來似乎是這樣沒錯。他們兩人同樣都暫時失去知覺，此刻又同樣甦醒過來……

『我的主人，讓我——』

『我不需要幫助，』佛地魔冷冷的說，而哈利雖然看不見，但仍能在心中想像出貝拉趕緊收回手的糗樣，『那男孩……他死了嗎？』

林中空地一片死寂。沒有人朝哈利走來，但他可以感覺到他們專注的凝視，有如千斤重似的沉沉壓在他身上，嚇得他心驚膽顫，生怕自己的手指或是眼皮不小心動了一下。

『你，』佛地魔說道，接著又砰的一聲，再響起一小聲痛苦的尖叫聲，『去檢查一下，告訴我他到底死了沒有。』

哈利並不知道他派什麼人來證明他的生死。他只能乖乖趴在原處，等著讓別人來檢查。他的心臟不爭氣的怦怦狂跳，但他同時也注意到，佛地魔十分謹慎，不敢親自走到他身邊，這表示佛地魔懷疑事情有可能出了差錯，哈利心中不禁閃過一絲既安慰又得意的感覺……一雙比哈利預期中柔細得多的手，開始觸摸哈利的臉龐，翻開他的眼皮，把手探到他的襯衫下，貼到他胸膛上心臟的部位。他可以聽到這名女子急促的呼吸聲，她的長髮搔得他臉孔發癢。他知道她可以感覺到他肋骨下穩定的生命節奏。

『跩哥還活著嗎？他在城堡裡面嗎？』

她的耳語幾乎細不可聞。她的嘴唇緊貼在他耳邊，俯下頭來讓長髮覆蓋他的臉龐，遮住了其他人的目光。

『是的。』他輕聲回答。

他感覺到貼在他胸膛的手緊抓了一下，她的指甲刺痛他的肌膚。接著她就收回了手，坐了起來。

『他死了！』水仙・馬份朝著其他人喊道。

直到此刻他們才開始大聲喊叫，直到此刻他們才歡樂的跺著地面，狂吼出勝利的歡呼，而哈利雖然緊閉著眼睛，依然可以隱約看到空中爆出一陣陣歡鬧慶祝的紅光與銀光。

他依然趴在地上裝死，但此刻已了然於心。水仙知道她唯一能踏入霍格華茲去找兒子的機會，就是加入征服的大軍，她已經不再把佛地魔的成敗放在心上了。

『你們看到了吧？』佛地魔在喧鬧的鼓譟聲中尖聲喊道，『哈利波特已死在我的手中，現在世上已沒有任何人能再威脅我的地位！你們看！咒咒虐！』

這早在哈利預料之中，他知道敵人絕不會輕易放過他，任由他的屍體躺在森林中靜靜安息，他們必然會對他的遺骸百般羞辱，來證明佛地魔大獲全勝。一股力量使他竄到空中，他下定決心要盡力讓身體保持癱軟無力，但出乎意料的是他並未感到疼痛。他一次、兩次、三次被拋到空中，他的眼鏡飛落，感覺到長袍下的魔杖稍稍歪向一邊，但他依然努力一動也不動，讓自己看起來像是死去的屍體。而當他最後一次摔到地面上時，林中空地立刻迴盪著一陣陣震耳欲聾的尖叫嘲笑聲。

『夠了，』佛地魔說，『我們現在到城堡去吧，讓他們瞧瞧他們的英雄落到了什麼樣的下場。誰來搬運屍體？不——等等——』

又爆發出另一陣奚落的大笑聲，過了一會兒，哈利感覺到地面轟隆隆的震動。

『你來抬他，』佛地魔說，『他在你懷裡會顯得格外漂亮醒目，沒錯吧？把你的小朋友抱起來，海格。別忘了眼鏡——替他把眼鏡戴上——必須讓他們一眼就認出他才行。』

某個人故意粗魯的替他戴上眼鏡，但那雙將他抱起來的巨掌卻溫柔得出奇。在海格將哈利擁入懷中時，哈利可以感覺到海格的手臂因爲激烈的抽泣而簌簌顫抖，斗大的淚珠啪噠啪噠的濺落到他身上，但哈利並不敢用動作或是話語，去暗示海格他們其實還沒有全盤皆輸。

『走啊！』佛地魔說。海格踉踉蹌蹌的硬擠過濃密的樹林，開始往回走出禁忌森林。橫垂的枝椏勾住了哈利的頭髮與長袍，但他依然保持不動，嘴巴大大咧開，雙眼緊緊閉上。在黑暗中，食死人全都環繞在他身邊，海格抽抽搭搭的哭個不停，沒有任何人察覺到哈利波特脖子上的血管隱約在跳動……

兩個巨人在食死人後方轟隆隆的大步前進。哈利可以聽到樹木在他們經過時劈哩啪啦的斷裂倒下，它們驚天動地的聲音嚇得鳥兒吱吱尖叫著飛到空中，甚至蓋住了食死人的喧譁嘲笑。這支勝利的隊伍朝著森林外的方向前進，過了一陣子，哈利可以透過緊閉的眼皮感覺到，四周不再像先前那般一片漆黑，看來樹林開始變得稀疏了些。

『禍頭！』海格突如其來的大吼，讓哈利嚇得差點兒睜開了眼。『你現在高興了吧，你這個不肯作戰的膽小廢物？現在哈利波特死──死了，你可高興了吧？……』

海格再也說不下去，又忍不住失聲痛哭。哈利暗自猜想，到底有多少人馬正在一旁默默目送這支行進的隊伍。他不敢睜開眼看。有些食死人在經過後，還不忘回頭大聲辱罵那些人馬。

過了一會兒，哈利感覺到空氣變得清新許多，他們顯然已到達禁忌森林的邊緣。

『停。』

海格微微晃了一下，而哈利心想他必然是被迫聽從佛地魔的命令。此刻一陣冷冽的寒意朝他們襲湧而來，哈利聽到那些在外圍樹林巡邏的催狂魔刺耳的呼吸聲。牠們現在再已無法影響到他了。一想到自己仍能活在世上，他體內就升起一股火焰般的暖流，像護身符般抵擋住催狂魔的侵襲，就好像父親的雄鹿一直在他心裡守護著他一般。

某個人掠過哈利身邊，他知道那一定就是佛地魔，因爲過了一會兒，佛地魔就開口說話，而他那經過魔法加大的嗓音響遍了整個校園，震得哈利耳膜發疼。

『哈利波特死了。他在逃命時被殺，就在你們爲他犧牲性命的時候，他自己卻設法苟活求生。我們把他的屍體運過來，好證明你們的英雄已經死了。

『我們已贏得勝利。你們損失了一半人手。我手下的食死人人多勢眾，而「那個活下來的男孩」也已經一命嗚呼，沒有必要再繼續作戰下去了。任何執意頑抗的人，不論男女老幼，一律格殺勿論，他們的家人也不得倖免。現在，立刻走出城堡，跪倒在我面前，我就饒了你們的性命。你們的父母子女和兄弟姊妹將會獲得赦免來保住一命，而你們則會全都投入我的麾下，跟我們一同開創新的世界。』

校園和城堡全都鴉雀無聲。佛地魔實在靠得太近，哈利根本不敢再睜開眼睛。

『來吧。』佛地魔說，哈利聽到他往前走，海格被迫跟在他身後。這時哈利趕緊微微睜開眼睛，看到佛地魔在他們前方大步行走，巨蛇娜吉妮此刻已離開牠的魔法蛇籠，盤繞在他肩上。但現在食死人正簇擁在他們兩旁列隊前進，而原本漆黑一片的夜色已漸漸變得越來越明亮，哈利根本沒機會掏出藏在長袍下的魔杖……

『哈利，』海格抽抽噎噎的哭泣，『喔，哈利……哈利啊……』

哈利重新緊緊閉上雙眼。他知道他們正在往城堡方向走去，他豎起耳朵，努力想在食死人歡喜的喧鬧聲和沉重的腳步聲中，聽到從城堡傳出的一絲生命徵兆。

『停。』

食死人立刻停下腳步，哈利聽到他們散開來，面對著學校敞開的大門排成一排。他甚至可以透過緊閉的眼皮，隱約看到從入口大廳流洩出的微紅光暈。他靜靜等待。現在，那些他曾經爲其無畏赴死的人們，隨時都會看到他失去生命躺在海格懷中的模樣。

『不！』

這聲尖叫遠比想像中更加淒厲駭人，哈利做夢也想不到麥教授會發出這麼恐怖的聲音。他聽到另一名女子在他附近放聲狂笑，他一聽就曉得是貝拉因爲麥教授的絕望而得意洋洋的耀武揚威。他再次瞇眼偷瞄了一下，看到敞開的大門口擠滿了人，而那些倖免於難的戰士紛紛步下大門前的石階，去面對他們的征服者，並親眼見證哈利的死訊。他看到佛地魔站在他前方不遠處，用一根蒼白的手指撫摸娜吉妮的頭頂。哈利重新閉上雙眼。

『不！』

『不！』

『哈利！哈利！』

榮恩、妙麗和金妮的聲音，甚至比麥教授更加淒慘，哈利恨不得能出聲回應他們的呼喚，但他仍一言不發的癱在海格懷中。他們三人的喊叫彷彿點燃了引信似的，在片刻間，所有倖存者也開始此起彼落的朝著食死人尖聲咒罵，直到——

『安靜！』佛地魔大吼，接著砰的一聲，閃過一道耀眼的光芒，所有的人都被迫安靜下來，『一切都結束了！把他放下來，海格，放在我的腳下，這才是該屬於他的地方！』

哈利感到自己被放置在草地上。

『你們看到了吧？』佛地魔說，哈利感覺到他在右方大步來回走動，『哈利波特已經死了！你們這些瞎了眼的傻瓜，現在總該清醒了吧？他根本什麼也不是，只不過是個仰賴其他人爲他犧牲性命的蠢男孩罷了！』

『他打敗了你！』榮恩大喊，符咒已然破解，霍格華茲護衛隊又開始尖聲怒吼，接著響起第二聲更加洪亮的『砰！』他們的聲音再次沉寂下來。

『他是在企圖溜出校園潛逃時被誅殺，』佛地魔說，他在說這個謊言時，語氣流露出一絲興味，『在他設法逃命時被殺——』

但佛地魔並沒有把話說完。哈利聽到一陣搏鬥聲和一聲喊叫，接著又是砰的一聲，閃過一道光芒，最後是一聲痛苦的悶哼。他把眼睛微微睜開一道細縫，原來是某個人從霍格華茲陣營中衝出來，對佛地魔發動攻擊。哈利看到那個人影立刻被奪去武器，摔倒在地，佛地魔把攻擊者的魔杖扔到一旁，放聲大笑。

『這是誰呀？』他用他那如蛇一般的柔和嘶聲說，『是誰自告奮勇來向大家示範，那些在落敗後繼續頑抗的人會落到什麼樣的下場？』

貝拉樂不可支的咯咯狂笑。

『這是奈威．隆巴頓，我的主人！就是那個替卡羅家帶來大麻煩的男孩！他的父母都是正氣師，記得嗎？』

『啊，是的，我記得，』佛地魔低頭望著奈威說。奈威正掙扎著站起來，手無寸鐵、孤立無援的站在霍格華茲倖存者和食死人中間，『但你是個純種，沒錯吧，我勇敢的男孩？』佛地魔詢問奈威，而奈威雙手握拳，面對著他傲然而立。

『是又怎樣？』奈威大聲回答。

『你顯示出膽量與勇氣，而且你也擁有高貴的血統。你會成為一名十分優秀的食死人。我們需要的就是你這種人，奈威．隆巴頓。』

『要我加入你的陣營，除非地獄全都凍成了寒冰，』奈威大聲說，『鄧不利多的軍隊！』他揚聲喊道，而群眾立刻爆出一陣回應的歡呼聲，佛地魔的靜默咒似乎對他們一點用也沒有。

『很好，』佛地魔說，他那柔滑的語聲，甚至比怒聲厲罵更讓哈利感到膽顫心驚，『如果這是你的選擇，隆巴頓，那我們就只好回歸原先的計畫。這是你自找的，』他平靜的說，『好好享受吧。』

仍在透過眼簾偷窺的哈利看到佛地魔揮了一下魔杖。過了幾秒，一個看起來像是變種畸形鳥的東西，從一扇殘破的城堡窗口飛出來，越過半明半暗的天空，落到了佛地魔手中。他拎起那個發霉怪玩意兒的尖角抖了幾下，那個軟趴趴、縐巴巴的破爛東西也跟著微微晃動，原來是分類帽。

『霍格華茲學校此後將完全廢除分類儀式，』佛地魔說，『學院也將不復存在。只要擁有我高貴的祖先薩拉札．史萊哲林的標誌、徽章和顏色，全校學生就應該感到心滿意足了，你說是不是，奈威．隆巴頓？』

他用魔杖朝奈威一指，奈威就直挺挺的站在原地，完全無法動彈。然後他硬把分類帽套在奈威頭上，帽簷垂下來蓋住奈威的眼睛。城堡前方的圍觀群眾開始騷動，食死人不約而同的舉起魔杖，制止霍格華茲戰士輕舉妄動。

『現在我要用奈威來殺雞儆猴，讓大家看看，那些愚蠢得繼續反抗我的人，會遭遇到什麼樣的慘痛後果。』佛地魔說，他輕輕彈了一下魔杖，分類帽突然起火燃燒。

尖叫聲劃破黎明的天空，奈威全身著火了，但他卻有如生根似的杵在原地，完全無法移動。哈利再也忍不住了，他必須展開行動——

接著許多事情在一瞬間同時發生。

他們聽到從遙遠的校園外傳來一陣喧囂，聽起來就像是有幾百人正成群結隊的越過看不見的圍牆，高喊著戰爭的呼號，朝城堡衝過來。在同一時間，呱啦也砰通砰通的從城堡側邊衝出來，大聲喊著：『**哈哥兒！**』他的喊叫引起了佛地魔麾下巨人的怒吼，他們拖著公象般沉重的身軀奔向呱啦，震得大地轟隆隆的晃動。接著又響起噠噠蹄聲與錚錚弓響，在突然間，一波波箭矢朝食死人飛來，嚇得他們驚呼著四散分開。哈利將隱形斗篷從長袍中掏出來，蓋住全身，從地上跳了起來，而奈威也在此刻展開行動。

奈威以迅速敏捷的動作掙脫佛地魔施的全身鎖咒。燃燒的分類帽從他頭上掉了下來，接著他竟然從帽子裡，取出一把有著燦亮紅寶石劍柄的銀色物品——

在援軍進攻的怒吼、巨人轟隆隆的巨響，以及大批人馬湧來的雜沓蹄聲中，揮動銀色鋒刃的聲響完全被掩蓋了。但不知為何，閃亮的劍鋒卻在瞬間吸引住所有人的目光。奈威一劍砍下巨蛇的頭顱，蛇頭旋轉著竄到空中，在入口大廳湧出的燈光中發出閃爍光芒。佛地魔張開嘴巴，發出一聲無人聽見的憤怒尖叫，蛇身重重跌落在他腳下——

哈利躲在隱形斗篷下，趁佛地魔還沒舉起魔杖，趕緊在佛地魔和奈威之間施了一個屏障咒。然後，在周遭的尖叫咆哮，與巨人搏鬥時驚天動地的踏步聲中，海格發出了響徹雲霄的喊叫聲。

『**哈利！**』海格大喊，『**哈利——哈利到哪兒去了？**』

場面陷入一片混亂。人馬猛烈的攻勢將食死人逼得四處逃竄，巨人狂踏的大腳讓所有人嚇得紛紛躲避，不知來自何方的援軍也發出陣陣巨響，越靠越近。哈利看到有著巨大翅膀的生物飛向高空，在巨人頭顱四周盤旋飛舞，騎士墬鬼馬和鷹馬巴嘴狂揮著利喙和爪子襲向巨人的眼睛，而呱啦則揮拳對巨人猛捶猛揍。在這完全失控的情況下，守護霍格華茲的巫師和佛地魔麾下的食死人，全都同樣被迫退回城堡。哈利不停對所有他看到的食死人，施展各式各樣的符咒與惡咒，而他們根本不曉得是誰下的手，就莫名其妙的倒在地上，被退入城堡的人潮無情的踐踏而過。

哈利仍然躲在隱形斗篷下，奮力擠進入口大廳。哈利搜尋佛地魔的身影，看到他就站在大廳對面，正舉著魔杖一面連連施展符咒，一面往後退向餐廳。他左揮右指的發動凌厲的惡咒攻擊，嘴裡仍不忘尖叫著對他的爪牙下達指令，哈利趕緊施展更多的屏障咒。原本會成為佛地魔手下亡魂的西莫．斐尼干和漢娜．艾寶，迅速掠過他身邊衝進餐廳，加入裡面那場早已展開的激烈戰鬥。

此刻又有越來越多人潮衝上大門前的石階。哈利看到查理．衛斯理快步趕到仍然穿著翡翠綠睡衣的史拉轟身邊，他們似乎領著留守霍格華茲奮戰學生的親朋好友，以及活米村的店家和居民，組成了一支大軍後返回戰場馳援。人馬禍頭、如男和瑪哥仁伴隨著一陣震耳欲聾的蹄聲闖入大廳，而哈利背後那扇通往廚房的門也在同時砰的一聲敞開。

霍格華茲的家庭小精靈成群結隊的湧進入口大廳，他們尖聲狂叫，手裡揮舞著切肉刀和大菜刀，而怪角胸前掛著獅子阿爾發・布萊克的小金匣在蹦跳彈動，站在隊伍最前方，在周遭嘈雜的喧鬧聲中，他那如牛蛙般的破鑼嗓音卻依然清晰可聞：『衝啊！衝啊！爲我的主人，家庭小精靈的守護者奮勇作戰！爲了我們勇敢的獅子阿爾發打敗黑魔王！衝啊！』他們朝著食死人的腳踝和小腿亂劈亂砍，一張張小臉充滿了強烈的怨恨，而哈利望眼所及，食死人不是被人多勢眾的援軍打得毫無招架餘地，或是在淩厲的符咒攻勢下俯首稱臣，不然就是忙著拔掉身上的箭矢，或是被家庭小精靈砍傷雙腿。還有些人想乾脆溜之大吉，但接著就落入大批湧進的援軍手中。

但戰爭還沒有結束。哈利在激戰的決鬥者間穿梭狂奔，掠過極力掙扎的敗軍俘虜，衝入餐廳。

佛地魔站在戰場中央，忙著對所有在攻擊範圍內的人發出猛烈的符咒彈雨。哈利找不到機會對佛地魔下手，於是他披著隱形斗篷奮力擠過人群想靠近一些，這時所有還能走得動的人全都紛紛闖進餐廳，室內開始變得越來越擁擠。

哈利看到喬治和李・喬丹聯手將牙克厲重重摔在地上；看到孚立維教授大顯神通，讓杜魯哈尖叫一聲跌倒在地；看到海格把瓦頓・麥奈扔到空中，讓他飛越房間，撞到對面的石牆，失去意識的滑落到地板上。他看到榮恩和奈威打倒焚銳・灰背，阿波佛用昏擊咒擊中羅克五，亞瑟和派西兩人的攻擊讓希克泥倒地不起，而魯休斯和水仙夫婦狂奔著穿越人潮，尖聲呼喚他們的兒子，根本無意加入作戰。

佛地魔現在一人對抗麥教授、史拉轟和金利三人，他們在他四周左挪右閃的連連攻擊，卻始終無法結束他的性命，而佛地魔臉上流露出冰冷的恨意——

貝拉同樣也在距離佛地魔五十碼處繼續奮戰不休，就跟她的主人一樣以一敵三，妙麗、金妮和露娜全都使盡全力發動攻勢，但看來貝拉跟她們勢均力敵，並未處於下風。此時她突然對金妮施展索命咒，金妮驚險萬分的僥倖避開，差點就要死在她手中，這讓哈利心神大震，完全分了心——他改變路線拋下佛地魔，直接朝貝拉衝過去，但他才跑了幾步，就被硬生生的撞開。

『不准碰我女兒，妳這個賤人！』

衛斯理太太邊跑邊脫下長袍扔到一旁，好讓雙手自由活動。貝拉急急旋過身來，朝著這名新出現的對手咯咯狂笑。

『**讓開！**』衛斯理太太對三個女孩喊道，奮力揮了一下魔杖，跟貝拉展開決鬥。哈利懷著既害怕又興奮的心情，望著茉莉·衛斯理手持魔杖揮舞轉動，而貝拉·雷斯壯臉上的笑容迅速消失，面色猙獰的發出一聲咆哮。兩根魔杖射出一陣陣光芒，兩個女巫四周的地板變得灼燙並開始龜裂。這兩名女子都毫不留情的痛下殺手，想要取對方的性命。

『不！』衛斯理太太看到有幾個學生快步奔過來，想要替她助陣，她立刻大聲喊道，『退下！退下！她是我的！』

現在幾百人全退到牆邊，靜觀佛地魔以一敵三，以及茉莉單挑貝拉。披著隱形斗篷的哈利站在一旁，心中感到左右爲難，既想發動攻擊，卻又擔心他施的咒語會傷及無辜。

『要是妳死在我手中，那妳的孩子要怎麼辦啊？』貝拉譏嘲的說，就跟她的主人一樣瘋狂，在茉莉猛烈的符咒砲火下嬉鬧的蹦來跳去，『媽咪會不會步上小弗雷的後塵啊？』

『妳——休——想——再——傷——害——我——的——孩——子！』衛斯理太太尖叫。

貝拉放聲大笑，她的堂哥天狼星往後栽倒穿越簾幕時，她也發出了一樣的狂喜笑聲。就在那一瞬間，哈利已經預料到尚未發生的一切。

茉莉施展的魔咒從貝拉伸出的手臂下竄過，不偏不倚的擊中她胸膛上心臟的位置。貝拉幸災樂禍的笑容立刻僵住，她的眼珠似乎暴凸出來。在那彈指即逝的一剎那，她已經察覺發生了什麼事，然後就倒落在地。圍觀的群眾群起鼓譟，佛地魔厲聲尖叫。

哈利感到周遭的一切似乎全都轉變成慢動作。他看到麥教授、金利和史拉轟三人，被佛地魔因失去最後一名心腹大將所迸發的雷霆怒火震得騰空飛起，邊掙扎的揮舞手臂及扭動身軀的向後摔過空中。佛地魔舉起魔杖，指著茉莉・衛斯理。

『破心護！』哈利吼道，屏障咒隨即在餐廳中央設置了一道防線，佛地魔轉過頭來，想知道到底是誰在搞鬼，這時哈利終於脫下了隱形斗篷。

從四面八方傳來的驚叫、歡呼，以及『是哈利！**他還活著！**』的尖叫聲，但緊接著歡聲立刻平息下來。

當佛地魔和哈利兩人視線相接，並在同時開始盯著對方兜圈子打轉時，圍觀群眾全都感到膽顫心驚，室內突然變得鴉雀無聲。

『我不需要任何人幫忙，』哈利大聲說，在一片死寂中，他的聲音有如號角般清晰響亮，『非這樣不可。必須由我親自動手。』

佛地魔發出斷斷聲。

『別把波特的話當眞，』他說，他的紅眼圓睜，『那可不是他向來的作風吧？今天你打算找誰來當替死鬼啊，波特？』

『誰也不找，』哈利淡淡的回答，『現在已經沒有分靈體了，只有你和我。我們兩人注定無法並存於世，而我們其中一人即將永遠離去……』

『我們其中一人？』佛地魔譏諷的說，整個身軀緊繃挺立，一雙紅眼怒目凝視，活脫脫就像一條正準備發動攻擊的蛇，『你以爲自己可以獲勝，是不是？你只是個純粹靠意外，再加上鄧不利多暗中操盤爲你撐腰，才能僥倖活下來的男孩，沒錯吧？』

『我母親爲了救我而死，算是意外嗎？』哈利問。他們兩人依然側身行走兜圈子打轉，跟對方保持同樣的距離，哈利雙眼專注的盯著佛地魔的面孔。『我決定在墓園跟你決戰，那算是意外嗎？我今晚毫不反抗的束手待斃，卻依然活著回來重新跟你作戰，難道這也算是意外嗎？』

『當然是意外！』佛地魔尖叫，但他依然未發動攻擊，圍觀的群眾彷彿被石化般呆若木雞，餐廳中雖然擠了好幾百人卻是一片死寂，只能聽到佛地魔和哈利兩人的呼吸聲。『你完全是靠意外和機運，再加上你總是畏畏縮縮、哭哭啼啼的躲在那些本領比你高強的倒楣鬼背後，害他們變成我的手下亡魂！』

『今晚你休想再殺死任何一人，』哈利說，兩人繼續兜圈子打轉，專注的凝視對方的雙眼。一對綠眼與一雙紅眼專注的互相對望。『你再也無法殺死任何一人。你還不明白嗎？我先前為了阻止你再繼續傷害這些人而決心赴死——』

『但你可沒死啊！』

『——我打算赴死，而那才是重點。我做了跟我母親當年同樣的犧牲，他們因此而受到保護，不會再受到你的傷害。你難道沒注意到嗎，你剛才施展了那麼多符咒，卻沒有一個可以束縛住他們嗎？你無法對他們痛下毒手，你根本就傷不了他們。你直到現在還無法從錯誤中學到教訓，是不是，瑞斗？』

『你竟敢——』

『我有什麼好不敢的，』哈利說，『我知道你所不明瞭的事實，湯姆．瑞斗。我知道許多你不知道的重要事情。你要不要先聽一下，免得你再次鑄下大錯？』

佛地魔沉默不語，只是繼續繞圈子往旁邊挪動。哈利知道自己已暫時制住他，佛地魔開始懷疑，哈利或許真的知道一個決定成敗的秘密，所以不敢貿然發動攻擊……

『莫非又是什麼愛不愛的？』佛地魔說，那張如蛇般的面孔露出譏嘲的神情，『鄧不利多最鍾愛的萬靈丹，愛，他聲稱愛可以征服死亡，但愛怎麼沒阻止他從高塔上掉下來，像個老蠟像似的摔得粉身碎骨呢？愛，那可沒阻止我像踩死蟑螂似的殺死你的麻種母親，波特——再說，這次好像也沒人愛你愛到甘願挺身而出，來代你擋住我的魔咒。你倒是說說看，要是我現在發動攻擊，你還有什麼方法可以保住你的小命？』

『是有一個方法。』哈利說，而他們兩人依然全神貫注的盯著對方，繼續兜圈子。決戰一觸即發，只有那決定成敗的秘密，暫時阻隔了戰火。

『你這次若不是又巴望用愛來拯救你的小命，』佛地魔說，『想必就是你自以為擁有比我更高強的魔法，或是更厲害的武器？』

『我認為我兩樣都不缺。』哈利說，他看到那張如蛇般的面孔上掠過一絲震驚的神情，但接著立刻回復平靜。佛地魔開始放聲大笑，而他的笑聲甚至比他的尖叫聲更加恐怖駭人。他那冰冷而瘋狂的笑聲在寂靜的餐廳中嗡嗡迴盪。

『你真以為你的法力比我高強？』他說，『比我佛地魔王更勝一籌？你忘了我施展過鄧不利多連做夢也想不到的驚人魔法？』

『誰說他沒想到，』哈利說，『但他懂得比你多，所以他才不會貿然去行使那種魔法。』

『你應該說是他太懦弱了！』佛地魔尖叫，『懦弱得畏首畏尾，懦弱得不敢去爭取原本可能屬於他的珍寶，而那些珍寶全都會落到我的手中！』

『胡說，他比你聰明多了，』哈利說，『他是一位比你厲害的巫師，同時也是個比你傑出的人。』

『隨便你再怎麼耍嘴皮，鄧不利多還不是死在我的手裡！』

『那只是你自己在臭美，』哈利說，『你根本大錯特錯。』

圍觀的群眾首次開始出現騷動，所有聚在牆壁四周的人，全都同時倒抽了一口氣。

『鄧不利多死了！』佛地魔對著哈利大聲怒吼，似乎認爲光只是這句話，就可以讓哈利感到難以忍受的劇痛，『他躺在校園的大理石墳墓中漸漸腐爛，我親眼看到他的屍首，波特，他絕不可能復活！』

『是的，鄧不利多死了，』哈利平靜的說，『但他並不是死在你的手裡。他自己選擇了死亡的方式，他早在死前幾個月就已打定主意，跟那個你誤認是你爪牙的男人一同擬定全盤計畫。』

『虧你想得出這麼幼稚的白日夢！』佛地魔說，但他仍按兵不動，一雙紅眼依舊緊盯著哈利不放。

『賽佛勒斯．石內卜不是你的信徒，』哈利說，『他是鄧不利多的人馬。從你開始迫害我母親的那一刻起，他就轉投入鄧不利多的旗下。你會如此後知後覺，是因爲你根本無法了解那是什麼樣的情感。你從來沒看過石內卜的護法，是不是，瑞斗？』

佛地魔悶不作聲。他們兩人繼續兜圈子，看起來就像兩頭恨不得將對方撕成碎片的惡狼。

『石內卜的護法是頭母鹿，』哈利說，『就跟我母親的護法一模一樣，因爲從他們的童年開始，他就深深愛著我母親，愛了幾乎一輩子。這你早該知道的，』哈利說，他看到佛地魔鼻翼怒張，『他求你饒過她的性命，不是嗎？』

『他只是想跟她玩玩罷了，』佛地魔不屑的說，『到她死了以後，他也承認還是那些擁有純正血統的女人才能配得上他——』

『他當然會跟你這麼說，』哈利說，『但從你開始威脅到她安危的那一刻起，他就轉而投入鄧不利多的陣營。從那時候開始，他就一直在暗中做內應對抗你！在石內卜動手殺鄧不利多的時候，鄧不利多早就生命垂危了！』

『這並不重要！』佛地魔厲聲尖叫，他剛才專心聆聽哈利的話語，但此刻他發出一陣瘋狂的咯咯怪笑，『不管石內卜是我的心腹還是鄧不利多的奸細，不論他們企圖在我前方設下哪些微不足道的阻礙，我完全不放在心上！我會不費吹灰之力的將它們全數摧毀，就像我當初毀了你母親，石內卜的愛也一樣！喔，但現在一切全都說得通了，波特，只是你自己完全搞不清楚狀況罷了！

『鄧不利多一直設法避免讓接骨木魔杖落入我手中！他意圖讓石內卜成爲魔杖眞正的主人！但我快了你一步，小子——你還來不及伸手，我就已經順利取得魔杖。我在你趕來前就悟出事情的眞相。我早在三個鐘頭前就動手殺死賽佛勒斯・石內卜，而這根接骨木魔杖，這根死神魔杖、命運魔杖已經完全歸我所有！鄧不利多最後的計畫已宣告失敗，哈利波特！』

『說得好，』哈利說，『完全正確。但在你動手殺我之前，我建議你先仔細思索你做過的一切……好好想一想，努力去感到一絲悔悟，瑞斗……』

『你在胡說什麼？』

哈利剛才對佛地魔訴說的種種眞相或是譏嘲辱罵，震撼效果都遠不如這句話來得強烈。哈利看到佛地魔的瞳孔瞇成兩道細縫，看到他眼窩微微泛白。

『這是你最後一次機會，』哈利說，『你僅存的最後一絲希望……我知道你可以變得完全不同……變成一個有血有淚的人……試著……試著去感到一絲悔悟……』

『你竟敢──』佛地魔再次喝道。

『我沒什麼不敢的，』哈利說，『因爲被鄧不利多最後計畫的反作用傷到的並不是我。它傷到的是你，瑞斗。』

佛地魔握住接骨木魔杖的手在顫抖，哈利用力抓緊手中馬份的魔杖。他心裡明白，那關鍵的一刻即將來臨。

『那根魔杖之所以無法爲你發揮作用，是因爲你根本殺錯了人。賽佛勒斯・石內卜並不是接骨木魔杖眞正的主人，他並沒有擊敗鄧不利多。』

『是他殺了——』

『你沒聽到我說的話嗎？石內卜並沒有擊敗鄧不利多！鄧不利多的死是他和石內卜兩人精心籌劃的結果！鄧不利多是那根魔杖最後一位眞正的主人，而他原本就打算在不被任何人擊敗的情況下死去！如果一切都按照計畫進行，魔杖的法力就會在他死後完全消失，因爲並沒有任何人從最後一位主人手中贏得魔杖！』

『但你卻沒料到，波特，鄧不利多等於是親手把魔杖交到我手中！』佛地魔的嗓音因充滿了惡意的歡愉而微微顫抖，『我從最後一任主人的墳墓裡偷走了魔杖！我在違反它最後一任主人希望的情況下把它拿到手！它的法力就此歸我所有！』

『你直到現在還搞不清楚狀況，是不是，瑞斗？光只是擁有魔杖不代表什麼。你握著它、使用它，並不能讓它眞正屬於你。難道你沒聽到奧利凡德是怎麼說的嗎？是魔杖選擇巫師……接骨木魔杖在鄧不利多去世前已經認定了一位新主人，某個甚至連碰都沒碰過它一下的人。這位新主人在違反鄧不利多意志的情況下，讓他的魔杖離了手，但他並不明白自己做了什麼，也不曉得世上最危險的魔杖已開始對他效忠……』

佛地魔的胸膛迅速起伏，哈利可以感覺到那致命的詛咒即將來臨，感覺到它正在那根直指他面孔的魔杖中凝聚成形。

『接骨木魔杖眞正的主人，是跩哥·馬份。』

佛地魔臉上出現震驚至極的神情，但接著就立刻恢復平靜。

『但這又如何？』他柔聲說，『就算你說得沒錯，波特，這對你我來說都沒有任何差別。你已經失去了你的鳳凰魔杖，我們將純粹憑法力對決……等我殺了你以後，我再來好好收拾跩哥·馬份……』

『但你晚了一步，』哈利說，『你已經失去機會了，我早就搶先得手。我在好幾個星期前打敗了跩哥，從他手裡取得了這根魔杖。』

哈利抖動山楂木魔杖，感覺到它吸引了餐廳中所有人的目光。

『所以我們現在就只剩下一個問題，是不是？』哈利輕聲說，『你手中的魔杖是否知道，它的前任主人中了繳械咒？因爲它若是知道的話……就會明白我才是接骨木魔杖眞正的主人。』

距離他們最近的窗口，出現一角光芒萬丈的初昇旭日，魔法天空突然出現一道金紅色的光芒。紅光同時照亮了兩人的臉龐，而佛地魔的面孔在剎那間變成一團朦朧的火紅光影。哈利聽到他高亢的嗓音尖聲大叫，而哈利也在此刻舉起跩哥的魔杖，滿懷希望的暗暗祈禱上蒼，大聲喊道：

『啊哇呾喀呾啦！』

『去去，武器走！』

一陣有如炸彈爆炸般的轟天巨響。在他們兩人中間，在他們剛才繞行的圓圈正中央，爆出了一堆金色火焰，顯示出兩人的咒語在此正面交鋒。哈利看到佛地魔射出的綠色光束迎上他施展的符咒，看到接骨木魔杖飛向高空，在光燦明亮的日出中顯得黑黝黝的，就像娜吉妮的頭顱一般，旋轉著飛躍過餐廳的魔法天花板，旋轉著飛向它所不願誅殺的主人，那個終於前來完全擁有它的人。

哈利展現出搜捕手萬無一失的高超技巧，在空中抓住飛來的魔杖。佛地魔卻雙手外攤的往後栽倒，猩紅色雙眼中的細長瞳孔朝上一翻。湯姆・瑞斗摔到地上，結束了他在塵世的一生。他的身體癱軟萎縮，蒼白的掌中空無一物，如蛇般的面孔茫然空白。佛地魔死了，被他自己施展詛咒的反彈威力奪去了性命，而哈利握著兩根魔杖站在一旁，低頭凝視著敵人的軀殼。

在那有如天崩地裂的一刻，群眾因爲過度震驚而陷入一片死寂。接著哈利四周的人潮開始騷動，群眾的尖叫喝采和吼叫聲隨即響徹雲霄。

一輪光芒萬丈的新生豔陽照亮了所有窗口，人群喧鬧著朝他蜂擁而來，榮恩和妙麗搶先跑到他身邊，他們伸手擁抱他，嘴裡嘰哩咕嚕的亂喊一通，震得他雙耳發疼。然後金妮、奈威和露娜也迅速趕到，接下來是衛斯理全家和海格，還有金利、麥教授、孚立維和芽菜教授，每個人都在大吼大叫，哈利根本一個字都聽不懂，也分不清到底是誰在抓他、扯他，想要抱住他身體的任何一個部位。

數百人爭先恐後的擠過來，全都打定主意要觸摸『那個活下來的男孩』，那位終結一切苦難的大功臣——

太陽緩緩爬上霍格華茲上空，此刻餐廳中充滿了明亮的光線與生命的活力。歡欣與哀傷、哀悼與慶賀同時傾巢而出，而在這種種悲喜交集的情緒中，哈利是不可或缺的靈魂人物。他們希望他能待在他們身邊，因爲他是他們的領袖與象徵，他們的救星與嚮導，似乎沒有一個人想到他整夜沒睡，只深深渴望能跟少數幾位同伴靜靜談心。

他必須跟死者的親屬說話，緊握他們的手，陪著他們流淚，接受他們的感謝。而現在隨著早晨來臨，又從四面八方不斷傳來各式各樣的消息：全國各地所有中了蠻橫咒的人已全都恢復正常，食死人不是亡命天涯就是束手就擒，阿茲卡班中的無辜囚犯也立刻重獲自由，金利·俠鉤帽暫代魔法部長……

他們將佛地魔的屍體搬到餐廳旁的一個房間，跟弗雷、東施、路平、柯林·克利維，和其他五十名跟他奮戰而死的人區隔開來。

麥教授已經把四張學院餐桌重新安置到原先的位置，但現在已經沒有任何人按照學院來選擇座位了，老師和學生、幽靈和家長、人馬和家庭小精靈，大家全都亂七八糟的混在一塊兒。翡冷翠躺在角落靜靜養傷，呱啦透過一扇毀壞的窗戶盯著餐廳，大家紛紛把食物扔進他呵呵傻笑的大嘴巴。過了一陣子，早已筋疲力盡的哈利才坐到長椅上，發現露娜就坐在他身邊。

『我要是你的話，會很想找個地方靜一靜。』她說。

『我是很想。』他回答。

『我來引開他們的注意力，』她說，『讓你能披上隱形斗篷。』他還來不及答話，她就大喊：『哇哇，快看啊，一隻八寶獸！』並伸手指向窗外。聽到的人全都回過頭去，哈利趕緊乘機站起身來，披上隱形斗篷。

現在他終於可以不受干擾的穿越餐廳了。他瞥見金妮坐在跟他隔了兩張餐桌的地方，把頭靠在母親的肩膀上。他現在不急著跟她說話，他們未來會有好幾個鐘頭、好幾天，甚至是好幾年的時間可以細細長談。

他看到奈威在用餐，葛來分多寶劍就擱在他的盤子旁邊，他身邊還圍繞著一群熱情的仰慕者。在沿著餐桌間的通道往前走時，他看到馬份一家三口侷促不安的擠在一塊兒，似乎不太確定自己是否該待在這個地方，但根本沒人多看他們一眼。他放眼望去，全都是家人重逢的感人場景，最後他終於找到那兩個他衷心渴望的同伴。

『是我，』他走到他們兩人中間蹲下身來說，『你們跟我來好嗎？』

他們立刻站起來，他便和榮恩、妙麗一起走出餐廳。大理石階梯變得殘破不堪，有些地方甚至連欄杆都不見了，他們每爬上幾級階梯，就會看到一堆瓦礫或是斑斑血跡。他們聽到皮皮鬼在遠處颼颼的飛越走廊，高聲唱出一首自己創作的凱旋歌曲：

我們眞行，打垮敵人，我們波特是救星！

小魔魔完蛋啦，大家一起笑哈哈！

『眞不錯，確實傳達出一種波瀾壯闊的悲劇氣氛，對吧？』榮恩邊說邊推開一扇門，讓哈利和妙麗踏入房中。

他將會感到快樂，哈利心想，但此刻強烈的疲憊掩蓋住所有的欣喜，失去弗雷、路平和東施的傷痛，更讓他每走幾步就不禁感到心如刀割。此刻他只有一種如釋重負的感覺，並深深渴望能倒頭大睡一覺。但他有義務先向榮恩和妙麗說明一切，他們兩人長久以來陪他度過無數風風雨雨，一路情義相挺，他們有權利知道眞相。他不厭其煩的詳細述說他在儲思盆中看到的景象，以及在森林中發生的一切，在兩人還來不及表現出心中的震驚與訝異時，他們就已默契十足的抵達那個無人開口提及卻一同前往的最後目的地。

自從他上次離開後，守護校長室入口的石像鬼也遭到戰火波及。它被撞歪的身子站在一旁，看來似乎被揍得頭昏眼花，哈利不禁懷疑它是否還能分辨正確的通關密語。

『我們可以上去嗎？』他詢問石像鬼。

『請自便。』雕像呻吟著回答。他們從他身上爬過去，踏上那有如手扶梯般緩緩上升的螺旋石梯。哈利伸手推開樓梯頂端的房門。

他才剛朝在書桌上的儲思盆瞥了一眼，耳邊就突然爆出一陣震耳欲聾的聲響，他不由得失聲驚呼，腦中湧出詛咒攻擊、食死人再度進攻，以及佛地魔重新復活等各種亂七八糟的念頭——

但那只是一陣掌聲。牆壁四周所有霍格華茲歷任的男、女校長全都站起來為他熱烈喝采。有些人揮舞著帽子，還有些人揮舞著假髮。他們把手伸出畫框，緊握住彼此的手，有些人還站在畫像中的椅子上雀躍跳動。得麗．德溫毫不掩飾的嗚嗚哭泣，而岱思特．福球揮舞著他的喇叭形助聽器，非尼呀．耐吉則用他那又高又尖的嗓音喊道：『別忘了史萊哲林學院也盡了一分力！千萬不能忘了我們的貢獻啊！』

但哈利眼中只看見那個站在校長座椅後方大型畫像中的人。淚水從半月形眼鏡後滑落，滲入長長的銀白鬍鬚，而他臉上流露出的驕傲與感激，有如鳳凰的歌聲般撫慰了哈利的心靈。

最後哈利終於舉起雙手，周圍的畫像立刻尊重的安靜下來，有的露出喜悅的笑容，有的擦拭臉上的淚水，急切的等待他開口說話。哈利的話是對鄧不利多說的，但他的態度顯得異常慎重。他此刻雖已筋疲力盡，累得眼睛都快睜不開，但他必須做最後一次努力，設法獲得最後一個建議。

『那個藏在金探子裡面的東西，』他開口說，『我把它掉在森林裡了。我不確定是掉在什麼地方，但我不打算去把它找回來。你贊成我這麼做嗎？』

『我親愛的孩子，我當然贊成，』鄧不利多說，其他畫像露出既困惑又好奇的神情，『這是個非常明智且勇敢的決定，我果然沒有看錯人。有其他人知道它掉在什麼地方嗎？』

『沒有。』哈利說，鄧不利多滿意的點點頭。

『但我打算把伊諾特的禮物留在身邊。』哈利說，而鄧不利多露出喜悅的微笑。

『那當然，哈利，它是永遠屬於你的，直到你把它傳給下一任主人！』

『然後還有這個東西。』

哈利舉起接骨木魔杖，榮恩和妙麗以崇敬的目光望著它。雖然哈利已經又累又睏，頭昏眼花，但兩人的目光還是讓他感到渾身不自在。

『我不想要。』哈利說。

『什麼？』榮恩大聲說，『你發什麼神經？』

『我知道它威力無窮，』哈利疲憊的說，『但我只想要自己的魔杖。所以說……』

他把手探入掛在脖子上的蜥皮袋，掏出那根斷成兩截，只靠堅韌鳳凰尾羽連結在一起的冬青木魔杖。妙麗說過它毀損得太過嚴重，已經不可能修復了。他只知道這是他最後一線希望。

他將斷裂的兩截魔杖放在校長的書桌上，用接骨木魔杖的尖端頂住它之後說：

『復復修！』

他的魔杖天衣無縫的連結爲一，尖端迸出一串紅色火花。哈利知道他成功了。他抓起內藏鳳凰尾羽的冬青木魔杖，手指突然感到一陣暖流，彷彿是魔杖和手指正在歡慶它們的重逢。

『我打算把接骨木魔杖，』他對鄧不利多說，老校長用慈愛而激賞的眼光望著他，『放回它原來的地方，讓它安置在那裡。我若是像伊諾特一樣自然死亡，魔杖的力量就會消失，是不是？前任主人永遠沒有被人打敗。這樣一切就可以宣告結束了。』

鄧不利多點點頭。他們微笑相望。

『你確定嗎？』榮恩說。他望著接骨木魔杖，聲音微微流露出一絲渴望。

『我認爲哈利這麼做是對的。』妙麗平靜的說。

『那根魔杖威力強，但麻煩更多，』哈利說，『而且坦白說，』他轉身背對牆上的畫像，此刻他只想趕緊躺到葛來分多塔的四柱大床上，並暗暗猜想怪角會不會替他送份三明治過來。『我這輩子的麻煩已經夠多了。』

十九年後

十九年後

那年秋季彷彿在瞬間降臨，九月的第一個清晨有如蘋果般清新甜蜜。當這個小家庭蹦蹦跳跳的穿越嘈雜的街道，奔向那被煤煙燻黑的大車站時，汽車的黑煙與行人吐出的白色氣息在冰冷的空氣中交織成一張閃爍發光的蛛網。爸爸、媽媽推著兩台裝得滿滿的手推車，兩個大鳥籠在行李堆上嘎噠嘎噠響個不停。籠子裡的貓頭鷹老大不高興的嗚嗚啼叫，一個滿頭紅髮的小女孩緊抓著父親的手臂，眼淚汪汪、無精打采的跟在兩個哥哥背後。

『不用等多久，妳也可以去了啊。』哈利告訴她。

『還要兩年耶，』莉莉吸著鼻子說，『人家現在就要去啦！』

這家人穿越人群，走向第九和第十月台中間那堵牆時，旁邊的乘客都好奇的打量

著那兩隻貓頭鷹。阿不思的嗓音在周遭的喧鬧聲中飄送到哈利耳邊，他的兩個兒子又開始繼續剛才在車上還沒吵完的架。

『我才不會呢！我才不會被分到史萊哲林呢！』

『詹姆，別再逗他了！』金妮說。

『我只是說他可能會呀，』詹姆說，朝他弟弟咧嘴一笑，『我又沒說錯。他是可能會被分到史萊──』

但一看到母親凌厲的眼神，詹姆馬上乖乖閉上嘴。波特一家五口走到牆前。詹姆回過頭來，用略帶示威意味的眼神瞄了弟弟一眼，就從母親手中接過手推車，突然邁開步伐往前衝，轉眼間他就失去蹤影。

『你們會寫信給我，對不對？』阿不思趕緊趁哥哥不在身邊的難得機會詢問爸媽。

『你想要的話，我們每天都會寄一封信給你。』金妮說。

『不用每天啦，』阿不思立刻回答，『詹姆說，大部分學生都是一個月才會收到一封家書。』

『我們去年每個禮拜都寄三封信給詹姆。』金妮說。

『你可別把詹姆對於霍格華茲的描述全都當眞，』哈利插嘴，『你哥哥就是愛亂開玩笑。』

他們父子兩人肩並肩的推著第二輛手推車往前走去，並漸漸加快速度。在他們走到那堵牆前時，阿不思畏縮了一下，但他並沒有撞到東西。他們一家人踏入了九又四分之三月台，猩紅色的霍格華茲特快車噴出濃厚的白色蒸氣，讓四周變得霧濛濛的。模糊的人影成群結隊的穿越白霧，而詹姆已在人潮中失去蹤影。

『他們在哪裡呀？』阿不思焦急的問，隨著家人沿著月台往前走，眼睛緊盯著那些朦朧的人影。

『我們會找到他們的。』金妮安慰他。

但周遭的霧氣實在太過濃厚，根本無法辨識他人的面孔。在看不清誰是誰的情況下，嗓音反倒顯得異常清晰響亮。哈利好像聽到派西正在大聲說明飛天掃帚的法規，不禁暗自慶幸現在有藉口可以不用跟他打招呼……

『我看到他們了，小思。』金妮突然說。

濃霧中浮現出四個人的身影，就站在最後一節車廂旁邊。哈利、金妮、莉莉和阿不思朝他們走去，直到快接近時才終於看清他們的面孔。

『嗨。』阿不思用一種大大鬆了口氣的語氣說。

玫瑰已經穿上嶄新的霍格華茲長袍，笑吟吟的望著他。

『停車沒問題吧？』榮恩詢問哈利，『是我負責停車的耶，妙麗本來還不相信我居然能考到麻瓜駕照，你相信嗎？她還以爲我對監考官施了迷糊咒哩。』

『胡說，我才沒有呢，』妙麗說，『我一直對你非常有信心。』

『說實話，我是對他施了迷糊咒啦，』榮恩趁著和哈利一起把阿不思的行李箱和貓頭鷹搬上火車時，悄聲告訴哈利，『我只不過忘了看後照鏡。話說回來，那玩意兒根本是多此一舉，只要施個超級感應咒不就成了。』

他們回到月台上，看到莉莉和玫瑰的弟弟雨果，兩人正熱烈討論著將來他們進入霍格華茲後，究竟會被分到哪個學院。

『你要是沒被分到葛來分多，就休想繼承我們的遺產，』榮恩說，『可別說我給你壓力喔。』

『榮恩！』

莉莉和雨果哈哈大笑，但阿不思和玫瑰卻變得臉色凝重。

『他是在開玩笑啦。』妙麗和金妮趕緊說，但榮恩現在已沒在聽他們說話。他迎上哈利的目光，偷偷朝五十碼外的地方點了點頭。濃厚的蒸氣暫時變得稀薄了些，流動的霧氣中清晰浮現出三個人影。

『看看那是誰。』

跩哥．馬份穿著一件豎領的黑色大衣，和他的太太與兒子站在那兒。他前額的頭髮變得有些稀疏，將他的尖下巴襯得更加顯眼。就像阿不思活脫脫是哈利的翻版一樣，小男孩也跟跩哥長得十分相像。跩哥瞥見哈利、榮恩、妙麗和金妮正望著他，他簡短的點了點頭，就再度轉過身去。

『所以那就是小天蠍囉，』榮恩壓低聲音說，『妳每次考試一定都要比他高分才行，小玫瑰。感謝上帝，讓妳遺傳到妳媽的聰明頭腦。』

『榮恩，看在老天的分上，』妙麗又好氣又好笑的說，『拜託你別在他們還沒上學前，就這樣唯恐天下不亂的挑撥離間行不行！』

『是是是，妳說得沒錯，對不起啦，』榮恩說，但他還是忍不住補上一句，『但妳可不能跟他感情太好喔，小玫瑰。妳要是嫁給一個純種，衛斯理爺爺可是絕對不會原諒妳的。』

『嘿！』

詹姆再次出現。他已經拋下他的行李箱、貓頭鷹和手推車，顯然迫不及待的要向他們通風報信。

『泰迪在那兒，』他指著背後那片滾滾白霧，上氣不接下氣的說，『我剛剛看到他！你們猜他在幹嘛？他在親薇朵兒耶！』

他仰頭望著大人，顯然對他們的冷淡反應感到失望。

『我們的泰迪！泰迪．路平！在親我們的薇朵兒！我們的表姊耶！我問泰迪他在幹嘛——』

『你居然還跑去當電燈泡？』金妮說，『你跟榮恩實在是太像了——』

『——他說他是來替她送行！然後就叫我走開。他在親她耶！』詹姆又說了一次，似乎是擔心剛才說得不夠清楚。

『喔，要是他們兩個能結婚的話，那就太棒了！』莉莉露出欣喜陶醉的神情輕聲說，『這樣泰迪就會眞正變成我們家的人了！』

『他現在每星期有四天會到我們家來吃晚餐，』哈利說，『我看我們乾脆請他搬來跟我們一起住好了，這樣不是全都解決了嗎？』

『耶！』詹姆熱烈附和，『我可以跟小思擠一間——讓泰迪住我房間！』

『不行，』哈利堅決表示，『絕對不能讓你和小思住在一起，要不然房子都會被你們給拆了。』

他看了看費邊·普瑞留下的破舊老手錶。

『快十一點了，你們最好快點上車。』

『別忘了替我們向奈威問好！』金妮在擁抱詹姆時告訴他。

『媽！我可不能隨便去向教授問好！』

『但你認識奈威啊——』

詹姆翻了個白眼。

『那是在校外，但在學校裡他就是隆巴頓教授，沒錯吧？我又不能在上藥草學的時候，大剌剌的走過去向他問好……』

母親的愚蠢讓他連連搖頭，朝阿不思的方向踢了一腳，好發洩心中的悶氣。

『待會兒見啦，小思。要當心騎士墜鬼馬喔。』

『牠們不是隱形的嗎？你明明說過牠們是隱形的呀！』

但詹姆只是呵呵大笑，讓母親親吻他的面頰，飛快的抱了父親一下，接著就跳上越來越擁擠的火車。他們看到他揮了揮手，就快步往前衝去找他的朋友。

『不用擔心那些騎士墜鬼馬，』哈利告訴阿不思，『牠們很溫馴的，一點也不可怕。再說，你根本不用坐馬車，一年級新生是坐船去學校。』

金妮跟阿不思吻別。

『聖誕節再見囉。』

『再見啦，小思，』哈利說著跟兒子擁別，『別忘了海格邀請你下星期五去他那兒喝茶。別去招惹皮皮鬼。沒學會足夠招數，就別貿然去找人決鬥。還有，詹姆就是愛逗你，你可千萬別被他耍得團團轉。』

『那要是我真的被分到史萊哲林怎麼辦？』

他細微的耳語只有他父親才聽得到。哈利知道，只有在臨別的最後一刻，阿不思才會不得不透露出心裡有多麼害怕。

哈利蹲下身來，微微仰頭望著他的小臉。在哈利的三個孩子中，只有阿不思遺傳了他母親莉莉的眼睛。

『阿不思．賽佛勒斯，』哈利刻意壓低聲音說，這樣除了金妮外沒人能聽得到他的聲音，而金妮也非常機靈的假裝在專心跟火車上的玫瑰揮手，『你是以霍格華茲兩任校長的名字命名，其中一位就是來自史萊哲林，而他或許是我這輩子所認識最勇敢的人。』

『但要是——』

『——那史萊哲林就會獲得一位優秀的學生，對不對？我們並不介意，小思。但要是你介意的話，你也可以捨史萊哲林而選擇葛來分多啊。分類帽會把你的選擇列入考慮。』

『眞的嗎？』

『我當年就是這樣。』哈利說。

他從來沒跟孩子提過這件事，在他述說時，他看到阿不思臉上露出驚訝的神情。但此刻猩紅色火車的車門已開始砰砰響的紛紛關上，家長們朦朧的身影湧向前方，去跟孩子們做最後一次吻別、最後一次叮嚀。阿不思跳上火車，金妮替他關上車門。學生從他們附近的窗口探出身來。不論是車上車下，似乎都有許多人轉過頭來望著哈利。

『他們幹嘛要這樣盯著看啊？』阿不思問，他和玫瑰兩個人伸長了脖子望著其他學生。

『你不要擔心，』榮恩說，『他們是在看我。我實在太有名啦。』

阿不思、玫瑰、雨果和莉莉全都放聲大笑。火車開始往前行駛，哈利跟在車子旁邊一起往前走，望著兒子那張已散發出興奮光芒的細瘦臉龐。哈利帶著微笑不停揮手，但他看著兒子自他身邊漸行漸遠時，心中難免感到一絲失落……

最後一縷霧氣消散在秋日的空氣中。火車繞過轉角，哈利仍在舉手默默告別。

『他沒問題的啦。』金妮輕聲說。

哈利回頭望著她，垂下手來，心不在焉的摸摸額頭上的閃電疤痕。

『我知道他可以的。』

這十九年來，哈利的疤痕再也沒有發疼過。一切都十分幸福美好。

國家圖書館出版品預行編目資料

哈利波特：死神的聖物 / J. K. Rowling 作；
皇冠編譯組譯. -- 初版. -- 臺北市：皇冠, 2007[民96]
面；公分. --(皇冠叢書；第3669種 Choice；142)
譯自：Harry Potter and the Deathly Hallows

ISBN 978-957-33-2357-0(全套：平裝)

873.57 96018222

皇冠叢書第3669種

CHOICE 142

哈利波特——死神的聖物【下】

Harry Potter and the Deathly Hallows

作　　者—J. K. ROWLING　　譯　　者—皇冠編譯組
發 行 人—平雲
出版發行—皇冠文化出版有限公司
台北市敦化北路120巷50號　電話◎02-27168888
郵撥帳號◎15261516號
皇冠出版社(香港)有限公司
香港灣仔告士打道88號19樓
電話◎2529-1778　傳真◎2527-0904
出版統籌—盧春旭　版權負責—莊靜君
編務統籌—孟繁珍　英文編輯—皇冠編輯群
美術設計—王瓊瑤　印　　務—林莉莉・林佳燕
校　　對—鮑秀珍・余素維・黃素芬・孟繁珍
行銷企劃—李邠如
著作完成日期—2007年
初版一刷日期—2007年10月

如有破損或裝訂錯誤，請寄回本社更換
讀者服務傳真專線◎02-27150507
皇冠文化集團網址◎www.crown.com.tw
電腦編號◎375142　ISBN◎978-957-33-2357-0
Printed in Taiwan
哈利波特中文官方網站〔九又四分之三月台〕
www.crown.com.tw/harrypotter
◎上、下冊不分售　本書特價◎新台幣599元/港幣188元